断層の森で見る夢は

KZ'D

KZ' Deep File

藤本ひとみ

講談社

断層の森で見る夢は

KZ'D

KZ' Deep File

装画　ピエール=オーギュスト・ルノワール
「木かげ」
提供　Super Stock/アフロ
装丁　坂川事務所

目次

序章　5
第1章　星々の村　23
第2章　奇妙な種子　79
第3章　生還できるか　132
第4章　マジック　197
第5章　時限爆弾　242
終章　287

序章

「え、それで終わりなの」

物足りなそうな母に、和彦は頷《うなず》きながら立ち上がった。

「ごちそう様、行ってきます」

玄関に向かうと、声が背中を追いかけてくる。

「それっぽっちじゃ痩《や》せちゃうわよ。朝はたくさん食べなきゃ。タルトタタンはどう、プリンは」

小塚家は、家族全員が太っている。そして誰もそれを気にしない。父はフランスで世間から隔絶された研究所に勤めており、母や同居の叔母たちは専業主婦。つまり皆が閉じた空間の住人であり、そこは小塚家だけの価値観が支配する世界なのだった。太っている事は優美で貫禄《かんろく》があり、福々しい。

だが和彦は中高一貫の男子校中等部に在学し、一日の多くをその中で過ごす。そこでは太っている人間は軽侮の対象であり、朝からデザートを食べるのは、マジかと言われるほど奇異な事だった。

「そういえば最近あまり食べないのよね。何でかしら。大丈夫かしら」

「思春期だから、悩みでもあるんじゃないの」

「でも痩せちゃったら和彦ちゃんらしくないわよ。生まれた時から、丸っ丸だったんですもの」

「そ、かわいかったわよねぇ」

母や叔母の明るい笑い声を聞きつつ玄関ドアを閉める。きらびやかな十月の陽射《ひざ》しを浴びて門に向かっていくと、敷石《しきいし》の脇の草叢《くさむら》から鶉《うずら》のニクスが顔を出した。

「やぁおはよう」

前かがみになって挨拶《あいさつ》する。ニクスは不器用に羽ばたき、和彦の頭に飛び乗った。目を上げると、そこから身を乗り出し、水飲み鳥のように逆さになってこちらを見下ろしている。鳥類独特の、白目の見えない円《つぶ》らな目だった。

「おまえは、いいなぁ」

ニクスは、和彦が夏休みに孵化《ふか》させた鶉《うずら》である。一学期が終わろうとしていた教室で、街で売られている卵は果たして孵《かえ》るのかという議論が始まり、和彦が、卵の中には有精卵が交じっている事があるから孵る可能性もあると答えたところ、じゃ証明してみろよと言われたのだった。

スーパーで普通に売っている鶉の卵を四パック買ってきて、合計四十個を温め、二十七日間かけて三羽の鶉を孵化させた。夏休みが終わり、その三羽を教室に持っていくと、皆が相当なショックを受けたようだった。時間が経《た》てば鳥になる命を、自分たちが日々、何気なく食べている事に罪悪感を感じたらしい。

それから二ヵ月、生き延びたのは一羽だけだったが、今では十五㎝ほどに育ち、庭を自由に歩き回っている。名前は鶉の学名コトゥルニクス・ヤポニカから取って、ニクスにした。

「学校に行かなくていいんだもの」

溜《た》め息をつきながら制服のポケットからラテックスの手袋を出し、両手にはめると頭に上げ、ニクスを掴《つか》む。手の中にちょうどすっぽり収まる大きさで、ふわふわした羽根の下に温かな体が感じられた。手を下ろし、目の前に持ってくる。動いている心臓の音まで聞こえてきた。

「僕が、おまえだったらいいのに」

ニクスは首を傾《かし》げる。鶉は決して生きやすい鳥じゃないよと言っているかに見えた。確かに、鶉になったら二年と生きられない。

「でも僕は、おまえじゃないね。わかってる。だから学校に行くよ」


昨日、階段を降りようとしていたら、後ろから小突かれた。

「トロトロしてんじゃねーよ」

特別ゆっくりしていたつもりはなかったのだが、和彦は皆よりワンテンポ遅れる事が多い。急いでいる生徒には、歯がゆく感じられたのだろう。

「あ、ごめん」

そう言いながら脇に寄ったとたん、数人が階段を駆《か》け降りていき、焦《じ》れたような声が耳に届いた。

「空気読めよ、デブが」

刺されたような気がした。言葉自体も痛かったが、ちょうど脇を通りかかった二、三人がクスッと笑い、それで余計に応えたのだった。その憫笑《びんしょう》によって先の言葉がしっかりと裏付けられ、自分がまったく価値のない、駄目な人間のように感じられた。

確かに和彦は太っているし、空気が読めない。太るまいとしても遺伝的に難しいものがあり、加えて環境も和彦の味方ではなかった。母と叔母たちの趣味は菓子作りで、毎日ケーキやら焼き菓子やらを山のように作り、和彦が食べないと傷つくのだった。

空気を読むのも、そうしようと思いながらできない。空気を読むというのは誰かの、あるいは複数の気持ちを察する事なのだろうが、和彦は自分以外の誰かと同じ気持ちを持ったことがあまりなかった。そのせいで、察しようとしても想像を絶する。クラスメートが、

「あいつ、マジありえねー」

という事で合意していても、ありえると感じるし、ありえてもいいとしか思えないのだった。中一の時にはそれで皆から浮くのを気にしていた。中二になった今では、皆と違う自分を一人で静かに肯定している。

逆にクラスメートが普通に見過ごしている事、訳もなくいきなりタックルしてきたり、物を壊したり服を破いたりしてなぜか大笑いしたり、トイレに行っても手を洗わなかったりするのは、受け入れがたいと思っていた。

それほど気持ちが隔《へだ》たっているのに、空気を読む事などどうしてできるだろう。努力してもほとんど不可能だった。呆然《ぼうぜん》とし、階段を走り降りていく彼らを見送る。

「小塚、何やってんの」

後ろからの声に振り向くと、上杉和典がやってきていた。塾仲間である。和彦は説明しようとしたが、うまく言葉にならなかった。話せば話すだけ、惨《みじ》めになるような気がする。

「何でもないんだ」

上杉は、眼鏡の向こうの目に疑わしそうな光をきらめかせた。しばらく黙っていて、やがて呟《つぶや》く。

「おまえはさ、おまえのキャラのままでいいんじゃね」

どうやら見ていたらしい。恥ずかしくて何も答えられなかったものの、叩《たた》き潰《つぶ》されていた自分の価値が少しだけ頭をもたげた気がした。縮み上がっていた胸にも、再び血が通い始める。上杉は友達だから慰《なぐさ》めてくれただけだ。そう思いながらも、うれしかった。

「上杉は、いいなぁ」

ラテックスの手袋を片付け、髪を払って自転車に跨《また》がりながら和彦は、先ほどニクスを羨《うらや》んだように今度は上杉を羨望する。きっと自分以外なら何でもいいのだ。

「痩せてるし」

漕《こ》ぎ出しながら再び溜め息をついた。

「数学の首席《トップ》で尊敬されてるし」

通勤通学の人混みに交じりこみ、駅から電車に乗って都心まで通う。満員の車内では通学バッグが人波に持ち去られそうになっても引き寄せられず、体が傾いていても立て直せない。動けば誰かを押しやる事になるし、痴漢と間違えられる危険もあった。自分を棒だと思い、まったくの無抵抗で無念無想状態、次の駅でドアが開き、人の出入りが始まって空間ができたら素早く動く、これが極意だった。

学校は、ＪＲと地下鉄が乗り入れている駅から徒歩三、四分。校門を潜《くぐ》り昇降口を入った所に、今朝は人垣ができていた。掲示板には、先日行われた秋の中間考査《テスト》の成績が発表されている。各教科上位三十名を張り出すのが慣例だった。

採点済みの考査用紙は、先週戻ってきている。そこに学年とクラス順位が書かれており、自分の成績はもうわかっていた。屯《たむろ》するのは、他人の成績を見るためである。いつになくざわついていると思いながらその脇を通り過ぎようとすると、いくつかの声が同時に耳に入ってきた。

「超、仰天」

「不動の数学トップって言われてたのに急落かぁ」

「ま、上杉も人間だったたって事で」

あわてて掲示板に目をやる。数学のトップにある名前は、大椿《おおつばき》だった。二学期初めに転校してきた生徒で、背が低く肩幅が狭く顔が平たいため、山椒魚《さんしょううお》というニックネームがついていた。上杉の名前は、その山椒魚の下にある。見慣れない光景に、和彦は言葉がなかった。

上杉は中等部入学時から常に数学の首席で、小学校の時から数えればその記録はさらに長い。圧倒的な学力で、数学に関して他人の下に甘んじた事がなかった。上杉の連勝は誰にも止められない、次元が違うとすら言われていたのだ。それが突然こんな事になるとは、誰にも予想のできない事態だった。

「数学っていつも五問、各二十点だろ。そんで上杉は大抵、全問クリアなんだ。計算ミスくらいは、時にはするみたいだけどさ。でも今まで首位キープだった」

「じゃ今回は、そのケアレスミスで何点かマイナスされたんだ。で、山椒魚が完全解答だった」

「そうだとしたら大椿、マジ天才だぜ。顔、相当変だけどさ」

「あれ人間の顔じゃないよ。骨格からして違うと思う」

「あいつの顔なんか置いとけ。それより上杉って、首位落ち初だろ。きっと相当ショック受けてるぜ」

「別にいいよ、あいつって超生意気じゃん」

「そ。転落してどんな顔してるのか、じいっと見てやりたい気分」

「おまえ、性格悪っ。ぶっちゃけ俺も、そう思ってるけど」

「上杉と大椿が一緒になるシーン、見てみたいよな。きっと上杉の奴《やつ》、すげぇ目でにらむぜ」

「それか、無視するかだね。どっちにしろ顔は引きつってるよ」

和彦は、昨日の上杉を思い浮かべる。あの時、上杉は既にこれを知っていたのだ。いつも強気なだけに、屈辱感は並大抵ではないはずだった。焦《こ》げるような思いを噛《か》みしめていたに違いない。その素振りも見せず普通の顔で、和彦を慰めてくれた。上杉の精神力の強さに敬服しながら考える。昨日は救われた。今度は自分が何とかしないと。

＊

マジか、やっべぇ、俺どうすんだ。

返された答案の束の一番上に載っていた順位表に2の数字を見た時の衝撃は、一週間経っても忘れられない。全身の血が一気に固まる思いで、同じ言葉を繰り返していた。マジか、やっべぇ、俺どうすんだ。

想定外の現実に心がついていかず、考査用紙と解答用紙を何度も見返す。考査が終了した時点で自己採点しており、首位はキープできるはずだった。

大椿の小柄な体と、左右に離れた目を思う。転校生という事もあり、全国模試でよく見る名前でもなかったため、まったくのノーマーク、不意打ちに等しかった。和典より上に位置したのだから、おそらく全問丸ごと模範解答だったのだ。ちきしょう、やられた。歩きながら地下道の壁に拳《こぶし》を叩きつける。ガラスの向こうで宣伝パネルが揺れた。音を聞いた通行人が振り返り、和典は知らない振りで足を速める。

歯ぎしりしたいほどくやしかったが、大椿の非凡な能力に心を打たれもした。自分にできなかった事をやった大椿に尊敬の気持ちを抱くと同時に、敗北に胸が痛み、恥ずかしさに頬が赤らむ。頂上から突き落とされ、大きな傷を負った気分だった。数学で自分より上が存在するというのは生まれて初めてで、その事実に戸惑い、どうすればいいのかわからずにいる。挫折《ざせつ》ってこういうのをいうのかもなと、ぼんやり思っていた。とにかく家に帰ってピアノでも弾こう。この最低な気分ならヴァイオリンより絶対ピアノだ。鍵盤ぶち抜いてやる。

「上杉君」

地下道から地上に踏み出し、降り注ぐ陽射しに目を細めた時だった。

「これ」

ロータリーに植えられた並木の間から他校の制服を着た女生徒が一人、踏み出してきた。

「読んでもらえませんか」

手には手紙があり、少し離れた所から友達らしい二人がこちらを見ている。

よ。

「あのさぁ」

面倒くせぇ。俺は今、自分の事だけで手いっぱいなんだ。他人と関わってる余裕なんかねー

「これ、何書いてあんの」

女子は目を伏せる。

「私の気持ち。読んで、もしよかったら付き合ってほしいと思って」

瞼《まぶた》が震えていた。緊張しているのだろう。気の毒に思いつつも、ここははっきり言った方がお互いのためだと判断した。

「悪いけど読まない。読んでも付き合う気ないし」

彼女はとっさに顔を上げる。抗議するかのように頬が強張《こわば》っていた。

「誰とも付き合わないんですか。それとも、私だからですか」

アイデンティティの問題なのだろう。勇気を奮ってコンタクトしてきたその気持ちに敬意を払い、現在の心境を少々吐露する。

「誰ともだよ。俺、今、自分を信じる気持ちゼロだから。こういう自分って、誰にも勧められないからさ」

歩き出し、すれ違うと、後ろから声がした。

「私、諦《あきら》めません」

おい諦めろよ、断られてるだろ。俺以外の方向で頑張れ。ポケットでスマートフォンが鳴り出す。歩きながら取り出すと、小塚からだった。

「あの」

そう言ったきり黙りこむ。言い淀《よど》むのは、小塚の癖のようなものだった。昨日は随分《ずいぶん》ダメージを受けていたから、その事だろうか。

「何だ、用なら早く言え」

耳に、おずおずとした声が流れこむ。

「上杉、気を落とさないでね。上杉の価値は、数学の成績だけじゃないから」

叩きつけたい思いで通話を切る。きさま、俺のＰＴＳＤ《心的外傷後ストレス障害》直撃すんじゃねーよ。

＊

和彦は、机にスマートフォンを置く。電話を切られた時の音が、まだ耳の底に残っていた。怒らせてしまったらしい。だが、どう話せば慰められたのだろう。遠まわしに言っていたら、上杉の事だから余計に苛立《いらだ》つに決まっている。何とか力になりたいのに、方法がわからなかった。そういう事はよくあり、先日も塾仲間の若武から言われた。

「俺、悟ったぜ。サッカーってさぁ、結局テクより体重なんだ」

若武は、塾のサッカーチームでトップ下を務めている。背は低いが、プレッシャーがかかればかかるほど力の出るタイプでムードメーカーでもあり、若武がピッチに出て行くと、チームメンバーだけでなく観客席の雰囲気もガラッと変わって勢いが出る。上杉曰《いわ》く、

「あいつは、神経が太いというより、ほとんどないんだ」

抜群のセンスと状況判断力を認められて、FC東京ユースのU－15にスカウトされ、さらに飛び級でU－18に起用され、リーグ戦に出た。試合前にはいつも通り、

「敵も味方も、俺の華麗な足技に驚くがいい」

と豪語していたが、それを披露しようとして体格のいい高校生と競り合い、一瞬で吹っ飛ばされた。観戦客の間から大爆笑が起こり、それが若武の自尊心をひどく傷つけたらしい、結局シュートもアシストもする機会がなく、高校生の間をチョロQのように走り回っただけでその試合は終了、その後は出場メンバーから外された。

「気にしない方がいいよ。でも太りたいんだったら、方法はいつでも教えるけど」

そう言ったら怒鳴られた。

「おまえみたいになって、どーすんだ」

ただ慰めたいだけだったのだが、気持ちはまったく通じなかったらしい。どこかがズレているのだろうが、それがどこなのかわからなかった。

「和彦ちゃん、お父様からお電話よ」

和彦の父はパスツール研究所の研究者で、以前はパリにいた。今はフランスの北部、ベルギーとの境にあるリールに移っている。

二十世紀初頭までギロチンの処刑人もいたという古都リールは、女王と呼ばれる要塞を持つ北の果ての街である。フランスに併合されたのは十七世紀のことで、フラマン語を話す人々が多い。父がそこに異動したばかりの時、訪ねていった和彦は、迎えに行けないから空港でタクシーに乗れと言われ、その通りにしたのだが、途中で突然、高速道路の標識がすべてフラマン語になっており、パリの運転手が読めず、半日ほどあたりを彷徨《さまよ》ったものだった。

「替わりました、和彦です」

五秒ほどの沈黙の後、受話器の向こうから父の声がした。

「ネットで見たんだが、南アルプス南部を貫通する新しい高速道路ができるらしいよ」

和彦は、知らないと答える。このところ中間考査の準備や自己採点、飼育している動植物、昆虫の世話に追われて余裕がなかった。

「それ、もう決定なの」

南アルプスは正式名称を赤石山脈といい、氷河地形としては日本の南限、国立公園にも指定されている。三千m級の峯《みね》が多数あり、日本雷鳥を始めとする絶滅危惧種の動植物や、南アルプス限定種、分布限界種が生存していた。高速道路などを造れば、その生態系に影響が出ないはずはない。しかも地域的には、中央構造線とフォッサマグナが交差している場所なのだ。道路の安全は確保されるのだろうか。

「すでに掘削《くっさく》が始まっているらしい。今まで通りの生態系を見たいなら、これが最後のチャンスだ。中間考査の後は秋休みだろ。行ってきたらどう。登山道の入り口に当たる赤石村に、大学のゼミの友人がいる。近くに旅館はないから泊めてくれるように話しておこう。星もたくさん見えるよ。環境省の調査で、星の観測に適した場所と認定されたくらいだし」

和彦は壁のカレンダーに目をやる。秋休みは来週からだった。

「考えとくよ」

軽い笑いが耳を揺する。

「どうした。浮かない声だけど」

和彦は、ちょっとした悩みがあると打ち明けた。

「それは、いいことだ」

え。

「人間は、悩みでもないと真面《まとも》に考えようとしない生き物だからね。大いに悩むとよろしい」

呆《あき》れるほどポジティブだと思いながら聞いてみる。

「パパ、今の体重って何kg」

あっさりとした答が返ってきた。

「大したことないよ、まだ百kg超えてない」

＊

家に帰ると、門に付いているポストから封書の角が出ていた。引き抜いて和典は、自分宛てと知る。スイスからのエアメールで、差出人は国際保健機構付属の子供病院寮長だった。

スイスの山奥のその病院には、世界中からやってくる病気の子供のための寮がある。子供たちはそこで学習しながら治療を受けたり、手術までの時間を過ごしたりするのだった。和典は中一の時、目の手術のために入院していた。

「フランク・ミランが亡くなりました」

手紙は、そう始まっていた。

「荒れていて、周囲に迷惑ばかりかけていたフランクでしたが、あなたと出会ってから随分と変わり、最後には皆に慕われ、全員の見送りを受けて天国へと旅立ちました。最後まであなたについて話していた事を、ここにお伝えいたします」

フランクは九歳で、自分がもう助からないと知っていた。

「不公平だ。だから皆に悲しい思いをさせてやる。誰も彼も、辛い気持ちになって泣けばいい。そんなの当然じゃん。俺がいなくなっても、皆生きてるんだから。それだけで充分、幸せだろ。俺なんか死ぬんだぞ。俺より長く生きてる連中なんて、皆、不幸になればいいんだ」

和典は、罠《わな》を掛けた。

「じゃ、おまえが死んだら、皆、喜ぶだろうな。あいつがいなくなってよかったって言うぜ。おまえが不幸をまき散らす時間より、おまえがいなくなって皆が喜んで生きていく時間の方が圧倒的に長いんだ。それって、悔《くや》しくないか」

フランクは、いかにも無念そうだった。よし罠に落ちろ、そう思いながら誘いかけた。

「いい方法があるよ。おまえが死んだ後、皆が一生、不幸になる方法だ。誰もが立ち直れず、悲しみを背負い続けていかなければならない、そんな打撃を与える方法がある。それは、おまえが皆に優しくする事だ。この世の誰よりもいい人間になって、仲間を大事にして、皆に尽くす事だ。そうしたら皆は、おまえを好きになる。おまえを絶対に失いたくないって誰もが思うだろう。そのおまえがこの世からいなくなったら、皆の心に深い傷ができる。ショックで生きていけなくなるかもしれない。この世を憎むようになるかもしれない。おまえを失った悲しみを、誰もが一生忘れられない。どうだ？　皆が不幸になるぜ。わかったら、表向きはいい子になるって誓えよ。それがこの陰謀のスタートだ」

嬉々《きき》として微笑《ほほえ》むフランクを見ながら思った。しばらくの間こいつは、天使の顔をした悪魔みたいになるだろう。だが皆のために尽くすうちに、好かれるだろうし必要とされるに違いない。それがこいつの心を癒やすだろう。フランクはきっと変わっていく。本人のためにも周りのためにも、それが一番いいはずだ。

「亡くなったのは、よく晴れた夜です。病室の窓を開け、アルプスの空に輝く星を眺めながら言いました。俺も星になるのかな。そしたら皆を照らしてやるからさ。皆も俺を捜して、手を振ってくれよな」

和典は、その様子を想像する。胸が痛くなるほど清らかだった。

「最後の言葉は、こうでした。和典よくもやりやがったな、でもありがとう。私たちの誰にも、意味が解《わか》りませんでした。あなたには、お解りになるのでしょうね」

ポケットに手を入れ、スマートフォンを出す。小塚に電話をかけた。呼び出し音を聞きながら、さっき一方的に切った事を反省する。慰めようとしてくれたのはわかっていた。ただあまりにも不器用で、その朴訥《ぼくとつ》さに腹が立ったのだった。

「はい」

電話に出た小塚に謝ろうと思いながら、そんな自分を意気地なしだと感じる。反省などしてもいないかのような強い口調でしか話せなかった。

「おまえさぁ、社理得意なんだから当然、星座も守備範囲だよな。星がよく見える場所に行きたいんだ。どこがベストか教えてよ」

しばらくの間があり、返事が聞こえた。

「南アルプスかな」

小塚が選んだ地名に、奇遇を感じる。フランクが最後に見ていたのは、アルプスの星だった。

同じ名前のその場所に行けば、星になったフランクに会えるかもしれないと半ば本気で思う。星は水素ガスで構成されている星雲の中で生まれ、核融合を起こして光るようになり、その星々の動きは数式で表せる。そうわかっていたが、その過程のどこかで細かな微粒子のようになったフランクのエネルギーを吸収しているかもしれないと思えた。

「南アルプスの麓《ふもと》に赤石って村があるんだけど、たくさんの星が見えるらしいよ」

それなら、きっと会えるだろう。

「旅館はないって話だから、父の知り合いの家を紹介するよ。泊めてもらえば、どう」

そう言って小塚は黙りこみ、やがて様子を窺《うかが》うような声を出した。

「あの、僕も行くかもしれないんだけど。あ、一緒になるのが嫌だったらいいよ、行かないから」

答えずに電話を切る。小塚の臆病さが癪《しゃく》に障《さわ》った。やたらに他人に譲《ゆず》るんじゃねーと言いたかったが、言えば萎縮するだけだろう。くっそ面倒な奴だ。手にしていたスマートフォンのメニューに戻り、赤石村への交通手段を検索してからＬＩＮＥにメッセージを書き込む。

「秋休みの初日、一番早い高速バスで行く。『俺ここアプリ』起動させとくから、それでこっちの位置を確認しろ。最寄りのバス停まで迎えにこいよな」

第1章　星々の村

1

長野県下伊那郡《しもいなぐん》赤石村は、陸の孤島の趣がある。JRを使えば、新宿から岡谷まで二時間半、飯田線に乗り換えて二時間四十分、さらにバスで一時間三十分。高速バスを使えば新宿から三時間四十五分、松川インターで路線バスに乗りかえて一時間十五分かかる。東海道新幹線なら東京から福岡まで行けるほどの時間を使いながら、なお中部地方を出ていないというのは、何とも奇妙な感じだった。そんな場所だからこそ、高速道路が期待されているのだろう。そこで生活している人々にとっては切実な問題に違いなかった。

上杉は、秋休みの初日に来るという。朝一番の高速バスに乗るとの話だったから、赤石村到着はお昼近くだろう。和彦はその前に現地に入り、宿泊先に挨拶《あいさつ》をしておこうと考えた。今の上杉は、手負いの獣のようなものだ。いつになく星の見える場所などを探しているのは、それを癒やすためだろう。環境を整え、気持ちよく滞在して心の傷を治せるようにしてやりたかった。

秋休みに入る前日の夜、自宅を出る。ベルティングレザーで縁取りをしたマウンテンブルーのキャリーケースにシュラフを入れ、同色のスリングバッグを肩にかけた。途中、交通機関が動いていない時間はシュラフに包《くる》まって過ごし、朝、赤石村に到着する。

赤石村役場前の停留所で降りたのは和彦一人だった。同じバスに乗っていた数人は大きなリュックとピッケルを持ち、クラッシャーハットやレイダーポケットキャップを被《かぶ》った登山者で、そのままバスに揺られていった。登山道の入り口に向かったのだろう。

停留所のすぐそばには、「高速道路絶対反対」と書かれた立て看板が立っている。村の地図が添付されており、赤い点線で建設予定の高速道路が描き込まれていた。赤石山脈を貫通し、北に曲がって小赤石岳の手前から表赤石沢を流れる小天川《こあまがわ》の北側に沿って西に延び、村の東北部から北西部を抜ける計画らしい。泣いている鹿や、山椒魚《さんしょううお》らしき魚も描かれていた。自然保護団体が設置したのだろうか。あるいは村の総意なのかもしれなかった。

排気ガスと共に坂を上っていくバスを見送る。あたりは田圃《たんぼ》と畑と里山、その後方は東西南北どちらを向いても脈々と連なる深い山々だった。紅葉には若干早く、どこもまだ緑に覆《おお》われている。赤松や栗《くり》、檜《ひのき》、楓《かえで》、橡《とち》、それに紅万作《べにまんさく》などの木が目立った。圧倒的に多いのは植林された杉である。日本の里山の典型で、問題も多いだろうなと心配になった。

日本は国土の三分の二が森林、その四十%が植林された人工林である。植えられているのは主に杉だった。近年、安い輸入材に押されて杉の需要は減り、ここ三十年間でその価格は三分の一に下がっている。森林所有者が蒙《こうむ》った打撃は大きく、杉林の手入れを行う費用を捻出できなくなっているケースも少なくなかった。放置された杉は太陽の光を遮《さえぎ》り、下草が育たなくなる。これにより鹿など動物の食糧がなくなり、人家近くに出没、農作物を食い荒らすのだった。鹿の被害は、ここ十年で四倍になっているとの報告もある。負のスパイラルともいえる状態で、対処するのは難しい事に違いなかった。

北東方向の山の中に、白く四角な煙突を備えたコンクリート造りの建物が僅《わず》かに見える。ズボンのポケットから地図を出し、四方の山の名前と現実を一致させながらその建物が国立大学の研究所である事を確かめた。ここ自体がすでに山の中なのに、さらに奥地でいったい何の研究をしているのかと思った瞬間、脇を一台のジープが走り過ぎた。和彦の体スレスレを通過し、転がり落ちるような猛スピードで坂を下っていく。助手席の窓からサングラスの男が日焼けした顔を出し、こちらを振り向いて怒鳴《どな》った。

「危ねーじゃねーか。気を付けやがれ」

怒りを含んだ声に驚き、亀のように首をひっこめながら見送る。車外に積んだ予備タイヤのカバーに「じばつ屋」と書かれているのが見えた。何だろう。首を傾《かし》げながら上杉との会話を思い出し、そのナンバーを記憶する。

「タクシー数って知ってるか」

上杉は、数字の話が好きだった。

「インド人の数学者ラマヌジャンが発見した数で一七二九のこと。それは友人が乗ってきたタクシーのナンバーだったんだ。その数字を友人から聞いた瞬間、ラマヌジャンは、それが二つの三乗数の和として二通りに表す事ができる最小の数だって事を発見した。つまり一七二九っていうのは、一の三乗＋十二の三乗＝九の三乗＋十の三乗なんだ。数字を聞いてすぐそう答えたんだから天才だよ。三十二年しか生きられなかったけどね」

もしかして上杉も、あのジープのナンバーから数字の法則を見つけ出すかもしれない。それは上杉の心を明るくするだろう。もし法則を見つけられずに落ちこんだら、きっと三十二年より長く生きられる証《あかし》だよと言ってやろう。

和彦は、父から聞いた友人の家を目指して歩き出す。上り坂になっている道を東に向かって歩けば三十分とかからず着くはずだったのだが、ほぼ倍近くの時間がかかった。随所で気になるものが目に入り、足を止めていたせいである。

最初に発見したのは、東側の崖にくっきりと浮かび上がる断層だった。このあたりを通っている中央構造線の露頭だろう。これほど大規模で、かつ外帯と内帯の構造がはっきりとしている断層を見るのは初めてで、心を揺さぶられた。

「すげぇ」

中央構造線は、関東から九州に続く日本最大の断層である。ジュラ紀から白亜紀にかけてできたもので一部は活断層であり、今後も動く可能性があった。同時にこの村は、フォッサマグナの上にも位置している。大きな地震が起こる危険度は、かなり高いかもしれなかった。そこに高速道路を通して、いったい大丈夫なのだろうか。

坂を上り、川を見下ろす街道に出る。県道との表示板が立っていた。ここもまた坂道で、道の両側に並木が作られている。枝の感じから枝垂れ桜かと思ったが、ルーペでよく見ると花桃《はなもも》だった。薔薇《ばら》科《か》桜属の落葉樹で、開花は桜より少し早い。江戸時代に盛んに改良されて多品種が作られ、一本の木に赤、白、ピンクの花が同時に咲くものもあった。

和彦は、この道の両側がそれらの花で埋まっている早春を想像する。道全体がライトアップでもされているかのように華やかだろう。春に来てみたいと思いながら双眼鏡を出し、並木の中ほどに移動して山々を眺《なが》めようとした。そのとたん、

「危ないっ」

声と共に頭に何かが当たり、そこからスリングバッグの肩掛けに飛び散った。見れば、鳥の糞《ふん》である。顔を上げると、木から飛び立ったばかりの小型の鳥が見えた。色と尾の長さ、飛行のスタイルからして鵯《ひよどり》だろう。花の蜜を吸う習性がある。食事中に和彦に近づかれ、やむなく場所を変えたらしかった。

驚かせて悪かったなと思いながらバッグから綿棒とビニール袋を出し、鳥の糞を収める。分析すれば何を食べているかがわかるし、その内容によっては生息地域が特定できる。この村の鳥の

生態がはっきりするだろう。

「ああバカ」

咎《とが》めるような声と共に、川原から坂道を駆《か》け上がってきた少女が勢いよくそばに寄ってきた。その荒々しさに、和彦は竦《すく》み上がる。なぜ怒られているのかわからないまま、とにかく謝《あやま》りたくなった。

「早く拭《ふ》かないと不潔でしょうが。取れなくなっちゃうし。チャッチャとしなよ」

そんな事で怒られるとは思ってもみなかった。唖然《あぜん》とする。

「ほら、ハンカチ出して」

少女は和彦のハンカチを奪い取り、背伸びをして頭上に手を伸ばした。髪を梳《す》くように何度も拭う。和彦は背を縮め、じっとしていた。目のすぐ前に、セーラー服の胸元がある。滑らかな喉《のど》と鎖骨が見え、あわてて目をつぶった。

「ま、こんなもんかな。バッグは自分でやって。はい、これちゃんと洗うんだよ」

突き返されたハンカチを受け取る。

「私が危ないって言った時に、さっさと避ければよかったのに。トロくさいから引っかけられんだよ」

一瞬、胸が痛んだ。自分はどこに行っても、誰からもトロいと言われる運命らしい。たぶん、それが真実だからだろう。溜《た》め息をつきながら、取りあえず礼を言おうとして少女に向き直る。

「あの、拭いてくれてありがとう」

少女は登校途中らしく、片手にスクールバッグを持っていた。抜けるように色が白く、大きな黒い目をしている。頰はうっすらとピンク、お下げに結んだ髪が肩に垂れていた。先ほどの荒々しさは掻《か》き消え、朝の光を受けた緑の葉に照らされているその姿は、桃の花の精のようだった。和彦は見惚《みと》れ、直後に目が合って、急いで視線を伏せる。悪い事でもしたような気分で、体中に響き渡る自分の鼓動を聞いていた。少女の軽い笑いが耳をくすぐる。

「その恰好《かっこう》じゃ山登りはないだろうし、誰のとこに来たの」

父は、この村に旅館はないと言っていた。見慣れない顔なら登山者か、知り合いを訪ねる客と決まっているのだろう。行き先を告げると、少女は急に顔を輝かせ、打ち解けた口調になった。

「和様《おっさま》の知り合いずらか」

おっ様って何だろう。戸惑う和彦の前で、少女は僅《わず》かに頰を赤らめる。

「和様って聞くと、つい過剰反応しちゃうなぁ。でも私だけじゃないずら。和様のとこにゃ、この村で一番のイケメンがおるでな。和様の一人息子で達樹《たつき》っていって、村中の女子の憧《あこが》れの的だに。達樹さんを見かけたらLINEで情報流すって事が決まってるくらいずら」

イケメンの話は、色々な所、様々な局面でよく始まる。学校でも家でも塾でも。人は見た目が重要だと誰もが思っているからだった。そんな時、和彦は自分が透明になっていくような気がする。昔は、へぇそうなんだと思って聞き流すだけだったが、最近は何の関わりも持つ事のできないその類《たぐい》の話から無性に逃げたくなるのだった。

「道教えながら一緒に行ってやらまいか」

やらまいかって、何。

「おいなんやれ」

おいなんやれって何だ。どうしていいのかわからずにいると、少女ははっとしたように声を鋭くした。

「あ、今日は部活あっつら。かんな。この道に沿ってけば、左手だに」

言い捨てて走り出し、こちらを振り返る。

「またな」

微笑《ほほえ》んで走り去るその姿が見えなくなるまで見送った。また会えるらしいと思いつつ、傷の痛みを噛《か》みしめる。トロトロしている男は、きっと好かれないんだろうなぁ、太ってるしイケメンでもないし。

川に沿った坂道をそのまま進み、公園や神社を見ながらさらに上る。右手前方に雪を被《かぶ》った峰が青い影のように見え始め、地図で確認すると赤石岳だった。日本で氷河の痕跡の見られる最南端の山であり、高山動植物や絶滅危惧種の宝庫でもある。神秘的で美しいその遠景を写真に撮った。

明日行こう。胸を躍《おど》らせながら「俺ここアプリ」を起動させ、上杉の位置を確認する。あと三十分前後で松川インターに差しかかるところだった。メッセージを送ろうかと思い、バスの中では寝ているに違いないと考えてやめておく。

左手にこんもりとした森が現れ、出入り口に大雄寺《だいおうじ》との表示が出ていた。森の中に石段が続いている。地図によれば、安静家《あんじょう》はその奥にあった。先ほどの少女の言葉を思い出す。もしかして和様《おっさま》というのは和尚《おしょう》様の事か。父からは聞いていなかったが、安静努は住職なのかもしれない。

石段を上り切ると三門があり、それを潜《くぐ》った所に背の高い木が植えられていた。根元は一つで幹が二つに分かれ、上部で絡《から》み合っている。付いているタグには沙羅双樹《さらそうじゅ》とあった。和彦はルーペを出す。沙羅は釈迦《しゃか》の聖木とされており、いかにも寺らしい植樹だった。だが寒さに弱く、中部地域の屋外で育つとは思えない。葉の様子を観察し、椿科《つばきか》の夏椿と判断する。沙羅の木とは常緑と落葉の違いはあるが似ており、俗称としてそう呼ばれる事もあると聞いていた。

「こりゃ参ったな」

大きな声がし、振り返ると白い鼻緒の雪駄《せった》を突っかけた男性が砂利を踏んで近づいてくるところだった。

「デジャヴか、それとも本当に時間が戻ったのか。それにしちゃ俺だけ年食ってるのが腑《ふ》に落ちんずら」

剃《そ》り上げた禿頭《とくとう》で、白い着流しの上から墨染めの羽織を着ている。

「いやぁ和人《かずと》かと思ったなぁ、ほんとに」

赤らんだ顔は明るく、目にはうれしそうな輝きがあった。年の頃は四十代半ば、清廉で実直な雰囲気を纏《まと》い、背は高く恰幅《かっぷく》がいい。

「和彦君だな。佇《たたず》まいが和人にそっくりだ。大学の庭で、よくそうやってルーペで植物を見ていたもんだに」

和彦は、父がどんな学生だったのか聞きたくなる。日頃、自分についてあまりしゃべらないし、そもそも家にいる事自体が少ない。和彦にとっては学校の担任の方が、父より親しく思えるほどだった。

「私が安静《あんじょう》ずら。大学では発酵醸造学を専攻しとったんだが、急に親父《おやじ》が亡くなって、この寺を継ぐ事になってな。好きな道に進めた和人が羨ましいに。いやぁ、おいでなんしょ」

大きな右手を差し出され、握りしめる。羽毛布団のように柔らかな手だった。

「こちらこそお世話になります。友人の上杉は、昼前後の到着になるかと思います」

2

「さどんぞ、こっちだに。本堂より塔頭《たっちゅう》に泊まった方が自由でいいと思ってな、掃除をさせておいたに」

境内を横切り、右手に本堂や鐘楼、石塔などを見ながら北に進む。かなり広い境内で、松や桜、百日紅《さるすべり》がきちんと手入れされていた。

「大きなお寺ですね」

安静は片手で頭を撫《な》でる。

「創建は鎌倉時代といわれとる。本堂も本尊の薬師如来坐像も、国指定の重文ずら」

こんな田舎に国の重要文化財があるとは意外だった。和彦は目を見張り、本堂の方を振り返る。

「後で見せてもらってもいいですか」

安静は苦笑した。

「構わんが、この寺は村じゃ新しい方だに。いくつかある神社は、ほとんど平安時代ずら」

愕然《がくぜん》とする。村中が歴史保存館のようなものだった。

「だが、どこも重文指定は受けとらん。この寺と本尊が初めて指定を受けたんだが、あまりにも制約が多くてなぁ。石垣の石一つ補修するにも申請を出して、許可を得なくちゃならんに。厄介《やっかい》な上に維持管理は所有者の責任で金がかかるずら。補助金も出るが全額じゃないに、ほんで手続きが恐ろしく面倒でなぁ敵《かな》わん。もちろん時間もかかるに。それを知って皆、呆《あき》れちまってな、指定なんぞいらんわって事になったずら。自分の持ち物なのに自由に手を加えられないとあっちゃ、不自由過ぎるでな」

初めて聞く話で興味深かったが、それ以上に、こんな山奥の素朴な村に重文級の建物がいくつもあるというのが驚きだった。

「ここにはなぜ、そんな古い建造物が多いんですか」

安静は、よく聞いてくれたといったような表情になる。

「この南信濃《みなみしなの》地方、特に伊那谷《いなだに》は元々、皇族の御料や上皇法皇の寺院領、藤原氏領だったに。皇室と深く結びつき、手厚い保護を受けてきたずら。方言に雅《みやび》なものが多いのも、そのせいでな。この土地の名前は、歴史書『吾妻鏡《あづまかがみ》』にも記されとる」

一見、どこにでもある田舎の村に見えたが、どうも成り立ちが違うらしい。皇室と関わりがあるとなれば、優れた建造物にも納得がいった。

「後醍醐《ごだいご》天皇が足利尊氏《あしかがたかうじ》と争った時には、その皇子の宗良《むねなが》親王が三十年間にわたってこのあたりを拠点として戦ったずら。本拠地は隣の大鹿《おおしか》村でな、住居のあった場所は御所平《ごしょだいら》と呼ばれとる。都から付き従ってきた人々がこのあたり一帯に住みつき、和歌や能が持ちこまれて独特な文化が形成されたずら。それが江戸時代に到《いた》って大鹿歌舞伎《かぶき》として花開いたんじゃないかと、私は思っとる。私見だがな」

後醍醐天皇と足利尊氏の戦いについては、学校で習った。だが授業では、その皇子が大鹿村を拠点としたとか、そこで新しい文化が生まれたとかの細部までは踏み込まない。担任は、それ以上は自分で調べろと指導していた。和彦は、幕末から明治あたりの活気に満ちた時代に興味があり、当時の地図を見ながら今の街を歩くのが好きだったが、先ほどから話を聞いていて南北朝時代もおもしろいかもしれないという気になった。後醍醐天皇というのは確か、自分の子供たちを日本の各地に派遣して戦わせ、天下を統一しようとした個性的な天皇だったと記憶している。

「正平七年、西暦では一三五二年、後村上天皇が足利尊氏を討伐せよとの命を発し、宗良親王は征夷大将軍を拝命、この地から出陣したずら」

今まで知らなかった歴史の細部が一気に頭に雪崩《なだ》れこんできた。時空を超えた壮大な世界に投げこまれた気分で目をつぶる。

「だが後醍醐天皇や宗良親王の南朝は、正統性を持っていたにも拘《かか》わらず、北朝との戦いに敗れたずら。今の天皇は、その北朝の子孫だに」

安静の言葉には、複雑な重みがあった。都落ちした宗良親王を庇《かば》って戦ったこの村の歴史を誇りに思い、かつその敗北に傷ついているのだろう。

「大鹿村には宗良親王の供養塔といわれるものがあるが、残っとるのはそれだけずら。この伊那谷で没したと考えられ、その王子尹良《ただなが》親王もここで戦死しとるが、歴史は勝者の足跡。敗れた者の記録は尊重されておらんし、この地での薨去《こうきょ》説も証明できん、戦死も伝承でしかないずら。三十年間も親王を庇《かば》い、養ったのはこの村に城を持っとった豪族香坂氏と、村の人々だったでな。自分たちは食うや食わずでも親王とその一行には不自由をさせなかったちゅうに、その証《あかし》も残せず、墓の一つも持てないとは無念な事ずら」

腕を組み、拳《こぶし》に握った手を着物の袖口《そでぐち》に入れながら古い門のそばを通り過ぎる。敷石の敷かれた道に面して小さな塔頭がいくつか並んでいた。その北端にある栗棘院《りっきょくいん》と書かれた木戸の前で足を止める。

「ここは、すぐそこが北門で出入りが楽でな、コンビニのある街道にも近いに。自由に使って構わんずら。飯は、方丈のダイニングで朝六時から、昼は十二時から、夜は六時から食えるに。質問があるかな」

ないと答えると安静は微笑《ほほえ》み、腕組みを解いた。無言で本堂の方に引き返しかける。それを見送っていると、境内を歩いていた中年男性が素早く安静の方に向きを変えた。駆《か》け寄ってくる。後ろには若い男性を従えていた。

「ああ和様、頼む。何とか頼むわ」

肩で荒い息を繰り返しながら、大きな目で縋《すが》るように安静を見つめる。

「和様さえ、反対だと言ってくれりゃうまくいく。案《あん》じゃぁない。それで皆の衆が納得するで。村を一つにするために頼むわ。明日の村議会、俺に味方してくんな」

安静は困ったような表情になった。

「それについてはもうお返事してあるがな。熊谷《くまがい》さん、私は自分の立場を利用して村の人々の心を動かすような真似《まね》はしたくないもんでな」

中年男性は気色ばみ、自分についてきていた若い男性を振り返った。

「達樹、おまえの親父《おやじ》の頑固にも呆《あき》れるわ。今日はもう事務所に来んでいいから、明日の議会までに説得しといてけつかれ。わかったな」

忌々《いまいま》しげに言い捨て、門の方に歩いていく。和彦はあの少女から聞いた話を思い出した。村一番という達樹の顔をつくづくと見つめる。確かに品があり、古典的で涼しげな顔立ちだった。今風ではないが、この村ではこういうタイプが好まれるのだろう。

「お父さん、俺はお父さんを説得しようと思って来た訳じゃありません。熊谷専務は、僕の上司の上司なんで、付いてこいと言われてしかたなく」

安静は片手を出し、息子の言葉を止めた。

「わかっとる。あの人にはあの人の正義があるんだに」

達樹の端整な顔に、ふっと影が落ちる。

「そうでしょうか」

そう言って黙りこんだ。あたりに静けさが広がり、安静が溜《た》め息をつく。

「こんな問題さえ起こらにゃ、静かないい村だったになぁ。村民三百人、家族のように纏《まと》まったに」

人口三百なら、和彦の在学する中等部二学年の生徒数とほぼ同じだった。コミュニティのような纏まりを持った村だったのだろう。

「今じゃこの土地さながら、いくつもの断層ができちまって。ここに高速道路を造ろうなんて言い出した奴《やつ》が、恨《うら》めしいに」

高速道路は、もう掘削《くっさく》が始まっていると聞いている。路線バスの道路沿いに反対の立て看板が立っているのを見たが、まだ揉《も》めているのだろうか。

「父からは、既に掘削が始まっていると聞きましたが」

おずおずと口を挟むと、安静は頷《うなず》いた。

「高速道路は、このあたりの市と町、村を通るずら。合意が取れ、用地の取得が終わった所から作業を始めとる。作業開始の連絡はその直前、つまり作業を始める前の日の夕方でなぁ。反対意見を持つ人間が実力で阻止しようとしても間に合わん状況を作り、有無を言わせず既成事実を積み上げて、なし崩し的に反対運動を鎮静化させようって腹だに。連中は日本各地で道路を造ってきたプロ集団ずら。住民を屈服させる色んな手を心得とるに。それに対してこっちは、こんなことは生まれて初めてでなぁ。形勢は不利だに」

嘆くような言い方に、達樹が苦笑する。

「お父さんは建設に反対なんですか。それなら専務の言う通りに、議会でその旨、発言すればいいのに」

安静は、わかりの悪い奴《やつ》だと言わんばかりに達樹をにらんだ。

「おまえもいずれはこの寺を継ぐようになるんだろうから、よく聞いとくに。住職というのは地元の名士ずら。特に高齢者には、和様がそう言うんならと私の意見に靡《なび》く人が多いに。だがそれでいいずらか。高速道路建設を巡って、この村は割れとる。さっきの熊谷専務理事を旗手とする反対派、商店街の小沼会長を中心とする賛成派だ。熊谷専務は、森を守る立場の森林組合の専務理事だし、小沼会長は高速道路が通る事で企業の利益につながると考えている経営者組合のトップだ。その他に、道路が通れば今の家や畑から立ち退かざるを得なくなる人々も出る。約五十軒との見積もりだに。その人々も、生まれ育った土地から離れたくない者と、土地を買ってもらってもっと都会に引っ越したい者に分かれとるでな。利害が様々に対立しているこういう時には、個人個人がよく考え、各自が自分なりの結論を出してそれに沿って行動せにゃならんに。それが民主主義ってもんずら。人に影響を与える立場にある私は、沈黙を守らざるをえん」

そういうものかと思った。地元の名士も色々と大変らしい。

「ああ達樹、紹介しとくでな。小塚和彦君、私の大学の同期の息子さんだに。今日から塔頭に泊まるずら」

和彦は緊張し、達樹に目を向けた。父親にはまったく似ていないその雛人形《ひなにんぎょう》のような顔立ちを見ながら考える、もしかして南北朝時代に京都からやってきた公家《くげ》の血筋なのかもしれないと。

「小塚和彦です。お世話になります」

達樹は、白い頬に笑みを浮かべる。優男の風貌からチラリと凜々《りり》しさがのぞき、意外にも精悍《せいかん》な表情になった。

「ゆっくり滞在していくといいよ。僕も、時間が空いたら村を案内するから。今月末には親王祭もあるしね」

しかも親切。モテる秘訣《ひけつ》はこれかもしれない。

「森林組合に戻らなくていいようだから、達樹も一緒にお茶でもどうだ」

返事も聞かずに、安静は先に立つ。皆でテーブルを囲みたいらしい。和彦は達樹と顔を見合わせて苦笑し、その後ろに従った。

「森林組合って、森林組合法によって設立された公共団体ですよね。どんな仕事をしているんですか」

よくある質問だったらしく、達樹はよどみなく答える。

「ひと口で言えば、山の管理かな。森林は材木やチップ、副産物としての木実《きのみ》や茸《きのこ》などの資源的な面だけじゃなくて、水源の確保や災害防止、野生動植物の保護など多面的な機能を持っている。森林法に基づき、県や市町村と組んでそれらを適正に管理し、森林所有者の利益を確保、未来に繋《つな》げていくのが組合の役目だ。材木の流通ネットワークを構築したり、森林所有者への施業提案をしたり、治山事業計画を立てたり、仕事は多岐に亘《わた》ってるよ」

和彦は、バスを降りて山を見た時に懸念した人工林について、この地方の実態や、対策を聞きたくなった。

「植林された杉が多いようですが、鹿の被害は増えていませんか」

達樹は驚いたようにこちらに目を向ける。

「よく知ってるね。鹿害は、今一番の問題だ。正直、頭を痛めてるよ。猟友会と協力して、鹿が生息する森林や餌場、鉄道を横断する場所、川を泳いで渡る地点などを調べて行動マップを作っているところだ。同時に鹿の食糧である山の草を増やすため、森林の手入れも行っている。自伐《じばつ》を導入してね」

自伐と聞き、じばつ屋と書いてあったあのジープを思い出した。だが自伐とは何だろう。和彦が考えこんでいると、達樹は素人にはわかりにくいだろうといったような表情になった。

「自伐型林業といって、このところ急に伸びてきた職種なんだ。山の所有者と個人的に契約を結び、森林の手入れを安く請け負うんだよ。個人の山は面積が狭いから小型の機械で間に合い、設備投資が高額にならない。それで森が好きな個人林業家や、都市部で定年退職したUターン族、仲間同士で会社を作ったような若い世代が参入しやすいんだ。このあたりにも自伐の会社がいくつかできている」

ではあのジープも、その一つなのだろう。かなり乱暴だったが、細かな事を気にしていられない職業なのかもしれない。

「地方自治体やNPOでも支援しているしね。減るばかりの林業の担い手が、これで増えるんじゃないかとの期待が集まってる。幸いな事に、国産材にシフトする製材工場も増えているしね。外国材は安いが為替《かわせ》の影響が大きく不安定だ。それに対して国内では、植えられている杉の半分以上が樹齢四十五年を超え、利益率のいい時期に差しかかっている。そのために国産材シフトが全国に広がりつつあるんだ。木材自給率は既に三割を超えた。この追い風が自伐型林業にプラスに働いている訳さ」

感心しながら聞いていると、達樹の手提げで呼び出し音が鳴り始めた。スマートフォンを取り出して電話に出た達樹の表情が、ふっと変わる。

「空いてるのか。じゃ僕が使う」

伏せた瞼《まぶた》の下で、半眼の目に鋭い光がまたたいた。突如として燃え立つ火のような、厳しい激しさを感じさせる眼差《まなざし》だった。

「すぐ戻るから」

電話を切る達樹から、あわてて目を逸《そ》らす。何が起こったのだろう。ただ事ではなさそうだと思いながら、心に焼きついたその眼差を見つめる。

「悪いけど、仕事が入った」

目を向けると、達樹の顔は出会った時と同じ、涼しげな静けさに覆《おお》われていた。一瞬燃え立ったあの火の余韻は、まったくない。

「うちの組合には、航空レーザ測量のできるヘリコプターが一台あるんだけど、引っ張りだこでね、なかなか使えない。今なら空いてるって連絡がきたから失礼するよ」

航空レーザ測量とは、飛行機やヘリコプターに搭載したレーザスキャナから、地上にレーザを照射して地形や標高を調べる測量方法だった。航空写真などでは判別できない細かな土砂移動や、詳細な地形を立体的にとらえられる。だが取り扱いには、資格が必要だった。

「達樹さんは、航空レーザ測量ができるんですか。すごいな」

達樹は照れたような笑みを浮かべ、片手を上げて北門の方へと歩いていく。その後ろ姿に、先ほどの眼差が重なった。あれは、何だったのだろう。

不思議に思いながら、栗棘院の木戸の中に踏みこむ。玄関の戸を開けると、上り框《かまち》の奥に六畳間、隣に四畳半があり、双方とも庭に面して濡《ぬ》れ縁《えん》が付いていた。孟宗竹《もうそうだけ》と紅葉が植えられた庭は、二坪ほどで井戸がある。部屋には座卓があり、押し入れには夜具が二組入っていた。トイレは出入り口だけが和式で、戸を開けると中は清潔な感じのする洋式、隣にはシャワーブースが付いている。食事を除いて、ここですべてをすませることができそうだった。上杉もきっと満足してくれるだろう。

一見クールで超然としている上杉だが、決して無頓着ではない。それどころか意外に繊細で潔癖なのだ。何もかもがきちんと、整然としていないと実に嫌な顔をする。皆で和彦の家に遊びに来ていても、使ったシャーレやプレパラートが放り出してあるのを見ると、いつの間にか一人でせっせと洗っていた。それで観察中のミジンコを流されてしまった事もある。

思い出して笑いながら本堂の方に足を向ける。境内は静かで人影もなかった。安静の姿を捜してあちこち歩き回り、本堂の裏手に建つ建物の開放された玄関に雪駄《せった》が脱いであるのを見つける。玄関脇には、檜《ひのき》の一枚板に墨文字で方丈と書かれていた。そっと三和土《たたき》に入り、中をのぞく。手前に長い座卓が並んでおり、その奥にある座敷《ざしき》から安静が無言で手招きした。

和彦は、達樹が仕事で組合事務所に戻ったと告げながら近づく。安静はいささか残念そうだった。

「じゃ二人で飲むしかないな」

急須を傾け、焙《ほう》じ茶《ちゃ》を注《つ》いだ茶碗《ちゃわん》をこちらに差し出す。和彦は頭を下げて受け取った。香ばしい香りがあたりに広がる。わずかに鉄の臭いが交じっていた。向き合って黙ったまま茶を飲みつつ、気まずさに変わりそうな沈黙を何とかせねばと話題を捜す。

「この村の北東の方向にある山の中に大学の研究所がありますよね。何の研究所ですか」

安静は手を伸ばし、和彦の茶碗に茶を注ぎ足す。

「ありゃ原子力研究所だ」

意外だった。

「国立大学の教育用でな、敷地《しきち》内に原子炉施設とトレーサー・加速器施設、それに研究棟がある。国内に十数基ある研究用原子炉の一つだそうだ」

研究用なら原子炉としては最小限のシンプルな造りだろう。極低出力で圧力容器や冷却施設もなく、即発臨界になることもないし使用済み燃料も発生しないはずだった。村としても受け入れやすかったのだろう。

「福島第一原発の事故で運転を停止、その後、新規制基準に対応する工事をしとってな、先月、再起動が認められたって話だった。そろそろ教授や学生たちがやってくるずら。達樹はその大学の農学部だったたに、当時からの知り合いも多くてな」

安静の頬がわずかに緩《ゆる》む。

「専攻は森林科学だ。その時期、日本の林業の未来は明るくなかったから、私は内心、反対だったに。口には出さんかったがな。だが今は光が見えてきている。世の中は変わるものだと実感したよ。目先の利害や、過去の事実に基づいた固定観念に取り憑《つ》かれてちゃいかんな。住職だというのに、私はどうも大観できんで困る。達樹の方がよっぽど悟っとるずら。もっとも研究室にいるのと違って、現場には現場の問題があるらしい。詳《くわ》しく話さないんでわからんが。まぁ今は村全体が揉《も》めとる時だし、色々あるんだろうな」

和彦は、達樹の眼差を思い出す。あれは、やはり何かを抱えている人間の目なのだ。

「ところで君は、南アルプスの動植物を観察したいらしいが、生物に興味があるのか。将来は研究者志望かな」

自分でも、よくわからなかった。今のところは庭や家の中で育てたり飼ったりしている動植物、昆虫の世話や観察、それに会員になっている貝類学会や植物学会の英文会誌を読んで知識を増やす事に熱中している。まだ自分の研究テーマを見つけていなかったし、また逆に、いつそれらに飽きるかもしれなかった。

「決めていません。というか決められずにいます。でも植物を尊敬しているので、研究者になれなくても、それに関わる仕事につければいいなと思っていますが」

安静は目を丸くする。

「植物を尊敬、か。なぜだ」

それは植物が自給自足しているからだった。自分で自分に必要な栄養を作り、それで成長して生きている。だから動かなくてもいいのだった。動物には、そんな真似はできない。食糧を捜して歩き回らなければならないし、象など一日十四時間も食べていなければ自分の体を維持できない。科学を進歩させＩＴを発達させ、あらゆる動物の上に君臨する人間も、光と二酸化炭素と水だけで食糧を作り、自給自足する事はできない。植物はそれを、自分の一枚の葉の中でいとも簡単にやっているのだ。尊敬に値すると思う。

「食糧の確保は、太古から現代まで常に人間の大きな課題であり、戦争の原因にもなってきました。動物も、食糧のために殺し合いをします。でも植物はそれを回避できている。その点では動物より優れているし、生命体としては理想的な形ではないかと思います」

安静は笑い出した。

「いやぁ君の生きる道は、研究者以外にないずらなぁ」

どこでそう判断されたのかわからない。首を傾《かし》げる和彦のポケットで、スマートフォンが鳴った。出してみると上杉からである。安静に断り、立ち上がって座敷を出る。

「今、高速バス降りた。車内暑くってさ、チノパンびっしょり。ベージュだから、焦げ茶の染みになっちまって超カッコ悪。これから路線バスに乗り換える。あのさ、バスの中で思いついたんだけど、茶碗一杯五十五グラムって何の事かわかるか」

上杉の話は、時々飛ぶ。きっと天才だからだろう。

「茶碗一杯の白飯に含まれてる糖質の量だ。つまり茶碗一杯の飯を食うのは、グラニュー糖五十五グラムを食うのと同じだって事」

思わずむせそうになる。恐ろしい数字だった。

「グラニュー糖を五十五グラムも食うのは、ちょっと骨だぜ。だが茶碗一杯の飯なら軽くいける。これを糖質の罠《わな》という。甘さを感知した脳は快楽物質ドーパミンを分泌し、人間は中毒になる。だから糖はマイルドドラッグって呼ばれてんだ。太りたくなかったら、飯食っちゃだめだ。だけど小塚、おまえダイエットする気あんの。俺が思うに、おまえには、その気ないんじゃね」

確かにダイエットなど、今まで考えた事もなかった。

「太ってるのを本気で気にしてる奴はさ、必死だから真っ先にそれ考えんだよ。おまえがダイエットに手を出さないのは、真剣に悩んでないから。おまえはもう自分の居場所、自分だけの世界を見つけてて、そこでは太っている事がハンディじゃないんだ。それで真剣に悩めないってのが、おまえの深層心理。だから他人の言う事なんか気にしなくっていいんだよ」

上杉は、あの事についてまだ考えているのだった。自分の存在意義が崩壊しそうなほど大きな傷を受けているというのに、気遣ってくれている。

「ありがと。上杉、本当にありがとう」

電話の向こうから、舌打ちが聞こえた。

「おまえなぁ、デブの方は気にしなくていいけど、空気読めないのだけは何とかしろよ。俺は、真っ向から気持ちを伝え合ったりしたくない男なんだ。そういう空気、いつも出してっだろ。付き合い長いんだから、いい加減に解《わか》れ」

なぜ気持ちを伝え合いたくないのだろう。そこからして不可思議だった。

「空気読めねーのは、脳の上側頭部が未発達だからだ。睡眠と適度な刺激、つまりコミュニケーションで発達する。頑張れ。あと一時間ちょいで着くから、もう『俺ここアプリ』切るからな。着いたら連絡する」

上杉のためにできることは何だろう。そう考えながら座敷に戻った。座卓に向かっている安静の前で膝を折り、腰を下ろしながら聞く。

「このあたりで一番、星がきれいに見えるのはどこですか」

スタンダードな質問ではなかったらしく、安静は思案しながら答えた。

「馬上御所ヶ石《まのぼりごしょいわ》あたりかな。宗良親王がよく馬で通ってきて座禅を組んだという大岩がある」

よし、これから下見に行って、今夜、上杉を連れていこう。

3

小塚との電話を終わり、ズボンの後ろポケットにスマートフォンを差しこみながら空を仰ぐ。晴天で、真夏のような陽射《ひざ》しだった。クールエフェクトのアンコンジャケットを着てきてよかったと思いながら踏み出したとたん、車の脇から出てきた男たちの一人が肩に突き当たった。男の胸ポケットから袋が飛び出し、地面に落ちて破れる。そこから中味が零《こぼ》れた。男たちは慌《あわ》ててしゃがみこみ、茶褐色の砂のようなそれをかき集める。呆気《あっけ》にとられていると、男の一人に胸元を摑《つか》み上げられた。

「このくそガキ、どこに目ぇつけてやがんだ」

見るからに柄が悪い。しかも複数だった。こういう時の中学生の保身術は、とにかく素直そうに謝《あやま》る事。

「ああ、すみません」

大声を出して周囲の注目を集めるのも、有効な対抗手段だった。

「うっかりしてぶつかってしまって、本当に申し訳ありません」

あたりを通りかかる人々やバスの乗客、売店の店員がこちらを見る。男たちの一人が、和典を摑《つか》み上げている男を宥《なだ》め、他のメンバーがその場を片付け、やがて皆で車に引き上げていった。

暗緑色のジープで、車体に「じばつ屋」とペイントされている。じばつって何だろ。自×《バツ》、つまり自分がダメって事か、まさかな。

和典はうっすら笑いながら路線バスの停留所に足を向ける。高速道路から一般道に降りる道を下っていくと、後ろから車の気配が近づいてきた。道の端に避ける。車はそのまま通り過ぎるかと思いきや、和典の隣でいきなり止まり、わずかにバックして位置を直した。あのジープだった。

「乗りな」

ドアが開き、先ほどの男が半身を乗り出す。和典の背後は金網状の高いネットフェンス、その後方は芝生の植えられた崖だった。ジープはフェンスに車体の後部を擦《す》りつけて斜めに停《と》まっており、対向車線との間には植えこみがあってどこからも見えない。和典は後退《あとずさ》り、フェンスに背中を押しつけた。

やっぱここは何とか逃げるしかないだろうなと思いつつ、こちらに伸びてきた男の手を振り払う。ジャケットの袖口《そでぐち》ボタンがフェンスの網目に入りこんでいたらしく、引きちぎれる音がした。お気に入りのフラワーボタンだったが拾う余裕もなく、開いているドアの下をかいくぐってその向こうに出る。

直後、運転席から降りてきた大柄な男が目の前に立ち塞《ふさ》がった。太い腕を伸ばし、和典の首を一気に鷲摑《わしづか》みにする。そのまま吊《つ》り上げられ、声が出なかった。後ろから誰かが背中を摑《つか》み、ジャケットを捲《まく》り上げて頭に被《かぶ》せる。首に紐《ひも》らしきものが巻き付けられ、頭部が包みこまれた。喉《のど》に紐が食いこむ。手際のよさに唖然《あぜん》としつつ、何とか現状を解析した。これ拉致《らち》だよな、どうすんだ俺。

「早く乗せろ」

車に連れこまれながらズボンの後ろポケットに指先を突っこみ、スマートフォンの表面を撫《な》でてロックを解除した。手さぐりで画面の一番端にある「俺ここアプリ」のアイコンにタッチし、起動させる。これで和典の移動は、小塚のスマートフォンで確認できる。問題は、小塚がそれに気づくかどうかだった。先ほど、もう切ると言ったばかりだったし、小塚は素直でスローモー、かつ察しが悪い。祈るような思いで、今だけでいいから違うキャラになってくれる事を期待した。

4

和彦は時計を見る。上杉はとっくに赤石村役場前停留所に着いているはずだった。だが連絡がない。和彦が停留所から安静《あんじょう》の家まで二倍の時間を要したように、上杉もどこかで刺激的な数字を見つけ、途中下車したのかもしれなかった。安静の名前も家の位置も知らないのだから、一人ではたどり着けない。そのうちにメールをしてくるだろう。

念のために村役場に電話を入れ、バス停付近に迷っている中学生がいないかと聞いてみる。役場の係員がわざわざ外まで見に行ってくれたが、上杉はいなかった。もし見かけたら連絡をくれるように頼んでから大雄寺を後にする。

安静の話では、馬上御所ヶ石《まのぼりごしょいわ》というのは赤石岳の登山口に通じる道の途中から林道を北に上がった所で、小天川の急流が走る渓谷に迫《せ》り出した大岩のあたり一帯を指す地名だという。普段はほとんど人の気配のない場所だが、年に一度の親王祭が近づいており、関係者が祭りの準備をしているかもしれないと言われた。

和彦は登山道の表示に沿って進み、竹林から森に分け入る。木々の間に佇《たたず》んでいる爽やかでひっそりとした冷たさが体を包んだ。森は静寂に満ちている。その静けさの中に、多くの命が犇《ひし》めいていた。

植物や動物、昆虫から細菌まで夥《おびただ》しい生物の呼吸が風に乗って流れてきて和彦の鼓膜を揺する。森の歌のようなその響きに耳を傾けていると、自分が少しずつ溶け出して自然の一部になり、多くの生命と一緒に生かされているのを感じた。敬虔《けいけん》で謙虚な気持ちになり、感謝に満ちて歩く。

茂った杉林の下に、檜葉苔《ひばごけ》が絹の絨緞《じゅうたん》のように広がっていた。輝き立つエメラルドグリーンに目を奪われながら移動していくと、大量発生している馬陸《ヤスデ》の一群に出会う。あたり一帯を赤茶色に染め、しきりに蠢《うごめ》いている様子は大地全体が波打っているかのようだった。その凄《すさ》まじいエネルギーに感嘆しながら見つめ入る。

一昨年、アメリカ科学アカデミー紀要に掲載された富山県立大研究チームの発表によれば、外来種の馬陸から、医薬品製造時に触媒とする酵素を抽出したとの事だった。現在使われている植物性酵素の五倍の効果を持つらしい。日本の馬陸ではどうなのだろう。このところ各地で馬陸が爆発的に増え、駆除に梃摺《てこず》っているとの話をよく聞く。それを酵素採取媒体として活用できれば一石二鳥だった。

森を抜け、街道に出る。とたん、後ろで声が上がった。

「わぁ、また会ったなぁ」

振り向くと、今朝出会った少女が三人の仲間と共に道を上ってくるところだった。

「こんな所で会うなんてなぁ。ちっとも思わんかったに」

目に生き生きとした輝きがあり、頬には柔らかな笑みが浮かんでいる。和彦はうれしくなり、近づいてくるその姿を見つめた。三人とも赤いリボンを結んだ小枝を胸に抱くように持っている。そのリボンには鈴が付いており、三人の歩みに合わせて澄んだ音を立てていた。小枝の葉は、十cmほどもありハート形である。その形と大きさからして、紅万作とわかった。日本特産の落葉小高木だが、まだ紅葉前で緑色をしている。それが燃え上がるような緋赤《ひあか》に色付き、少女の顔に照り映える様子を和彦は想像した。息も止まるほど美しい。

「ほら、あの子だに、さっき話してた鳥の直撃食らったって」

少女の言葉を受け、仲間たちは肘《ひじ》で突き合ってクスクス笑う。和彦は、一気に現実に引き戻された。傷が痛み、恥ずかしくて居たたまれない。挨拶《あいさつ》も早々に歩き出し、直後、後ろから飛び付くように腕を摑《つか》まれた。

「ちょっと、なんで逃げるんな。皆、あんたに会ってみたいって言っとったんだに」

え。

「バス停で見かけたって子も多くって、もう噂《うわさ》な。ちょっとポッチャリ目の感じで、そんでもオタクっぽくなくて、包容力ありそうで頼もしいし、かわいいって。ほら見てみ、喜んどるに」

呆気《あっけ》に取られながら振り返ると、少女たちは嬉々《きき》として顔を見合わせていた。

「ほんにかわいいずら。優しそうだし」

「僕って言うのも、都会っぽくていいな。こっちじゃ皆、俺《おらぁ》だもん。憧《あこが》れる」

「記念にツーショット、撮ってもらえるかなぁ」

評価の激変に、和彦はついていけない。からかわれているのではないかと疑いつつ、何と答えていいものか思案に暮れた。少女は肩越しに三人の仲間に目をやる。

「あの子らは、中島と宮沢と佐々木。私は熊谷桃香。あんたの名前は」

和彦は、大雄寺で出会った熊谷を思い浮かべた。

「僕は小塚。君って、森林組合の熊谷専務の娘さんなの」

桃香は、痛いところに触れられたかのような顔付きになる。

「もしかして父に会ったずらか」

半ば焦《あせ》り、半ば諦《あきら》めたような複雑な表情だった。

「きっと誤解してると思うから言っとくけどな、父は、人柄は悪くないずら。ただ顔と口が悪くて、強引だもんでなぁ、やたら嫌われるんだに。けんど、ほんとは優しいに」

和彦は微笑《ほほえ》む。優しいのは、そう言って親を庇《かば》う桃香の方だろう。とても和彦にはできない事だった。照れてしまう。

「さっき大雄寺で会ったよ、達樹さんと一緒だった」

桃香はとっさに両指を胸の前で合わせ、力をこめて握りしめた。

「達樹さんに会ったんだ。どう、カッコよかったずら」

否定などしようものなら絞め殺しかねない熱っぽさだった、和彦は圧倒され、押し流されるように頷《うなず》く。桃香の小さな唇から溜《た》め息が漏《も》れた。

「いいなぁ。私なんか、なかなか会えんもん。チャンスなくってな」

街道の下の方で突然、何かを破るような大きな音が響く。エンジンの回転を上げる音だった。気を取られていると、あっという間に近づいてきて道の曲がり角から暗緑色のジープが現れる。和彦がここに着いた時に出食わした車だった。

「あいつらだ」

そう言うなり桃香たちは、いっせいに車に背中を向ける。呆気にとられながら和彦は、砂埃《すなぼこり》を巻き上げて脇を通りすぎる車体を見送った。相変わらず荒っぽい運転である。桃香が向き直り、車に向かって思い切り舌を突き出した。仲間たちがクスクス笑う。

「そんでも今日は、何も言わんとスルーしたなぁ」

「ほんになぁ、はれ珍し」

「どうせ何か悪い事でもして、急いどったんとちゃうんか」

事情がわからず和彦がきょとんとしていると、桃香が忌々《いまいま》しげな息をついた。

「数年前、登山口近くの安い土地買って、住みこんで自伐《じばつ》やってる連中。冬は姿を消すけど、また春に来て秋までいる。父の森林組合で雇ってるみたいだけど、態度が悪いってしょっちゅう怒ってるずら。首にすりゃいいのにな。他にどこの自伐やってるか知らんけんど、通学中の私らにチョッカイ出すし、役場前のスナックでもクレーム付けて暴れて、駐在さんが飛んでったって話ずら。学校からも気を付けるようにって言われてるしな」

穏やかな村は、高速道路以外でも揺れているらしかった。和彦は、車が消えた道の曲がり角になお朦々《もうもう》と立つ砂埃と、車輪に轢《ひ》かれた道端の草花を見つめる。数年間もここに通って自伐に勤《いそ》しむほど森や自然が好きとは、どうにも思えなかった。

「ところで小塚君、どこ行くんな」

首を傾《かし》げてこちらを見る桃香に、和彦は家の庭で飼っている鶉《うずら》の顔を重ねる。あどけなさがよく似ていた。

「馬上御所ヶ石だよ。星がきれいだって聞いたんで下見に。これから友達がここに来るんだ、見せてやりたくって」

桃香は満足そうな笑みを浮かべる。

「私らも、そこ行くとこだに。親王祭の飾りつけずら」

手に持っている小枝を軽く揺すり、森閑とした空気に鈴の音を響かせた。

「一緒に行かまい。すぐそこだに」

桃香は先に立ち、街道の片側の山につけられている急な小道を上り始める。後に続く和彦の後ろに、三人が付いてきた。

古い落ち葉が積み重なり肥料のように発酵している急な坂は泥濘《ぬかるみ》さながらで、ひと足ごとに滑《すべ》る。和彦が梃摺《てこず》っていると、後ろで三人がまたもクスクス笑った。見られているのを意識して緊張しつつ、尻餅だけはつくまいと必死になる。

上り切った所は三方を落葉松《からまつ》、楠《くすのき》などの高木に囲まれた六十坪ほどの野原だった。高木の間には山吹、小手毬《こでまり》など低木が生い茂っている。木々が切れている突き当たりの一角に注連縄《しめなわ》が四角に張られ、紙垂《しで》が風に戦《そよ》いでいた。水の音が聞こえてくる。だが安静の言っていた大岩は、どこにも見当たらなかった。

「あの注連縄の中が、宗良親王が座禅を組んだといわれている場所ずら」

その小ささに胸を突かれた。本来なら後醍醐《ごだいご》天皇の皇子として都で華やかな暮らしをしていたはずの親王が、こんな寂しい岩の上で一人、座禅を組んでいたのだ。胸には、どんな思いが行き来していただろう。

「祭りでは、あそこに宝篋印塔《ほうきょういんとう》が置かれるんな」

桃香は落ちていた枯れ枝を拾い、地面に絵を描く。まず大きな四角、その上に小さな四角、さらに角が耳のように斜めに迫り出している四角な屋根を描いた。その中央部から輪をいくつも重ねるように積み上げて筒形を作り、最上部に球を載せる。

「宝篋印塔は、こういう形。大鹿村にあるのを祭りの前日に借りてくるずら」

その形状から考えて宝篋印塔とは、五輪塔とか多宝塔とか呼ばれる供養塔の類《たぐい》らしかった。

「親王の御座所は大鹿村だったけんど、この村にもよく通ってこられてたんで、その御霊《みたま》をお祭りする事になっとるんだに」

手にしていた枯れ枝を地面に突き刺し、桃香は注連縄の張られている一角に近寄っていく。そこから横に四、五ｍほど離れた所でこちらを振り返り、手招きした。近づいていくと水音が次第に大きくなってくる。やがて目の前で野原が途切れた。左手前方には赤石岳を始めとする南アルプスの山々が連なり、身を乗り出して見れば眼下は断崖絶壁、遥《はる》か下方に白い飛沫《ひまつ》を飛び散らせて流れる激流が見えた。くねる蛇のように目紛しく形を変えながら走り下っていく。

「そっちのが大岩。屈《かが》んでみ、よく見えるずら」

しゃがみこみ、桃香の指差す方向に目をやる。横から見ると、注連縄を張ったあたりの地盤は土ではなく、空中に突き出した一枚の大きな岩だった。それであのあたりには木々が生えていないのだ。下方の谷に向かって十mほども露出しているその大岩に、和彦は驚嘆《きょうたん》の息を漏《も》らす。ジュラ紀から白亜紀にかけての地層が露出しているこの伊那谷ならではの光景だった。

天を仰げば、遮《さえぎ》るものは何もない。紺碧《こんぺき》の空が果てもなく広がり、その彼方《かなた》で山々の稜線《りょうせん》と交わっていた。確かにここなら満天の星が見えるだろう。親王は、その星々を見ていたのかもしれなかった。上杉もきっと、ここで心の傷を癒やせるだろう。そう考えながら、いまだに連絡がないのを訝《いぶか》しく思う。時計を見れば、もう二時を過ぎていた。スマートフォンを出したが、上杉からは電話もLINEも来ていない。急に不安になった。

「誰か、僕の友達、見かけてないかな」

桃香たちに上杉の特徴を説明する。誰も姿を見ていなかった。胸がざわつく。どうしたんだろう。

高速バスを降り、乗り換えるところまではわかっている。その後の動きが不明だった。

「スマホの位置情報、見たらどうな」

桃香がそう言ったが、上杉は「俺ここアプリ」を切ると言っていた。

「位置情報より詳《くわ》しいアプリを入れてるんだけどね、今、切れてるはずなんだ」

桃香は、信じられないといったような顔つきになる。

「あんたなぁ、ダメ元でやってみようって気に、何でなんないの。その消極的で後ろ向きな姿勢って、何でずら」

真《ま》っ直《す》ぐにこちらを見すえる眼差《まなざし》が胸に沁《し》みた。あたふたしながら考える。えっと何でだろう。

「向こうの電源入ってなくても微弱な電波が出てるから、それでわかるって聞いた事あるに」

和彦は、急いで「俺ここアプリ」を起動させる。暗い画面に、ゆっくりと上杉の現在地を知らせるマークが浮かび上がった。

「やった、出た」

歓喜しながら見つめれば、マークはじりじりと移動している。場所はこの馬上御所ヶ石の近くだった。和彦はあたりを見回す。どこにいるんだ。なぜ連絡してこないんだろう。アプリを切り、上杉に電話をかける。

5

「おいガキのスマホ鳴ってんぞ。捜して切れ。壊してぶん投げるんだ、早く」

いくつもの手が体を触り、スマートフォンを掴《つか》み出す。ジープの窓が開いたらしく風が流れこんできた。破壊音が響く。

「まったく近頃のガキは、生意気に色々持ってやがってよ」

横腹を蹴飛ばされ、激痛に息が詰まった。麻の布袋に押しこまれており、両手両足は拘束具で固定、声も出せない。車の床に転がされたまま、もうかなりの距離を移動していた。こいつら、何なんだと和典は思う。妙に手慣れた拉致《らち》の仕方だったし、車の中に拘束具を載せてるって、普通じゃねーだろ。

「どうすんだよ、こいつ」

聞こえてくる声は、男が三人だった。主に話しているのは二人で、あと一人は時々、相槌《あいづち》を打つ程度にしかしゃべらない。

「何で連れこんだんだ。おまけにあそこから引き返してくるなんて。あのまま行ってりゃ今頃は中央高速に乗れてたのに」

「しょーがねーだろ。見られちまったんだからさ」

和典は思わず首を横に振る。俺は何も見てない、今すぐ釈放しろ。

「一袋分がオシャカだ。サトジュンに報告しねーとマズい。それに、処分するならこのあたりの方がいい。埋める場所に事欠かねーからな」

処分って何だよ、埋めるって何なんだ。勝手に決めるな、処分なんかされてたまるか。

「おまえがポケットなんかに入れとくからだ」

「よく言うよ、貴重品だから身につけとけって言ったの、おまえじゃん」

「ちょっと休んでこうって言ったのは、おまえだ。ま、残りが無事でよかったぜ。さ着いた。大西、ガキ降ろせ」

肩に担がれて車から出る。急にあたりが明るくなった。木の戸が開く音がし、新しい声が聞こえる。

「何で戻ってきやがったんだ。大西、おまえが担いでるそいつは何だ」

大西と呼ばれた男は、ぼそぼそと返事をしながら屋内に入り、和典を床に投げ出す。くっそ人間投げるな、壊れもんだぞ。

「ドジ踏みやがって」

いく人かが中に入ってくる気配がし、戸が閉まった。

「そいつから足がついたら、どーすんだ」

沈黙が広がり、やがて溜《た》め息と共に苦り切った声が響く。

「すぐ撤収するぞ。機材は車に運んで、おまえたちはとっとと高速バスで帰るんだ。バス停まで送ってやる。こいつの始末は、大西、おまえだ。きちんと埋めたら高速バスに乗れ。いいな」

今、はっきり埋めるとか言ったよな。俺の事か、冗談だろ。

「証拠、残すなよ」

男たちは慌《あわ》ただしく動き回る。大きな物を運び出す気配がした。和典は何度か蹴り飛ばされ、踏みつけられる。

「芋虫みてぇに寝っころがってんじゃねーよ。邪魔だろうが」

好きで転がってるとでも思ってんのか、バカ。

「これで全部だな。じゃ行くぞ。あ、誰か、網を片付けとけ、急げよ。大西、おまえビビんじゃねーぜ。しっかり始末してこい。畑がある方向は避けろよ。スコップここに置いとくからな」

6

「だめだ、通じない。呼び出し音が何回か鳴ったんだけど、もう反応しなくなってる」

和彦は電話を切り、もう一度「俺ここアプリ」を起動させる。画面には何も表示されなかった。なぜ上杉はスマートフォンの電源を切ったのか。事故か、それとも何か起こったのか。あれこれ考えると、不安が募るばかりだった。どうしていいのかわからない。とにかくまず落ち着けと自分に言い聞かせる。今、上杉の一番近くにいるのは自分なのだ。慎重に、かつ的確に動かないと。

「上杉の姿、誰も見てないってさっき言ってたよね。でもスマホでは、上杉はこの近くまで来てるはずなんだ。ここに来るには松川インターで高速バスから路線バスに乗り換え、役場前で降りるルートしかないよね」

桃香は頷《うなず》きながらも釈然としない様子だった。ポケットからスマートフォンを出す。

「この村は狭いし、高速に通じるバスも本数少ないずら。余所《よそ》から来た人間が役場前で降りれば、絶対誰かが見とる。待ってな、確実な話を聞いてみるに」

どこかに電話をかけ、しばらく話してからそれを切った。

「知り合いの家が、役場のバス停前で煙草屋《たばこや》やっとってな、今はコンビニになっとる。そこの婆《ばあ》さんが暇で、一日中窓から外を見とるんな。役場前の道は斜めになっとって、役場側の方が低い」

はて、この話は、どこにいくのだろう。

「そんで婆さんには、バスに乗っとる客の顔が見えるに。バスが走り去れば、降りた客の顔も見える。今聞いたら、今日のバスにゃ余所から来た客は一人も乗っとらんかった、もちろん降りもしなかったって話ずら。つまり上杉君はバスに乗ってなかったって事」

唖然《あぜん》とする。上杉は電話で、高速バスを降り路線バスに乗り換えるところだと言ったのだ。それなのにバスに乗らなかったとは。どうしてだろう。バスに乗らずに、いったいどうやってこの近くまでたどり着いたのか。いきなりスマートフォンの電源を落としたのは、なぜか。わからない事ばかりで混乱する頭を、必死に整理する。確実な事象だけをピックアップし、それを基本にして推理していくしかなかった。

確実なのは、上杉には路線バスに乗る意思があったという事、最終位置情報はこの近くから発信されている事、その二つだった。几帳面《きちょうめん》な上杉が乗る予定のバスに乗らず、その変更を連絡してもこないのは、何らかの不測の事態に見舞われたからに違いない。連絡したくてもできなくなったのだ。スマートフォンを落とした程度なら、高速バス乗り場に設置されている公衆電話を使えばいい。事態はもっと深刻なのだ。そんな状態の上杉が、慣れない土地を一人でここまで移動してきたとは思えない。誰かと一緒にバス以外に乗ったか、あるいはスマートフォンだけが上杉の手を離れて移動したか、どちらかだった。そうだとすれば、スマートフォンの電源を切ったのも上杉本人ではない可能性がある。不吉な想像ばかりが胸を過《よ》ぎり、背筋がゾクゾクした。恐ろしくてたまらず、そこから逃げるように口を切る。

「僕、警察に行ってくる」

桃香の顔に喜色が走った。

「すごい。これってもしして事件ずらか。上杉君は誘拐されたとか」

三人の少女たちも、きらきらするような笑顔を見せた。

「ドラマみたいだなぁ。なんかわくわくするに」

「こん村でそんな事件が起こるなんて、思っとらんかったなぁ」

「けんど駐在さん、捜査できるんずらか。今まで何の事件も起こらんかったでなぁ」

和彦は急ぎ足で坂を下りながら振り返る。

「警察署は、どこ」

桃香が手にしていた枝を仲間に押し付け、飾りつけを頼んで走り寄ってきた。

「署は飯田市にしかないずらが、駐在ならここ降りて、道なりにずうっといった郵便局のそば。

おいなんやれ」

7

戸外でエンジンをかける音がした。回転数が上がったかと思うと、たちまち遠ざかっていく。和典は再び担ぎ上げられた。そのまま戸外の明るさの中に出る。落ち葉や下草を踏む音を聞きながらしばらく肩の上で揺られていて、やがて地面に放り出された。かなり急斜面の坂で、頭が下になっており、そのままずるずると滑《すべ》り落ちていきそうだった。坂というより崖か、あるいは山の斜面なのだろう。

「俺を恨《うら》むなよ。おまえは運が悪かったんだ」

スコップで土を掘る音が聞こえてくる。おいマジか、俺こんなとこで殺される予定じゃねぇぞ。確かに、数学トップから滑り落ちた挫折《ざせつ》感ハンパないし、こういう自分に妥協して生きてくらいなら死んだ方がましだとは思ってたけど、それと殺されるのとじゃ必要条件と必要十分条件くらいの落差がある。しかも袋で穴埋めじゃ、超カッコ悪《わり》ぃじゃん。誰かを庇《かば》っての銃撃戦とか、誰かを助けるために地雷原に突入して死ぬんなら、ま、考えてもいいが、とにかくこの穴埋めケースは百パーなしだ。

「俺だって、好きでやってる訳じゃねーからな。運命だと思って諦《あきら》めな」

和典は夢中で首を振り、口を塞《ふさ》いでいた拘束具を外した。依然として麻袋の中で、男の顔は見えない。もちろん性格も不明だった。どうすれば止められるのか皆目《かいもく》わからない。それでも何とかするしかなかった。先程からの男の言い訳がましい呟《つぶや》きを考え、意外に小心者かもしれないと見当をつける。

「あのさぁ、あんた大西さんだっけ」

音が一瞬、途切れた。取りあえず脅してみる。

「人間埋めたら、殺人罪だぜ。この場合、略取誘拐罪もつくだろうし」

スコップが地面に突き刺さる音がした。忌々《いまいま》しげに再び動き始める。

「俺、未成年だから量刑は相当重くなると思うよ、止めとけば」

耳を澄ますものの、スコップの動きは止まらない。脅しは、どうやら功を奏さなかったようだった。別の揺さぶり方をするしかない。和典は急いで新しい方法を模索する。好きでやってる訳ではないと言っていたから、こんな役目を担わされ、内心不満を持っているのだろう。その不満には、仲間への怒りが混じっているに違いなかった。そこを突けば、いけるかも。

「それにさぁ、罪に問われるのは、あんた一人だぜ」

音が止まった。息をひそめて様子を窺《うかが》う。しばらく待ったが、作業が再開される気配はなかった。よし、このままいってみよう。

「命令されたって証拠は残ってないから証明できないし、命令した奴《やつ》は言い逃れるに決まってるしさ、結局あんたが単独でやったって事になるよ。でも一人で割食う事、ないんじゃないの」

恨みの籠《こも》った低い声がした。

「いつもそうだ。いつも、あれやれ、これやれって命令しやがる。俺を馬鹿にしてんだ」

どうも大西は、仲間内でヒエラルキーが低いらしい。あまり聡《さと》くないか、鈍重か、あるいは感情に振り回されるタイプで戦略的に動けないのだろう。そこに乗じようと心を決める。

「そりゃ気の毒に。仲間に恵まれてないんだ。かなりストレス多いだろ。そんな奴らとは、いっそ手を切ったら、どう」

瞬間、音を立ててスコップが動き出す。

「サトジュンにぶっ殺される。あいつはヤクザゴロなんだ。言われた通りにやるしかない、やるしかないいんだ」

動きを速めるスコップに、和典は慌《あわ》てて声を上げた。

「やった事にしとけばいいじゃん。あんたと俺しか、わかんないだろ」

ふっと動きが止まる。

「俺は、誰にも言わないぜ」

嘘《うそ》だけどな。

「待ち合わせてる友達には、ちょっと道間違って時間食ったって言っとく。あんたはあの連中と合流して、埋めましたって報告すればいいだけじゃん。そうすりゃ俺は助かるし、あんたは人殺しにならない。いつバレるかってハラハラして一生魘《うな》されるような悪い夢も見ずにすむんだ。お互いにハッピィだろ」

しばしの沈黙の後、ほっとしたような声が聞こえた。

「ああ、そう言われてみりゃそうだな。誰にもわかんねぇもんな」

よし乗ったぞ。和典は、一気に緊張から解放される。

「じゃ、それでいこうぜ。さ、俺を出してくれ」

待っていると、靴音が歩み寄ってきた。屈《かが》みこむ気配がし、麻袋の口が開く。まず落葉松《からまつ》の林が見え、次にこちらを見下ろしている男が目に入った。背後に太陽を背負い、影になった髭《ひげ》だらけの顔の中で二つの目が異様に光っている。

「おい、おまえ」

和典を見下ろしていながら、実はまったく別のものを見ているかのような虚《うつ》ろな熱のこもった目だった。

「今、俺に命令したな」

え、命令っていうか、お願いしただけなんだけど。こいつ命令と感じたのか。屈折の仕方、すげぇハンパないな。ちょっと危ないかも。

「俺に命令すんじゃねぇ、くそガキ、馬鹿にしやがって」

握っていたスコップを高々と振り上げる。太陽の光が遮《さえぎ》られ、一瞬、あたりが暗くなった。

「あれこれ言われるのは、もううんざりだ。黙らせてやらぁ」

和典の頭部に向かってスコップを叩《たた》き下ろす。とっさに両手を突き上げ、それを防いだ。骨に当たる鈍い音がする。同時に拘束具が切れ、地面に散らばった。両手が自由になる。ラッキィと思いつつ、体を捻《ひね》って次の一撃を避けた。先程どこかの骨が砕けたらしく手に激痛が走る。頭をやられるよりましだと思って我慢するしかなかった。

「てめぇ、死ね」

死んでたまるか、おまえより若いんだぜ。

「二度と馬鹿にできなくしてやる」

次々と振り下ろされるスコップを、何とか躱《かわ》すものの、足がこの状態では逃げられなかった。いくら躱し続けていても、そのうちにはやられるに決まっている。一発でも当たったら、動けなくなるだろう。そしたら集中攻撃を受け、それで終わりだった。さぁどうする。

「俺に命令した事を、後悔しながら死ね」

男は体中の力を込めてスコップを叩き下ろし、そのたびにわずかによろめく。急勾配の斜面に立っており、足元が安定しないのだった。それを利用して何とかできないか。男の足にタックルすれば、間違いなく転げ落ちていくだろう。だが和典は足を拘束されており、自由にならなかった。

「いい加減に観念しな」

男はスコップを振り上げる。和典は背中と踵《かかと》を使ってジリジリと男との間合いを詰《つ》めた。上半身を起こす用意をしながら、頭で男の足元を突くつもりで身構える。

瞬間、バリッという高い音がした。続いて小枝や葉が横殴りに飛んでくる。見上げれば、落葉松林のすぐ上を、斜めに傾いたヘリコプターが通り過ぎていくところだった。落葉松の上部に接触し、火花を上げながら横になり、半ば折れているメインローターで木々を引き倒す。凄《すさ》まじい風と轟音《ごうおん》に呆然《ぼうぜん》としていると、機体は高度を下げながら旋回し、こちらに向かってきた。男が悲鳴を上げる。並び立つ落葉松を軒並み薙《な》ぎ倒し、千切れたブレードを素っ飛ばしながら烈風とともに和典の体の上スレスレを通過、立っていた男を機体に引っかけ、そのまま尾根に突っこんでいく。大きな破壊音と共に、折れた後部ローターのブレードを振り撒《ま》きながら横転、裏返しになった。倒れた木々が山肌を削《そ》ぎ落とし、あたりの土を引きずりこむ。見る間に尾根が崩壊、土砂が和典の上に雪崩《なだ》れ落ちてきた。あわてて避けようとするものの足の自由が利《き》かず、呑《の》みこまれながら山の斜面を転がり落ちる。とっさに両手で鼻先から口を覆《おお》った。呼吸の隙間だけでも確保しておけばきっと何とかなる。そう思いながら。

8

桃香と一緒に道を下り、県道に出て駐在所に向かおうとしていた時だった。背後で地響きがし、空気が振動するほど大きな音が上がる。揺さぶられながら和彦は立ち止まり、桃香と顔を見合わせた。

「何だろ」

見回せば、今降りてきた里山の裏手から煙が上がっている。

「田圃《たんぼ》の農薬散布に飛ばしてるドローンでも落ちたんずら。よくあるに」

音の大きさからして、ドローンではないだろう。おそらく相当な重量のあるものだ。

「役場まで行きゃあ、何かわかるずら」

足を速める桃香の後を追いかけた。そのあたりの人々が皆、外に出てきて、不安げに話しながら山の方を見ている。駐在所の前にも人だかりができていた。パトカーだけでなく消防車も、多数の乗用車も停車している。森林組合と書かれた車もあった。

「ああ桃ちゃん」

中年の女性の一人が、桃香を手招きする。

「えらいこったに。森林組合のヘリが落ちたっちゅう話ずら。風もないし、まぁよく晴れとるちゅうになぁ。まさかあんたのお父さんじゃないずらなぁ」

表情を強張《こわば》らせる桃香を見ながら和彦は、達樹を思い浮かべる。これから航空レーザ測量に出かけると言っていた。まさかと思いながら、駐在所の中から飛び出してきた二人の警官の内の一人を捕まえる。

「あの、今日ここに着く予定だった友達が行方不明なんです。捜してほしいんですが」

警官は困ったような顔になった。

「悪いが、今それどこじゃないで。後にしてくれんかな」

先に行った警官が、こちらを振り返る。

「県警に、ヘリの出動要請したずらか。国交省と本署に連絡はどうな」

それに応えながら警官は、和彦の手をすり抜け、宥《なだ》めるように肩を叩《たた》いた。

「行方不明者届なら、親族か同居人、雇い主しか出せんでな。家族に連絡取っときな」

先に行った仲間の後を追って警察車両に乗りこんでいく。それが発車すると、後に消防車、救急車が続いた。青年団と書かれた腕章をつけた男たちも、それぞれの車で後を追う。見送る和彦の隣で、桃香が電話をかけ始めた。

「ああ桃香です。取りこみ中にすいません。森林組合のヘリが落ちたって聞いたんですが、乗ってたのは誰ずらなぁ。まさか父じゃ」

曇っていたその顔が、やがて緩《ゆる》み、直後に再び強張る。息を呑《の》んで電話を切り、和彦を見た。

「今、森林組合に聞いたら、ヘリには達樹さんが乗ってたって」

胸を突かれ、言葉が出ない。桃香はぎこちなく視線を動かした。

「けど、何でかわからんって。落ちた場所は普段なら行きっこないとこで、そんな所をどうして飛んでたのか豪《えら》い不思議だって」

達樹の眼差《まなざし》を思い出す。伏せた瞼《まぶた》の下で、半眼の目に鋭い光が瞬《またた》いていた。何かを決心している人間の顔だった。

「駐在さんが戻ってくりゃはっきりすると思うけんど。達樹さん、大丈夫ずらなぁ」

桃香に頷《うなず》き、和彦は駐在所の中に入る。無人で、机の上には飲みかけの茶碗《ちゃわん》が出ていた。ヘリ墜落の知らせが入るまで、ここにはごく普通の時間が流れていたのだろう。壁際にあった折り畳み椅子を開き、桃香に勧める。桃香は三つ編みを揺らし、首を横に振った。

「やっぱ、なんか落ちつかんで森林組合に行ってみるずら。父に聞けば、詳《くわ》しい事がわかると思うで。メールで連絡するに。小塚君も何かわかったらメールして」

アドレスと電話番号を交換して別れる。警官の言葉を思い出したものの、上杉の家に連絡するのは躊躇《ためら》われた。ここからは遠かったし、無駄に心配させたくない。警官が戻ってくるのを待ち、相談してから決めた方がよさそうだった。和彦は椅子に腰を下ろす。胸で達樹の眼差が瞬いた。普通なら行かないような場所を飛んでいたのは、なぜだろう。航空レーザ測量のできるヘリコプターが空いたとの連絡を受けて出ていったのだから、何かを撮るつもりだったのに違いない。それはいったい何だったのか。

机の上に置かれている小さな本棚に、使いこまれた地図帳があるのを見つける。手に取り、赤石村のページを開いた。村は東南北を赤石山脈、西を伊那《いな》山地に囲まれる伊那谷に位置し、南北に長い。すぐ北には大鹿村があったが、南側は三千mから二千mを超える山々が壁のように連なるばかりで人里はなかった。その山が途切れる所は、すでに伊那谷ではなく静岡県浜松市である。

まず自分がいる場所の位置を確認し、次に大雄寺、さらに先ほど行った馬上御所ヶ石《まのぼりごしょいわ》を捜した。松川インターから役場までは国道、そこから大雄寺を経て赤石登山口までは県道が通っている。途中から林道が枝分かれし、突き当たりに馬上御所ヶ石があった。その崖下には表赤石沢から出てくる小天川が流れている。

上がっていた煙の方角から考えて、ヘリコプターが落ちたのは赤石岳の手前にある里山のどこかか、表赤石沢だろう。確かに村からは、かなり遠い。そんな場所で達樹は、何を撮ろうとしていたのか。

四時半を過ぎると、あたりはもう暗くなりかけた。高い山々に囲まれており、夕暮れが早いらしい。依然として駐在所には誰も戻ってこなかった。消防車や救急車のサイレンが聞こえないのは、ヘリコプターを発見できないからだろう。桃香からも連絡がない。

日が落ちれば、捜索はできないはずだった。打ち切って帰ってくるだろうと思っていたのだが、いっこうに誰の姿も見えない。墜落場所が遠くて移動に時間がかかっているか、明日の段取りでもしているのだろう。和彦は五時半まで待ち、腰を上げる。

駐在所の外には闇が広がり、空に星が光り始めていた。所々に立っている道端の街灯や、田畑の向こうに見える家々の明かりを頼りに大雄寺までたどり着く。石段を上り、三門を潜《くぐ》ると、読経の声が聞こえてきた。急ぎ足で声の方に向かう。重要文化財の本堂からだった。

正面にある向拝《ごはい》階段をそっと上り、わずかに障子を開けて中を窺《うかが》う。蠟燭《ろうそく》が灯《とも》り、厨司《ずし》が開帳され、薬師如来坐像の前に正座した安静が木魚を叩き、鈴を鳴らしながら般若心経《はんにゃしんぎょう》を読み上げていた。迸《ほとばし》る声が堂内を満たし、朗々と響き合って渦を巻き、滝のように流れ落ちてこちらに向かって溢《あふ》れ出してくる。息子の安否を気遣い無事を祈っていながら、凛《りん》とした意志を感じさせるその背中に胸を打たれた。思わずそこに正座し、しばし両手を合わせて達樹の無事、上杉の無事を祈る。

延々と続く読経を聞きながら退出し、方丈に向かった。庭に面して広い間口を取ったその端の縁台から上がり、衝立《ついたて》障子を開ける。中はダイニングだった。大きなテーブルがあり、数人分の夕食が用意されていたが誰もいない。そっと近寄り、一人で夕食を済ませた。こんな時でも、食べずにいられない自分を恥じながら食べ、すっかり自己嫌悪になる。

方丈を出る頃には、夜は深みを増していた。星々は都心ではとても見られない磨き上げたような鋭さ、目を射るような鮮やかさできらめく。思わず呟《つぶや》いた。上杉、君はこれを見たかったんだろ、星はここにあるよ、こんなにもある。でも君はどこに行ったの。今どこで何をしてるの。僕、どうしていいのかわからないよ。

塔頭《たっちゅう》に帰り、がらんとした部屋に入る。本当なら今頃ここで、上杉と一緒に過ごしているはずだった。寝る気になれず、スリングバッグの中を整理する。ビニール袋に入れておいた鳥の糞《ふん》が出てきた。キャリーケースからシャーレを出し、水を注いで糞を入れると、いくつかに分けてスライドグラスに載せる。カバーグラスをかけ、顕微鏡にセットしてのぞきこんだ。いく種もの種と未消化の葉、蝸牛《かたつむり》の殻を見つける。

ピンセットでその殻を取り出し、新しいスライドグラスに載せてルーペで拡大してみた。注意深く細部を調べる。サイズや色、殻口や螺塔《らとう》の形状、表面の鱗《うろこ》状の突起から姫天鵞絨蝸牛《ひめびろうどまいまい》だろうと見当をつけた。

姫天鵞絨蝸牛は、絶滅危惧種として環境省のレッドリストに記載されている。南アルプスの落葉樹林帯から亜高山帯に生息しているから、あの鵯《ひよどり》はそのあたりまでいって採食しているのだろう。絶滅危惧種を食うなと言いたいところだが、相手が鳥ではどうしようもなかった。

次に葉をピックアップし、スライドグラスに載せる。顕微鏡にかけ、表皮細胞の形から双子葉植物と判断した。だが種類が多く、細胞の形から植物名を特定するのは難しかった。

最後に種を一粒ずつ摘《つ》まみ出し、洗って、個別のプレパラートを作る。スマートフォンで種図鑑アプリを起動させ、比較対照して調べた。いかにもこの地方の鳥らしく白檜曾《しらびそ》や深山榛木《みやまはんのき》、御前橘《ごぜんたちばな》、高嶺桜《たかねざくら》、車百合《くるまゆり》など十三種類の植物を採食している。プレパラートに糊《のり》付き付箋を付け、それぞれの名前を書きこんだ。

中の一つが、どうしても何の種かわからない。茶褐色で勾玉《まがたま》状にまがっており、サイズは一㎜前後、表面に網状の模様があった。これは何だろう。アプリ図鑑をめくるものの出ていない。思案しながら天井を仰ぎ、溜《た》め息をついた。上杉の姿のない部屋の中を見回す。戸口まで行き、三和土《たたき》に降りて玄関を開けてみた。空に星がざわめき、闇があたりを埋め尽くしている。人の気配はなく、和彦は一人きりだった。ああこんな事、夢ならいい。

第2章　奇妙な種子

1

　明くる朝、目が覚めるやいなやスマートフォンに手を伸ばす。上杉から連絡が入っているかもしれないと思ったのだが、着信のアイコンは出ていなかった。祈るような気持ちでこちらから電話してみる。電源は切れたままだった。奥歯を噛《か》みしめながら結論する、上杉は事故に遭ったか、もしくは何らかの事件に巻きこまれたのだ。

　恐怖で胸が冷たくなる。上杉とはもう二度と会えないのかもしれない。そう考えると恐ろしかった。何かが潜《ひそ》んでいる禍々《まがまが》しい淵《ふち》の際に一人で立っているような気がする。悲鳴を上げ、何もかも放り出して逃げ出したかった。和彦は小さな頃から恐《こわ》がりで臆病、中学になってもそれを引きずっている。

　だが自分が今、ただ一人の当事者である事はよくわかっていた。ここで逃げたら、上杉はどうなる。友だちを放り出すような真似《まね》をすれば、後で死ぬほど後悔するだろう。自分の価値を信じられなくなり、自己嫌悪で息詰《いきづ》まるような毎日を送らねばならないに決まっていた。ここは逃げられない。踏《ふ》み止《とど》まって力を振り絞るしかないのだ。怖気《おじけ》をふるう自分を必死で叱咤《しった》し、やるしかないと言い聞かせた。

上杉の両親に知らせておこうとし、家に電話をする。留守電だった。両親の携帯は知らない。何度かかけるものの、誰も出なかった。和彦は急いで身づくろいし、大雄寺《だいおうじ》を出て駐在所に向かう。夜勤の警察官が起きてきて戸を開けてくれるまで、外に立っていた。

「だから昨日言ったずら、行方不明者届は親族とかでないと出せないって。それが出ないと、警察は動けんに」

もう一度上杉の家に電話し、出ない事を確かめてから警官に状況を話して相談する。警官は思案顔だったが、やがて片手を受話器に伸ばした。

「松川インターからの電話が最後ってこったな。松川なら渓流釣りの仲間がいるに。ちょっと待ってや」

受話器を取ろうとして一瞬動きを止め、こちらに向き直る。

「警察としては、行方不明者届が出ん事にゃ何もできん。これは個人的な厚意で、どうゆう結果になったとしても、責任は警察にはないずら。そこんとこ弁《わきま》えといてな、いいか」

和彦の同意を確認し、本棚の隅に差しこまれていた一覧表を抜き出した。指先で松川インターチェンジのバス停券売所を探し、電話をかける。釣り仲間を呼び出し、一頻《ひとしき》り最近の獲物の話をしてから本題に入った。その時間に駐車場で、眼鏡をかけた中学生が風体のよくない数人の男に絡《から》まれていたのを売店の店員が見ていたという。和彦は色めき立った。

「僕、そこまで行って詳《くわ》しい話を聞いてきます。本人の画像持ってますし」

店員の名前を確認し、駐在所を飛び出しかけて足を止めた。達樹《たつき》の安否について、もしいい情報があれば早く安静《あんじょう》に伝えてやりたかった。

「森林組合のヘリコプター、どうなりましたか」

警官は、憂鬱《ゆううつ》そうな溜《た》め息をつく。

「里山ん中に落ちとるのを、県警のヘリが発見したずら。百m以上を滑り落ちて大破、あたりにゃブレードや座席なんかが散乱しとったそうだ。拡声器を使っての呼びかけには、誰も応じんかったらしい。昨日は暗くなったんで捜索を打ち切り、今日、改めて救助隊が現場の斜面を降りて機内を確認、県警のヘリを待って吊《つ》り上げ作業をするずら。事故原因の究明は、ボイスレコーダーを回収してからだな。運輸安全委員会から航空事故調査官が派遣されるっちゅうこったし、慌《あわ》ただしくなるずら。今日は村議会も開かれるが、こっちも荒れそうでなぁ」

礼を言って駐在所を出た。残念な情報だったが、まだ希望がない訳ではない。何とか助かっていてほしいと思いつつ役場前のバス停に向かい、コンビニでパンを買って路線バスに乗った。国道をほぼ真西に走るバスの車内で、パンをかじる。松川まで約一時間十五分。バスを降りると、インターチェンジの売店を訪ねるために坂を上った。

上杉は忽然《こつぜん》と姿を消し、達樹は墜落。南アルプスの生態系を見にきただけなのに、こんな展開になるとは思ってもみなかった。二人の顔が思い出され、自分が直面している現実の重みに打ち拉《ひし》がれそうになる。これから何が起こるかと考えると、心臓がすうっと体の下の方に落ちていくような気分だった。恐くてたまらない。勇気を出せ自分。そう思いながら高速バスを降りた上杉が歩いたはずの道を、逆方向から進む。

片側に張ってある高いネットフェンス越しに見回せば、あたりは断層のよく見える段丘で、一面に畑が広がり、人の背丈ほどの木々が植えられていた。葉の様子から見て、棚を作ってあるのは梨、たくさんの袋をかけてあるのは林檎《りんご》だろう。袋を取り去った木々もあり、赤く染まった丸い実がついていた。節くれた枝や葉が段丘に降り注ぐ陽射《ひざ》しを跳ね返し、蜜のようにきらめく。美しくも長閑《のどか》な光景で、上杉や達樹の事がなければ、和彦もさぞ穏やかな気持ちで眺《なが》めていられただろう。

溜《た》め息をつきながら、ふとネットフェンスの下方に目を留《と》める。ちょうど人間の腰の位置あたりに黒っぽいものが付着していた。よく見れば黒というよりは暗緑色、どうも塗料のようでネットも若干曲がっていた。和彦は、暗緑色だったあのジープを思い浮かべる。だが同色の車は、あれ一台という訳ではなかった。ここは高速道路に通じる道で、様々な車が通るのだ。

坂を上り切ると、広い駐車場が広がっていた。その奥にある売店を訪ねる。警官が釣り仲間を通じて話をしておいてくれたらしく、現場を見かけたという女性店員が対応してくれた。上杉の写真を見せると、しっかりと頷《うなず》く。

「ああそうな、この子ずら。男たちにぶつかったとかでなぁ、あんまり絡まれるようなら警察を呼ぼうと思ってここから様子を見とったら、すぐ終わったんで、ほっとしたに」

少しでも手がかりがほしくて、その後、両者はどうしたのかと聞いてみる。

「中学生は路線バスの方に歩いてったもんで、乗り換えるんだなぁと思っとったけど、男たちの方は見とらんかった。ちょうど観光バスが着いて、店が忙しくなっちまったもんでなぁ。他には事故もなくて、穏やかな一日だったけんど」

騒ぎが起こっていた場所を聞いたが、あのあたりというぼんやりとした事しかわからなかった。そこまで行き、停《と》まっている車の間を歩いてみる。上杉はサッカーチームのレギュラーで、とっさの動きも速いし、マシューズもうまかった。人と衝突しそうになっても、うまく避けられるのではないか。それがぶつかったとなれば、相手が死角から急に出てきた可能性があった。

和彦は高速バスの停留所を確認し、そこから上杉がぶつかったと言われたあたりまで歩いてみる。実際に停まっている車や、今は停まっていないものの地面に描かれている駐車スペースを見ながら、それらの死角から上杉の進路に人が出てくるような場所を捜した。

ここかと思われる所が一ヵ所見つかり、足を止める。上杉と男たちがぶつかった何らかの痕跡、落とし物とか、転倒した時に破れた衣服の繊維などが残っている事を期待したのだが、あたりには何も落ちていなかった。和彦はスリングバッグからルーペを出し、今度はしゃがみこんでコンクリートの舗装の表面を舐《な》めるように観察する。やがてあちらこちらにある僅《わず》かな窪《くぼ》みに、ブラウンシュガーのような茶褐色の物が詰《つ》まっているのを見つけた。他の場所も見て回ったが、そのあたりにしかない。

ラテックスの手袋を出してはめ、それを拾って驚く。あの鵯《ひよどり》の糞《ふん》から出た正体不明の種子と同じだった。これはいったい何なのか。そもそも誰が、何のためにここに撒《ま》いたのか。考えながら一つの思いに囚《とら》われる。ひょっとして上杉はここで、これを持っていた誰かとぶつかったのではないか。その拍子にこの種子が零《こぼ》れ落ちた。相手が怒り、上杉に食ってかかったというのは考えられる事だった。相手は複数で、それを見ていた店員たちが、中学生が絡まれていると判断した。だがこんな種子を持ち運んでいる人間というのは、いったい何者なのか。それが上杉の行方不明とどう関係するのか。

和彦は採取用のビニール袋を出す。これが何なのかをはっきりさせれば、少しはわかる事も出てくるかもしれないと思いながらその中に入れた。

近くに防犯カメラがあるのを見つけ、売店に戻って見せてほしいと申し出る。責任者らしい男性が出てきて断られた。個人情報に関する部分があり、捜査令状を持った警察にしか見せないという事だった。

それ以上はもうする事がなく、赤石村に引き返すために先ほど来た坂道を下る。はっきりとした手がかりを摑《つか》めず気持ちが重かったが、とにかくこの種子を分析してみようと思った。歩いていくと、途中でネットフェンスに付いていた塗料がまたも目に入る。どうにも気になった。

仮定してみる。これが、あの自伐屋のジープの塗料だとしたら。和彦が初めにジープを見かけ、次に見るまでの間は、ほぼ二時間余だった。あの荒っぽい運転なら、このインターチェンジを往復する時間はギリギリあるだろう。だが往復だけが精いっぱいで、その他の事をする余裕はほとんどない。往復するためだけに、車を飛ばすとは思えなかった。考えられるとすれば、何かが起こって予定を変更、戻らなければならなくなったという事だ。

和彦は、曲がったフェンスと塗料を見つめる。これは運転ミスか、それとも別の車との事故か。別の車が関係したのなら、その車の塗料やライトの破片などが落ちている可能性があった。あたりを見回す。目につくようなものは何もなく、売店の女性も事故のない日だったと言っていたのを思い出した。ただの運転ミスでフェンスを曲げ、発覚すれば賠償問題になると慌《あわ》てて逃げたのかもしれない。

慌《あわ》てて逃げた。その言葉が、別の考えを呼び起こす。事故の相手は車ではなく、人間かもしれない。ここで人身事故を起こし、それで逃げた。

とたんに鼓動が高くなった。時間的には、上杉がここを通っていてもおかしくない。上杉を引っかけ、慌《あわ》てて停車したために車体後部が振れ、フェンスに擦《す》ったとか。では上杉はどうしたのか。怪我《けが》がなければ路線バスに乗ったはずだ。怪我をしていれば救急車が呼ばれただろう。そのどちらでもないとすれば、この塗料を付けた人間が上杉を車に乗せ、連れ去ったのではないか。上杉は怪我をしているだろう。すぐ捜さないと。

先へ先へと走る心を懸命に抑え、宥《なだ》める。行方不明者届も出ておらず、しかも証拠が一つもないとなれば、誰を動かす事もできなかった。自伐《じばつ》屋のジープがここにいたかどうかは、塗料を分析すればわかる。後は上杉が事故にあった証拠だけだ。人身事故が起こった現場なら、その痕跡が必ず残っている。被害者の服とか落とした物とか、あるいは髪とか皮膚片とか血痕。

和彦はルーペを出し、手袋をはめて道路に跪《ひざまず》く。塗料の付いていたネットフェンスの近くを隈《くま》なく見て回った。何もない。フェンスの向こうは、最近刈られたばかりの芝生だった。フェンスの下から手を伸ばし、芝をかき分けて捜す。そこに数粒、あの種子が落ちていた。息を呑《の》んで摘《つ》まみ上げる。その時初めてわかった、ここでの事故は駐車場で上杉が絡《から》まれた事件と繋《つな》がっているのだと。

和彦はルーペで地面を見ながら引き返す。そのあたりのどこにも種子が落ちていないのを念入りに確かめた。駐車場とネットフェンスまでの間に、なぜ一粒も落ちていないのか。その理由は、種子を持っていた人間が車で移動したからだ。

上杉とぶつかり種子が零れた時、一部が服に付いたか、ズボンの折り返しにでも入ったのだろう。その人間は車に乗り、そしてあのフェンスのそばで降り、種子があたりに落ちた。小さく軽かったため、風に乗って芝生の中に入ったのだろう。ではなぜ、あんな半端な場所で車から降りたのか。和彦はフェンスを振り返る。頭の中ですべての要素が一気に繋《つな》がり、一本の太い線になった。おそらく、そこに上杉の姿を見つけたからだ。あそこなら駐車場と違って人目がない。胸を、冷たい風が吹き抜けるような気がした。体の中に悍《おぞ》ましい気配が入りこみ、暴れ回る。いつもなら考えてもみないような事が、一枚の絵のように脳裏に浮かび上がった。

図鑑にも載っていないあの種子は、かなり特殊な、おそらく人に見られては困る類《たぐい》のものなのだ。駐車場で上杉とぶつかってばら撒《ま》き、慌《あわ》てて回収してから上杉の後をつけて人目に付かない坂の途中で車に引っかけたか、あるいは幅寄せして止まり、無理矢理車内に連れこんだ。昨日、猛然と目の前を走り過ぎていった暗緑色のジープが思い出された。いつもなら村の女子をからかう連中があっさり走り去ったのは、それどころではなかったからだ。

あの塗料が自伐屋の車ならば、種子を持っていたのも彼らである可能性が高い。ただあくまで可能性であって、自伐屋は通りかかってフェンスを擦っただけ、種子を振り撒き、上杉を拉致《らち》したのは別の人間という事も考えられない訳ではなかった。

塗料を分析し、それがあのジープのものならば車内を調べ、そこから上杉が乗せられた痕跡が出てくれば、和彦の推理は裏付けられる。だが車内を調べるためには、警察を動かさねばならなかった。今、和彦の手元にある情報だけで、警察が捜査してくれるとは思えない。和彦にできるのは塗料の分析、種子の判別、そして上杉がこの坂のあたりで事故、もしくは拉致に遭ったに違いないという証拠を揃《そろ》えて、警察に訴える事だけだった。

新しいビニール袋を出し、フェンスに付いている塗料を削り落として中に収める。道路には何も落ちておらず血痕もなかったため、芝の中を探ろうとした。上杉ならフェンスを乗り越えられるだろうが、和彦にはとてもできない。百mほど離れたところにトイレがあるのを発見し、そこから裏に回れば、崖に生えている芝生の上に出られそうだと見当をつけた。

いったんトイレに入り、裏側に出て崖の上に立つ。塗料の付いていたフェンスの所まで戻り、それを背にしてしゃがみこんだ。まずあたりの芝の葉の一枚一枚に目を通し、血痕や唾液痕《だえきこん》を捜す。疑わしい葉は千切ってビニール袋に入れた。さらにあたりに落ちていたすべて、菓子名の書かれた袋から壊れた土産物らしき破片まで拾い上げ、大きなビニール袋に突っこむ。この中から必ず事故の証拠を見つけ出すつもりでいた。

2

和典はまばたきする。一瞬、どこにいるのかわからなかった。降り注ぐ強い光が地面に反射し、目を射る。周りを見回そうとして身動きが不自由な事に気づいた。よく見れば、胸から下が土砂に埋もれている。地面は四十度ほどもありそうな急な崖で、大量の土が木々の根元を覆《おお》い、一部を折り、下草を埋もれさせていた。少しずつこれまでの事を思い出す。穴を掘っていた男、髭《ひげ》に埋もれた顔、墜落したヘリコプター、それが引き起こした凄《すさ》まじい土砂崩れの様子。しかし今、視界に男の姿はなく、ヘリコプターの折れたブレードや部品、ガラスの破片等も見当たらなかった。すべてが夢のように思われるほどあたりは静まり返っている。ただ腫《は》れ上がった左手の甲がひどく痛み、指を動かす事もできなかった。これ、マジ粉砕骨折してっだろ。スコップで殴り殺されたりしなかったのは幸いだが、この状態じゃ全然、喜べんな。

顔に影が落ちる。見上げれば、頭の上を飛んでいた数羽《すうわ》の烏《からす》が素早く下降してきて、次々とそばの地面に着地するところだった。時おり羽を広げながらこちらに歩み寄ってくる。翼開帳《よくかいちょう》が六、七十cmはありそうで、嘴《くちばし》は長く厚かった。

「おい俺の事、狙ってるのか。止めとけ、まずいぞ」

右手であたりの土を摑《つか》み、投げつける。烏はいったん退いたが、再び寄ってきた。和典は自分の周りの土砂をかき分け、埋まっている体を掘り出そうとする。だが片手で除《の》けられる程度の土量は知れたもので、いっこうに動けなかった。迫ってくる烏を見ていると、鳥葬という言葉が頭に浮かぶ。俺、まだ死んでねーぜ、近寄んな。

土砂を投げつけると同時に、間近に迫った烏に思い切り鼻息を吹きかける。瞬間、烏は羽を広げ、後退《あとずさ》って舞い上がった。思いがけない効果に驚きつつ、その脇にいた烏にも試みる。やはり間髪を容《い》れず上空に飛び上がっていった。それを見た残りの烏も、怖気づいたのか次々と飛び立っていく。半ば啞然《あぜん》としながら見送った。ひょっとして俺の息って、臭いのか。いささか焦《あせ》りながら、いやきっと空気の振動に反応したんだろうと考え直す。肺活量四千五百の呼気を至近距離離で真面《まとも》に浴びたら、絶対びっくりするはずだ。

鳥の影の見えなくなった空を仰ぐ。このままでは助かる見込みは薄いだろうなと思った。だが動けず、片手も利《き》かず、どうしようもない。そもそも、ここはどこなんだ。インターチェンジから外も見えない状態で連れてこられ、方角すらわからない。スマートフォンもなく連絡手段は皆無だった。やっぱ、俺、助かんねーかも。

溜《た》め息をつき、短い人生だったなと思う。思い返せば、数学以外、何もしてこなかった気がする。幼稚園の頃から車のナンバープレートや切符に印字された四桁の番号が好きで、それらを加減乗除して一桁目をゼロにする事に熱中した。小学校に行くようになると、地理の時間は山の高さを表す数字を見つけて日本中の山々を背丈の順に並べ、生物の時間は昆虫や花のサイズを測って大きい順に表を作っていた。算数の問題を考えるのが一番ワクワクする時で、教えられた通りでない解き方を見つけるのに夢中だった。興味の持てない学科に時間を割かねばならない時は、その合間のストレス発散に、「高校への数学」というテキストを見たり、その問題を解いたりしていた。

中学になると、楕円《だえん》曲線やガウス整数、フェルマーの定理などに刺激され、興味の幅が広がって、食事中も電車の中でもサッカーをしている時も、数学について考えるようになった。自分自身と数学の区別がつかなくなり、自分が数学であるかのように思った事すらある。好きな子ができた時も、そんな自分の気持ちを理解してもらうのは不可能だと思い、接触しなかった。女子に関わって時間を取られるより、数学をしていた方が気持ちが落ち着くと思っていたせいもある。今年の夏、長岡京で友人に背中を押され、やっと告白する気になったが、その直後、数学の首位から転落するという大事件が起こったのだった。

自分の価値を失うに等しい出来事で、自己の存在自体が揺るがされる思いだった。告白どころではない。あっさり首位を譲《ゆず》った自分を許せなかったし、その状況を受け入れる事に耐えられなかった。挫折《ざせつ》感が霧のように心を覆《おお》い、いっそ死んでしまった方がましだとすら思った。トップでない自分と妥協して生きていく事などできそうもない。

学校の数学教師も驚いたようで、和典をすぐ職員室に呼び、色々と話してメンタル的な負荷を外《はず》そうとしてくれた。それによれば和典から首位を奪った大椿《おおつばき》は、日本に戻ってきたばかりの帰国子女で、曾祖父も祖父も高名な数学者、祖母は結婚まで女子高で数学を教えており、母親は今、東大で数学科の教授をしているという筋金入りの数学一家だった。

「大椿は特別な人間だ。東大合格者数三十年連続一位を誇るこの学校でも、数十年に一人現れるかどうかの逸材、天才なんだ。気にするな」

その言葉に、和典は慰《なぐさ》められるどころか傷を深くした。大椿が血統的に優れた家系の出だからといって、自分が負けていい事にはならない。それなのに教師は、敵《かな》わないのが当たり前であるかのような言い方をしたのだった。それ自体も屈辱だったし、どんな理由があろうと得意とする科目で他人の下に位置した事も耐えがたく、大椿に屈したという気持ちが心を深く抉《えぐ》っていた。

それは絶対に忘れられず、また克服もできないものに思えたのだった。

　ここで死んだら、数学学年二位の刻印は永遠に消せないな。すげぇ不名誉。そう思いながら、動けないまま周りの山々に目をやり、走るように動き始めている雲を見つめた。膨大な時間を数学に注ぎこみ、他にはほとんど何もしてこなかったにも拘《かか》わらず負けたのだ。最低だ、死んじまえばいい。

3

　赤石村に帰る途中のバスの中で、和彦はふと気が付く。自分のスマートフォンに入っている図鑑は、今出ているアプリの中でもっとも詳《くわ》しいものだったと。あれ以上はない。対照できる図鑑がなければ調べようもなかった。リールの父に画像を送り、研究所の大図鑑で調べてもらおうか。

　役場前でバスを降り、すぐ電話をかける。留守番電話になっており、向こう三ヵ月間は返事ができないとのメッセージが入っていた。事情がわからず研究所にかけてみる。不夜城と呼ばれる研究所には、この時間でも誰かがいるはずだった。フランス語はできないが、研究所の職員は全員が博士号《ドクター》を持っている。それを取得するための博士論文は普通、英語で書くはずで、つまり職員は全員、英語ができるのだった。和彦はさほど得意な訳ではないが、何とかなるだろう。

電話に出たのは女性で、父は出張だと言われた。行き先は南極で、チームを率いて実験中、大金をかけたプロジェクトで相当緊張を強いられる作業らしい。話の最後に、こう付け加えた。

「痩《や》せるかもね」

父に頼るのは最後にするしかない。まず自力で図鑑を捜そう。公共の図書館に行けば、何かあるかもしれない。この村になければ、近くの市まで足を延ばそう。時間を取られそうだと考え、塗料の方は誰かに調べてもらう事にした。村立図書館を検索し、そちらに足を向けながら電話をかける。

「ああ黒木、悪いけど、車の塗料成分調べて」

呆《あき》れたような返事が聞こえた。

「軽く言うね」

黒木の声は低く、どことなく笑みを含んでいる。それが余裕と大人っぽさを感じさせた。とても同学年とは思えない。和彦は小六の初めの頃から思っている、黒木はもう大人なんだと。

「あのねぇ車の塗料成分比って、企業秘密なんだぜ」

それは知っている。

「でも塗料の成分から車名を特定したい訳じゃないんだ。既に特定してある車の塗料を調べたいだけなんだから、できるだろ」

かすかな笑いが耳に忍びこんだ。

「上杉だったら、その塗料成分と車名の関係は十分条件に過ぎないって言うだろうな」

一瞬、上杉が姿を消した事を話すべきかと迷う。だが遠く離れた所で心配材料だけ受け取っても対処に困るだろうし、今のところは塗料を調べてもらえれば充分だった。もう少し事態が見えてきて、頼む事ができた時点で耳に入れればいいだろう。

「車の車種等、情報をこれからメールで送るから、できるところまで調べてよ。特有の成分なんかが出てくると、比較が楽でうれしいんだけど。じゃよろしく。あ急いでね」

電話を切り、自伐《じばつ》屋の使っている車種と車名、色、艶《つや》のあるなし、厚塗りかどうかをメールにする。これで塗料の方は任せておけばいい。あとは種子と、現場で拾得した様々なものの分析だった。急がなければ。

足を速めようとし、大人受けのいい黒木が上杉の両親の居所や電話番号を知っているかもしれないと思いつく。以前も上杉の母親は、息子と連絡が取れない時に黒木のアドレスに電話やメールを送ってきた事があった。黒木に電話し、それを尋ねる。

「母親のスマホならわかる。でも今、海外だ。それに上杉、相変わらず親との関係、悪くってさ、この休みも、何も言わずに出かけたらしいぜ」

自分のせいのような気がして首を竦《すく》めた。確か以前に伊勢志摩《いせしま》や函館《はこだて》、長岡京に出かけた時も、上杉は家の許可を取っていなかったと思い出す。

「そんで母親は怒り心頭、今度という今度は懲《こ》らしめるつもりで連絡を絶つ事にしたって言ってるんだ。俺が教える訳にゃいかないよ。ところで聞いてもいいかな。上杉の親に連絡取りたいのは、なぜ」

やむなく行方不明を打ち明ける。黒木は一瞬、絶句、しばらくして踏み切るように強く言った。

「親には連絡しなくていい」

え。

「俺たちで上杉を見つけ出そう」

思ってもみない提案だった。

「あの母親に、行方不明になったなんて伝えてみろ。上杉は今後、それを理由に行動を拘束されるに決まってる。今以上にガチガチに縛られたら、健全な青少年の道を踏み外すぞ。親の支配を覆《くつがえ》そうとして夜な夜な金属バットを磨くか、ネットで購入した爆破装置を組み立てるか、3Dプリンターで銃でも造るか。おい小塚、おまえ真剣に聞いてないな。上杉や俺は、おまえみたいに性善説で人類大好き人間じゃないんだ。自分の攻撃性や破壊衝動を抑えるのに、苦労するタイプなんだぜ」

和彦も、自分たち三人が同じとは思っていない。だが今後の事を考えるより前に、今のこの窮地を切り抜けなければならなかった。それには保護者に連絡するしかないだろうと思える。

「でも僕たちだけじゃ、行方不明者届も出せないんだよ」

不敵な感じのする笑いが伝わってきた。

「広域捜査なら別だが、そうでなければ警察なんて大して役に立ちゃしない。行方不明者届にしても、出せば捜してもらえるってもんじゃないんだ。ほとんどの場合、家出人として警察のデータベースに登録されて、それっきりだ。ちゃんと捜索してもらうためにはいくつかの事を証明しなけりゃならない。つまり犯罪に巻き込まれて生命が危険に晒《さら》されているか、自殺の恐れがあるか、病気にかかっているか、危険物を持っているか、十三歳以下の子供か高齢者か、以上だ。上杉の場合、どれにも該当しないし、今のところは何も証明できないだろ。つまり親を通して行方不明者届を出しても、一般家出人の中に入れられるだけなんだ。俺たちでやろう」

黒木の言う事も、わからないではなかった。だが自分たちで抱えこんでいて力及ばず、上杉の身に危険が迫るような事態になったら、どうするのか。万が一の事を考えると恐ろしく、賛成できずに黙りこむ。黒木は苛立《いらだ》たしげな息をついた。

「自由のない人生なんて意味がない。そういう環境に戻ってくるくらいなら、上杉はこのまま見つからない方がましだ」

静かな言い方の中に、押し砕くような力が籠っていた。

「人間は、とにかく生きてればいいってもんじゃないんだ。生きるに値しない人生しかないのなら、いっそ死んだ方がいい」

黒木が普通の家庭に育っていないという事は、ぼんやりと知っている。そういう生育環境が言わせる言葉なのだろうか。

「とにかく俺は、親に連絡する気になんてとてもなれない。したければ、おまえ、勝手にやるんだな」

親の連絡先を知っているのは黒木だけだった。事実上の、俺に従え宣言である。

「さっきのメールの塗料成分、すぐ調べて送るから。それが終わったら、そっちに向かう。赤石村だよな。また連絡するから」

言い放って電話を切った。和彦はいつの間にか立ち止まっている事に気づき、歩き出す。自分たちだけでうまく運べるのだろうか。不安を嚙《か》みしめながら、何とか黒木を説得できるような折衷案を捻《ひね》り出そうとした。

警察が捜索するケースの中に、犯罪に巻き込まれて生命が危険に晒《さら》されているという一項があったのを思い出す。その場合、たとえ行方不明者届が出ていなくても警察は動くだろう。これまで考えていた通り塗料の分析、種子の判別、そして上杉があの坂のあたりで事故、もしくは拉《ら》致《ち》に遭ったという証拠を揃《そろ》え、警察に持っていけばいい。黒木の主張は親に連絡するなという事だけだから、警察には今朝と同様に、親とは連絡不能と話し、当面の捜査を進めてもらおう。後の事は、後で考えればいい。急がねば。

足を速め、役場に隣接する観光案内所の前を通りかかる。その向かいが公園になっており、奥にある国会議事堂を模した建物の正面階段を多くの人々が降りてくるところだった。そういえば今日は、村議会が開かれる日だと聞いている。人々の中には、森林組合の熊谷《くまがい》専務理事の顔があった。興奮収まらぬ様子で足早に道路まで降り、人混みをかき分けて先を歩いていた恰幅《かっぷく》のいい男性の肩に手をかける。

「小沼さん、もう一度考え直してくれんかな」

男性は、達成感を漂わせた顔を熊谷に向けた。

「もう議会の結論は出たでな。今後は測量、幅杭《はばくい》の設置、用地説明会、価格算定へと進むずら。止めるにゃぁ全村民投票に持ち込むしかないずらなぁ」

どうやら村議会は、高速道路の建設を許可する方針を固めたらしい。和彦は赤石岳を見上げる。あのあたり一帯に生息している絶滅危惧種は、今後どうなってしまうのだろう。心配しながら三々五々散っていく人々に目を向ける。

「小塚君、どうしたずら」

後ろから声をかけられ、振り返れば安静が役場の階段を降りてきていた。村議会に参加していたらしい。自分の息子の乗っていたヘリコプターが落ちたというのに、驚くべき精神力だった。

「達樹さんの消息、わかりましたか」

歩み寄って聞くと、安静は首を横に振る。

「まだだ。朝から救助隊が現場の斜面を降りて機内を確認しとるし、県警のヘリも飛んどるから時間の問題で見つかるだろう」

眉をひそめ、口を堅く結んで口角を下げた。英語によく出てくるｓｔｉｆｆ　ｕｐｐｅｒ　ｌｉｐというのは、おそらくこんな感じなのだろうと思いながらそれを見つめる。感情を抑え、泣き言を言わない。昨日聞いた滝のような読経と、凛《りん》としたその背中が思い出された。駐在の話では、拡声器を使っての呼びかけに応じる声はなかったとの事で、安静もそれを聞いているに違いない。覚悟を固めているのだろう。

「多数決というのは、時には暴力だなぁ」

引き結んでいた唇を開き、考え深げな顔で首を横に振る。

「今の五十代以降の人間は、どうしても経済優先の旗を振る。経済の発展こそが幸せだという時代に育ち、それがもはや遅れた考え方だという事に気づいとらんずら。今時、休暇も返上して金を稼いで高級住宅地に一戸建ての家を持つのが夢なんて奴《やつ》、おらんだろう。戦後の日本人が目指してきた理想は、とっくに崩壊しとるに。経済的、物質的な豊かさが幸せに繋《つな》がるなんて、今は誰も信じてないし、求めてもおらん。そんなものはそこそこでいいから、もっと別の、心が安定するような新しい形の幸せを必要としとるちゅうに、高齢者が多い今の経済界の連中には、それが理解できてない。まぁ難しい時代ではあるがな。ダイバーシティが世界的傾向で、統一的な価値観がない。逆に考えれば、」

そこで言葉を途切れさせ、和彦の表情を窺《うかが》った。退屈していると思ったらしく、話を変える。

「どこ行くとこだったたな」

和彦は、図書館に植物図鑑を見に行くと告げた。安静の顔に活気が漲《みなぎ》る。

「それなら、うちの方がたくさんあるに」

安静は、確か発酵醸造《はっこうじょうぞう》学を専攻していた。それを選んだのは、生態系に興味を持っていたからだろう。小さな頃は和彦のように、動植物昆虫大好き少年だったのかもしれなかった。

「牧野日本植物図鑑もあるし」

思わず喜びの声を上げる。牧野富太郎は近代植物分類学の権威だった。その図鑑に出ていない植物はない。

「ぜひ見せてください。調べたい種子があるんです」

安静は満足そうに頷《うなず》き、駐車場の方へと足を向けた。それを追い、村営駐車場と書かれた看板の脇を入ったとたん、そこに暗緑色のジープを見つける。ナンバーと、予備タイヤカバーに書かれたじばつ屋のロゴを確認した。

「安静さん、すみません、ちょっと待ってもらっていいですか」

インターチェンジの坂道とフェンスの位置を思い出しながら車に走り寄り、車体に目を凝らす。確かに傷があり、塗料が剝《は》げていた。地面からの距離を目で測る。塗料が付いたフェンス部分と同じくらいの高さだった。

きっとこの車だ、間違いない。そう思いながら窓からのぞきこむ。運転席と助手席はごく普通で、何の変哲もなかった。だがリアシートとの間に黒い仕切り板があり、その向こうは見えない。後部の窓にはスモークが貼られていた。隠されているかのようなこのスペースにもし上杉の遺留物があれば。そう考えると鼓動が速くなった。もしそうなら、今すぐ警察に訴えられる。その思いに引きずられ、アウトサイドハンドルに手を伸ばした。

「おい小僧」

道路の方から、突如、太い声が飛んでくる。

「俺の車、触ってんじゃねーよ」

バラスを踏む足音と共に駐車場に走りこんできたのは、小柄なソバージュヘアの男だった。ジャケットの下に開襟シャツを着ており、首には太い金鎖をかけている。

「てめぇ、部品盗もうとしてやがったな」

いきなり肩を鷲掴《わしづか》みにされ、言葉が出なかった。竦《すく》み上がり、必死で首を横に振りながら考える、俺の車という事は、この男は自伐屋なのだ。そして上杉を拉致した人間かもしれない。

「ドア開けようとしてたじゃねーか。警察だ、警察。さっさと来い」

引っ立てられそうになり、慌《あわ》ててそばにあった街灯の支柱に腕を絡《から》める。そこに縋《すが》りながら、どうすれば上杉の情報を引き出せるかと考えた。直撃すれば恍《とぼ》けるだろうし、警戒もするだろう。自伐屋は通りかかってフェンスを擦《す》っただけ、という可能性もある。だがそれなら、真犯人を見ているかもしれなかった。何とかうまく聞き出せないか。

「おいおい、子供を相手に、何を向きになっとるずらか」

安静の声がし、顔を上げると、こちらに歩み寄ってくる姿が見えた。

「こいつが車荒らそうとしてやがったんだよ。まったく今時のくそガキは」

忌々《いまいま》しそうに男が吐き捨てる。安静は鼻で笑った。

「そりゃ何かの間違いずら。その子は大雄寺の客で品行方正だ。あんたほど柄は悪くないに」

挑発的な言葉に、和彦は仰天する。怒っている男の気持ちを逆撫《さかな》でにして、平然と構えている安静が信じられなかった。意外にも、上杉や黒木と同じで好戦的な性格らしい。

「和尚《おしょう》、俺を甘く見てんのか」

怒りを募らせた男は食ってかかったが、安静はなお恬《てん》として動じない。見ている和彦の方が狼狽《うろた》えた。

「いい気になんじゃねーぜ」

大股で歩み寄り、男は至近距離から安静をにらみ据《す》える。二人を囲む空気が張り詰《つ》め、和彦は居ても立ってもいられない気分になった。道路の方から声が上がる。

「おい佐藤、いいから行こう」

目をやれば、駐車場の外から熊谷が手招きしていた。そばには一人の男が、これまた不愉快そうな顔付きで立っている。佐藤と呼ばれた男は舌打ちし、ジープのドアを開けると、乗り込んで荒々しく発進、駐車場を出て二人を乗せ、走り去った。ほっと体を緩《ゆる》める和彦の隣で、安静が苦笑する。

「荒れてるな。まぁ高速道路反対派にとっちゃ、今日の議決は致命的な敗北だから無理もないが。小塚君、大丈夫か」

気遣うような眼差《まなざし》を注がれ、急に恥ずかしくなった。支柱から手を離す。男の迫力に怯《おび》え、情報を得ようと思いながら何もできなかった自分は、さぞ不甲斐《ふがい》なく見えただろう。滑稽《こっけい》ですらあったかもしれない。父に相応《ふさわ》しくない息子と思われたのではないか。自己嫌悪と疎《うと》ましさが胸で勢いを増し、男の前で微動もしなかった安静への敬意が膨《ふく》らんだ。

「ああいう時、恐《こわ》くないんですか」

安静の車へと歩きながら聞く。

「どうすれば冷静さを保てるんでしょう」

安静は、ドアを開けながらこちらを見た。

「ただ相手を知ればいいだけだ」

言葉の意を捉《とら》えかねていると、安静は乗るように手で促《うなが》し、自分も中に入った。音を立てて運転席に身を落ち着けながら微笑《ほほえ》む。

「あの男の性格はわかっとるでな。こっちが強く出れば引くし、弱いと見れば嵩《かさ》にかかって突っかかってくる。常に相手の様子を窺《うかが》っていて、自分を大きく見せるためのはったりもうまいし、人を利用する事にも長《た》けている」

そう言われてみれば、顔のそこかしこにずる賢そうな気配が漂っていた。

「佐藤は、五、六年前に赤石登山口あたりの土地を買い、ログハウスを建てて仲間と一緒に自伐屋をやっとる。仕事柄、森林組合の熊谷とは繋《つな》がりが深いずら。暴力団員なんじゃないかちゅう噂《うわさ》も立っとるが、村の中じゃ、どんな事があっても暴力は振るわんはずだ。この村で仕事をしとる以上、何か起こしゃ自分に不利に働く事ぐらいは計算しとるだろうからな。そういうアウトラインがわかりゃ、向こうの限界が見える。どこまで突っ込んでも大丈夫かがわかるから、恐れるに足りんに」

要は、観察と洞察なのだと気が付く。相手を見極めればいいのだ。動植物や昆虫にも、毒を持つものは多い。あれこれ調べて注意すべき点を把握、扱い方を学べば手摑《づか》みもできる。同じ要領でやればいいのだとわかり、胸が少し軽くなった。

「熊谷は、高速道路賛成派の意見開陳を妨げるために、今日の議会の傍聴席に佐藤を入れて野次を飛ばさせていた。まったく品位に欠ける行為だが、賛成派の方も負けずに怒号を上げとったでな、まぁ五十歩百歩といったところずら。どちらも、それだけ必死だったんだろう」

車のエンジンをかける安静を見ながら、佐藤のログハウスに行ってこっそり様子を探ってみようと心を固める。そこに上杉がいるかもしれないし、もしいなくても何か摑《つか》めるに違いなかった。

「一緒にいたもう一人は谷原。この村の土建屋で、熊谷とはよく仕事をしている仲だに。反対派の急先鋒《きゅうせんぽう》の一人ずら」

一瞬、疑問に思う。土建屋というのは土木建築業者の事だろうが、村に高速道路ができるとなればその関係の仕事が増え、利益が上がるはずだった。それなのに反対に回っているというのは、仕事上の繋がりがある熊谷に逆らえないからか、それとも真に環境保全を考えているのだろうか。

「ところで君の友達だが、昨日は来なかったようだが、予定変更かな」

どう答えればいいのか迷った。この際、全部を話して協力を仰ぐべきだろうか。踏み切れないままに、少しだけ口に出してみる。

「まだはっきりした訳じゃないんですが、実はあの車に轢《ひ》かれたかもしれないんです」

安静はハンドルを回し、駐車場の出入り口に向かいながら鋭い視線をこちらに投げる。

「警察に届けた方がいいな」

県道の方からやってきた警察車両が勢いよく目の前の道路を走り過ぎた。助手席に座っていた警官がこちらに気づき、少し行ったところで急停車する。慌《あわ》ただしく二人が降りてきた。

「和様《おっさま》、誠にご愁傷様でありますが」

車の外で敬礼しながら身を屈《かが》める。

「ただ今、ご子息のご遺体が発見されたとの事です。ヘリで飯田病院の方に搬送されましたんで、ご確認願います」

安静は一瞬、身震いし、わずかに頷《うなず》いて和彦の方に視線を流した。

「この子を、この車で寺まで送ってやってくれんかな。私はそっちの車に乗せてもらうで」

4

大雄寺に向かいながら、運転席で警官が溜《た》め息をつく。

「まったくお気の毒ずら。奥さんを早く亡くして、親一人子一人だったたちゅうになぁ」

そういえば、寺で女性の姿を見かけなかったと思い出す。

「もっとも古い寺だで、仕えとる寺務員がいく人もおる。当面、困る事もないだろうが、さぞお寂しかろうが」

沈んだ表情だったが、カーブの多い県道を上るハンドル捌《さば》きは堂に入っていた。

「森林組合の職員の話じゃ、操縦に関しちゃベテランだったたちゅうし、昨日は天気も良くて、上空も風がほとんどなかったに」

つまり墜落する要因は、見当たらないのだ。

「魔が差したとしか思えんなぁ」

その言葉に啞然《あぜん》とする。事故原因が不明の場合、それを追究、調査するのが警察の仕事ではないか。魔が差したなどと簡単に片づけていいものだろうか。

「ブラックボックス内に、事故の手がかりになるような音声記録が残ってるんじゃないですか」

警官は、残念そうに首を横に振った。

「それが専務理事の熊谷さんの話じゃ、事故機にはボイスレコーダーやフライトレコーダーは付いとらんかったそうだ。まぁそういうヘリの方が多いでなぁ」

確かに小型機には、ブラックボックスの設置は義務づけられていない。だが航空レーザ測量器を積みこんだ最新機種でありながらブラックボックスを搭載していないというのは、完全武装をしながら足にサンダルを履いているようなものだった。アンバランスすぎないか。

「ああ、どうも暗いと思っとったら、降ってきやがったに」

フロントグラスに雨粒が当たり始める。和彦は、野外にいるかもしれない上杉を心配した。早く見つけないと。

大雄寺の前まで行き、警官は駐車場に車を入れて寺務員を呼んだ。傘と自転車を持ってこさせる。自転車に傘は道路交通法違反だけどなぁ、などと言いながら自転車に跨《また》がり、傘を差して帰っていった。緩《ゆる》いなと思いながら見送る。親近感を感じないでもないその態度に倣《なら》い、和彦もそれらを借りた。赤石登山口への道を尋ねると、目の前を通っている県道を行き、馬上《まのぼり》御所《ごしょ》ヶ石《いわ》への分岐点を通り越してただひたすら真《ま》っ直《す》ぐ上っていけば、そのうちに着くという。これまた緩《ゆる》い答だった。

言われた通りに坂を上る。厚い雲に覆《おお》われた空は夕方のように暗く、雨は次第に激しくなった。和彦は、このあたりで一九六一年に起こった大きな災害を思い出す。

梅雨前線が齎《もたら》した豪雨で全国的に被害が出たのだが、断層の上にあり地盤が脆弱《ぜいじゃく》なこの伊那《いな》谷《だに》では、一日三百二十五㎜もの雨が降り、標高一七四一mの里山が崩壊した。横幅五百mの土石流となって集落を呑《の》みこみ、川に流れこんで大洪水を引き起こし、千二百名を超える死傷者を出したのだった。その土石流の量は、東京ドームの二倍半といわれている。この雨がそんな災害を招かないように祈りながら、ひたすらペダルを踏んだ。

メールの着信音が鳴っているのに気づいて足を止める。取り出してみると黒木からだった。酸化クロム、シリコーンオイル、ベンゾトリアゾール等、問い合わせた車の塗料成分が羅列され、最後に、そちらに向かうと書かれていた。おそらく新宿で高速バスに乗るのだろう。和彦はスマートフォンを仕舞い、再びペダルに足をかける。手元の塗料を分析し、黒木が送ってきた塗料リストと比較すれば、自伐《じばつ》屋のジープかどうかがはっきりする。先ほど車体の傷を確認しており、まず間違いないだろうが警察を説得するために完璧を期したかった。

一時間半ほどかかって登山口に行き着く。すぐ近くにログハウスが建てられていた。自転車を停《と》め、傘を差して近づきながら、ふと疑問を持つ。なぜこんな山奥に拠点を構えたのだろう。自伐の仕事なら赤石岳の近辺だけではないはずで、もっと移動に便利な場所があったろうに。

「すみません、どなたかいらっしゃいますか」

声をかけても返事がない。あのジープも見当たらなかった。材が剝《む》き出《だ》しになった玄関に上がり、ドアノブに手をかける。鍵はかかっておらず、そっと開けると、中は床が三和土《たたき》の部屋だった。木のテーブルと、壁に沿って置かれている棚以外は何もない。共同生活者たちの居間というには、あまりにも殺風景だった。彼らはここで、いったい何をしていたのだろう。

見回せば、三和土に何かを引きずったような跡がある。何の跡なのか確かめようとしゃがみこんだとたん、そこかしこに零《こぼ》れているあの種子を見つけた。脳裏で、自伐屋と種子の所有者が重なり合う。和彦は歓喜し、拳《こぶし》を握りしめた。バッグからピンセットとビニール袋を出し、それを拾い集める。少しずつ、だが確実に真実に近づいている事がうれしく、励みになった。

ハウス内の一階と、ロフト状になった二階を見て回る。いくつかの部屋があったが、どこにも人の気配はなかった。物置の中まで調べる。ここも空で、上杉本人もその持ち物らしきものも、新しい手がかりも何一つ発見できなかった。

ひと通り見て回り、自伐に必要な道具類がどこにも置かれていない事に気づく。桃香は森林組合が雇っていると言っていたし、安静もこの村で仕事をしていると話していた。では道具は、どこに置いてあるのだろう。車の中か。上杉も、ひょっとして車の中に監禁されているのかもしれない。それを明らかにできるのは警察だけだった。早く寺に戻り、塗料の分析、種子の特定、そして上杉が拉致《らち》された証拠を見つけて警察に駆《か》けこもう。

外に出ると、あたりはまだ暗かったが、雨は小降りになっていた。自転車に乗ろうとして、かすかな鳥声を耳にする。奇妙な鳴き方だった。あたりを見回し、登山口と反対方向の木々の間で、しきりに動いているものを見つける。目を凝らせば、木の枝と枝の間に三mほどの高さの霞網《かすみあみ》が張ってあり、目白が一羽逆《さか》さ吊《づ》りになっていた。

バッグから出した鋏《はさみ》を片手に走り寄ったとたん、背後でくぐもった音が鳴り始める。しゃがみこみ、積み重なった落ち葉の下に警報器を見つけた。そのスイッチを切る。霞網を仕掛けた人間が、監視用に置いたのだろう。

手を伸ばして目白を摑《つか》み、足に絡《から》まっている細いテグスを切る。足首から蹴爪《けづめ》のあたりに幾重にも巻き付いていた。体中をよく見て、損傷がない事を確かめてから掌《てのひら》を開く。目白はすぐさま羽ばたき、飛んでいった。おそらく網にかかったばかりで、まだ体力があったのだろう。ほっとしながらスマートフォンで網を撮影、その後、近くの木に登ってナイフで切り裂き、地面に落とす。

霞網は、法律で使用が禁止されている猟具だった。鳥類保護のために使用する場合もあるが、その場合は近くに目印の旗を立てる事になっている。旗がなければ密猟なのだ。一度に多くの鳥を捕獲でき、効率がいいため、よく利用されている。目白や大瑠璃、瑠璃鶲《るりびたき》などがかかれば市場で高く売れるし、売れない鳥は食肉ルートに流れると聞いていた。販売ルートの多くは、暴力団が絡んでいるらしい。

霞網の支柱は、百mほどにわたって立てられていたが網はかかっておらず、撤去したものと思われた。この一枚だけが残っていたのは、忘れたか、急いでいて時間がなかったのだろう。

和彦はログハウスを振り返る。この網をかけたのがもし自伐屋なら。鳥獣保護法違反で逮捕でがら事情聴取をしながらきるはずだった。暴力団と関わりがあるとなれば警察も力が入るだろうし、事情聴取をしながら上杉の話を引き出す事も可能だろう。その線からなら、黒木も反対しないに違いなかった。

先ほど切った警報器のスイッチを入れ、踏みつけて鳴らしてからログハウスに走る。ドアを開けたとたん、それまではっきりしなかった音が鮮明になり、壁で鳴っている小さな警報器が目に入った。霞網を張っていたのは、自伐屋に間違いない。

外に出ながら駐在所の番号を調べ、電話をかける。留守電になっていた。墜落事件で飛び回っているのだろう。霞網が張られていた場所を吹きこみ、切ろうとして、木々の間から急な崖が見えている事に気づく。角度は四十度ほど、上方は這松《はいまつ》に覆《おお》われた尾根で、その後方には赤石岳が頭をのぞかせていた。下方は、落葉松《からまつ》林を中心に草木が生い茂る谷である。雨を透かして見れば、尾根から下に向かう山の一部が崩壊し、赤色岩盤層《チャート》が長さ百m前後にわたって露出していた。南アルプスあたりには古代からの崩落地として有名な場所があり、また一九六一年の災害で崩れた箇所もそのままになっているはずだったが、目の前のそれは、ごく最近のもののように見えた。原因は何だろう。思わず考えこみ、はっと我に返って急いで自転車に戻る。漕《こ》ぎ出しながら叫んだ。

「上杉、必ず助けるからね」

声は谷に谺《こだま》し、いく度にもわたって返ってきて和彦の心に刻みつく。上杉、必ず助けるよ。

5

滝のような雨に打たれ、ただひたすら耐えていると、やがて小降りになる。小塚の声が聞こえたような気がしたが、幻覚だろうと思った。こんな場所に来るはずがない。昨日の昼から何も食べておらず、さすがに空腹だった。身じろぎしたとたん、体が動く事に気づく。信じられない思いで片手を地面に置き、体を持ち上げてみた。ずるっと上がってくる。激しい雨に叩《たた》かれ続けて地盤が緩《ゆる》んだらしい。地表に這《は》い出せば、足の拘束具もどこかで切れたようで、もう影も形もなかった。取りあえずその場に横になり、大きな息をつく。体のあちらこちらを動かし、左手以外どこにも怪我《けが》をしていない事を確かめた。最小の被害ですんでほっとし、右手でVサインを出す。

心配は、今後クラッシュ症候群を発症するかもしれない事だったが、今のところは全身的な痺《しび》れや筋肉痛、脱力感はない。ジャケットの前を閉めて体温を確保しながら、どこかで川を見つけたら水を大量に飲み、血中濃度を下げようと考えた。

ところで、ここはどこなのだろう。あたりは急な崖で、雨に濡《ぬ》れた落葉松《からまつ》の森が広がるばかり、土地名を知る手がかりになりそうなものは何一つなかった。耳を澄ませば雨音の間から、流れる水の音が聞こえる。崖の下方からだった。川があるらしい。それに沿っていけば、どこかに出られるだろうと見当をつける。和典は身を起こし、濡れた顔を拭《ぬぐ》い、髪を掻《か》き上げた。夜になれば野生の獣が出没する危険がある。その前に人里までたどり着きたいと思った。痛む左手を胸に押し付け、動かないようにしながら森の中を下る。急斜面の崖でのめりそうになるため、体を横にし、蟹《かに》のように歩いた。呻《うめ》き声が耳に届き、耳を欹《そばだ》てる。

「おいこっちだ、手を貸してくれ」

黒い影を作っている落葉松の森の中ほどに、誰かが蹲《うずくま》っている。用心しながら近づいた。

「誰だ」

こちらに向けられた髭《ひげ》だらけのその顔は、大西だった。ヘリコプターに引っかけられて怪我をしたらしく、濡れたズボンが出血で赤黒く染まっている。

「動けねぇんだ。肩貸して連れてってくれ」

おい冗談だろ。どっからそういう都合のいい言葉が出てくるんだ。一遍《いっぺん》、死んで考え直せ。

「まさか忘れてんじゃないだろうな、俺の上にスコップ振り下ろしたの、おまえなんだぜ」

大西はちょっと笑った。

「だけど無事だったんだから、いいだろ。結果オーライって事で」

勝手な理屈に唖然《あぜん》とする。

「さ、手貸してくれよ」

誰が貸すか。忌々《いまいま》しく思いながら背中を向けた。

「おい見捨てるのか、人殺し」

それ、おまえだろうが。

「恨んでやるぞ。呪《のろ》って化けて出てやる」

勝手にしろ。

「待て、連れてってくれ、頼む」

追いすがる声が雨音に消されて聞こえない所まで歩いたものの、どうにも気になった。あのまにしておけば、時間の問題で死ぬだろう。人殺しを命じたりそれを受けたりする連中が死のうと、呪おうと化けて出ようと構わなかったが、問題は自分がそれに行き合わせてしまった事だった。見殺しにすれば、その呵責《かしゃく》から生涯、逃れられないだろう。後悔するかもしれないし、いつまでも忘れられずに悩まされるかもしれない。あれこれ考え始めると迷いが大きくなり、足が止まった。先に行けない。このまま立ち往生していても、夜が近くなるばかりだった。やむなく引き返す。動く右手で大西を抱き起こした。

「お、ありがてぇ。血は止まっているから大丈夫だ。さぁ早く行こうぜ。さっさと歩けよ」

おいリード取ってんじゃねぇよ。しかもおまえ、重いし。

「痛《いて》ぇな。もっとうまく支えられねーのか」

ほざくんじゃない。俺だって痛ぇんだ。助けてもらってるんだから、少しは感謝しろ。

「しっかし驚いたな。目の前にヘリが落ちてきたんだ。あんな事初めてだ。こいつはちょっと自慢できるぜ」

できるもんか、アホ。

「おまえ、わかるか、ヘリの機体がどこに行ったのか」

それはずっと疑問に思っていた事だった。思わず聞く気になる。

「ヘリはこのあたりをふらついてて、落葉松林に接触した。そこから何とか持ち直そうとしたらしくって、俺を引っかけた後、尾根まで飛んだんだ。で、そのまま突っこんだ。山を削って土砂と一緒に滑《すべ》り落ちたんだが、尾根だったから土砂は山の北側と南側に分かれた。機体の主なとこは南側を雪崩《なだ》れ落ちて行き、途中で振り飛ばされた俺や北側にいたおまえは反対側の土砂に巻きこまれた口だ」

それで周りに何もなかったのだと納得した。あたりには静けさが漂っていて、何もかもが夢だったかのように思えた。

「こっち側で幸いだったぜ。機体と一緒に落ちてたら、おそらく下敷《したじ》きだ」

下敷きでよかったのに、おまえだけ。

「俺、絵に描こうと思ってんだ。墜落したヘリの様子。今すげぇイメージ湧《わ》いてる。きっと傑作《けっさく》になるぜ」

渇いた笑い声を立てる大西に、唖然とする。なんだ、こいつ、打ちどころでも悪かったのか。

「俺は」

そう言いながら大西は、濁《にご》った二つの目をこちらに向けた。

「藝大いったんだよ」

一瞬、頭の中に金属音が響き渡った気がした。藝大って、上野の東京藝大の事だよな。嘘《うそ》だろ。あそこ偏差値、相当高いぞ。芸術系の東大って言われてるくらいだし。

「三浪したんだ。藝大で三浪は、別に珍しくない。もっとやってる奴《やつ》もいる。そういう奴は一生、一藝大生だな。それ以外の何者でもない。俺は、院まで行ったんだぜ」

嘘としか思えん。だが確固とした固有のファンタジーを構築している人間に、その世界に対する疑問をぶつけるのは、強化ガラスの一端に穴を開けるようなものだった。一気に崩壊する危険があり、危険極まりない。聞き流そう。

「嘘じゃねーよ」

ごそごそと片手を動かし、内ポケットからカードを取り出す。

「見てみ」

和典の目の前に、藝大の学生証が突き出された。まだあどけない感じの大西が写っている。先ほどまでのデカい態度や思い込みの強さに照らしてみて、和典は何となく納得した。芸術系って、そういう奴多そうだもんな。それにしても、こんなもん大事に取ってて、しかも持ち歩いてるって何だろ。返還しなくていいのか、藝大の学生証って。

「だけど院卒でも、絵で食べてける奴は数えるくらいだ。同期は、ほとんど就職せずにフリーターやってる。ごくたまに教職に就くのがいるが、そのくらいならバイトやって食いつないで絵を描くって奴の方が多い。俺もだ。仕事に就いて社会に埋没する人生とか、老後が保障されてる安全な生き方なんか、糞食《くそ》らえだ。やってられっか」

まじまじと大西の顔を見る。だからってこの現状でいいのかと突っ込みたくなったが、止めておいた。ニヒリスト系のコスモポリタンなのだろう。それにしても才能の粋を集めると言われる藝大を出ていたとしても、人間はここまで堕《お》ちうるのだ。偏差値の高い大学を評価し、そこを卒業する事で自分に価値を付けられると思っていた和典には衝撃であり、今まで考えもしなかった現実だった。恐ろしい程のその落差の前では、中学の数学の首位と二位の差など取るに足らない事のように思えてくる。自分の受けていた傷が、意外にも浅く見えた。

「そんでバイトやってるうち佐藤と知り合って、旨味《うまみ》のある仕事を紹介するって言われてズルズルとこの道に入ったんだ。あいつはヤクザゴロだ。兄貴が名古屋の何とかいう暴力団の舎弟《しゃてい》で、一時期そこで運転手やパシリなんかをやってたらしい。で、そん時の仲間集めて、自伐《じばつ》屋始めたんだ」

確かに拉致《らち》の手際はよかった。拘束具や人間を入れられる袋を持っているのも、堅気《かたぎ》とは思えない。そっか、そっち系だったんだ。

「最初は、本気で自伐やろうと思ってたみたいだけど、もっと実入りのいい凌《シノギ》が見つかってよ、鞍替《くらが》えしたんだ。今はもう自伐屋ってのは隠《かく》れ蓑《みの》だ」

含みのある言い方に引っかかりを感じる。

「じゃ、ほんとは何やってんだ。そういえば、俺に何か見られたって言ってたよな。何だよ」

大西は、ちょっと笑う。

「そりゃ言えん。言うもんか」

きっさま、態度デカいな、ここで捨てるぞ。

「俺も、抜けようって考えなかった訳じゃない。脅されて諦《あきら》めたけどな。佐藤は普通の人間じゃねぇよ。ソシオパスって感じかな。すげぇ恐ろしいとこがある。だが目端が利《き》いて金もうけがうまいんだ。学生時代は山岳部でリーダーやってたらしくて、人間を纏《まと》められるし、逆らわなきゃそこそこ食わせてくれる。俺を馬鹿にするとこだけは絶対許せんが、それさえ我慢してれば、飯の心配をせず好きに絵を描いていられるんだ」

大西の堕落は虚栄心のように肥大した自尊心と、現実への安易な妥協の結果なのだろう。その体を支えて崖を下りながら和典は、自分も同じようにならないとは言い切れないと思った。自尊心の高さには、手を焼いている。それはすぐにも虚栄心に移行していく可能性があった。これで現実に妥協したら、俺も堕ちてくのかもな。

雨は小雨《こさめ》から霧雨《きりさめ》となり、視界を閉ざす。崖は急で、左手の痛みは募るばかり、肩に担いでいる大西の体はますます重く圧《の》し掛かってきた。くっそ、こいつ捨てたい。

「俺、油絵やるんだ。油の臭いを嗅いでると、小さな頃を思い出す」

下の方から聞こえてくる流れは、次第に大きくなってきていた。もうすぐ川に出られるだろう。それを励みに下り続ける。

「俺の祖父《じい》さんは画家だった。墨の粉で、すげえ細密画を描いてたんだ」

もうすぐだ。そう思いながら肩からずり落ちそうな大西を抱え、懸命に崖を下って、ようやくその下にたどり着く。そこはエメラルドグリーンの水を満々と湛《たた》えた淵《ふち》だった。川でない事に愕《がく》然《ぜん》とし、立ち尽くす。

目を上げれば、周りは聳《そそ》り立つ一枚岩、前方は淵、後方は今降りてきた崖だった。どこにも行きようがない。おいマジか。この先どうすりゃいいんだよ。焦《あせ》りながら、今まで見た事もないほどきらめく水を見つめる。すげぇきれいだが、俺、感動してる余裕、全然ねぇ。

「何で止まってんだ。どうしたんだよ」

うるせ、考えてんだ、黙ってろ。

「さっさと行こうぜ。ほら行くぞ」

ここに来るまで確かに水音がしていたと思い出す。大西を肩から降ろし、屈《かが》んで淵の水面をよく見れば、かすかに動いていた。どこかに向かって流れている。その方向に進めば、何とかなるかもしれなかった。腰を下ろし、水に足を入れてみる。太腿《ふともも》まで埋めても、なお底に届かなかった。

「大西、泳げるか」

返事がない。顔を近づければ、口を開けたまま眠りかけていた。きさま、気楽に寝てんじゃねー。

「おい、泳げるかって聞いてんだけど」

揺さぶると、大西は目を半ば開けた。

「当然だ。中学までスイミングスクール行ってたからな。泳ぎって一度覚えたら生涯忘れねーんだ」

髭だらけの顔に、スイミングスクールに通う少年の面影はない。

「スイミングだけじゃない。ピアノもバレエもやってた。お坊ちゃんだったんだ」

それで三浪が許されたのか。金持ちの家庭に育ったんで、仕事に就いて社会に埋没する人生なんか糞食らえ、って事になる訳だな。おまえなぁ、社会に貢献できん奴なんか、それこそ糞だぜ。って今ここで言っても意味ないけどさ。

「取りあえず泳ぐぞ、お坊ちゃん」

声をかけながら、大西がまたも寝ているのに気づく。さすがに変だと思った。首に手を当てればかなり熱く、震えが伝わってくる。敗血症でも起こしかけているのかもしれなかった。超ヤべぇじゃん。どうすんだ。

慌《あわ》てる自分を懸命に宥《なだ》め、アルゴリズムの活用とつぶやく。今ある情報をどういう順番で処理していけばこの場に適切なのか。

まずは、ここから脱出しなければならなかった。そして大西を医者に担ぎこむ。だがこの状態で大西が泳げるだろうか。水面に浮かせて引っ張っていくか、それともここに置いておくか。連れて行けば時間が余計にかかる上に、この先どうなっているかわからない地形と状況に対処するのが難しいだろう。水に入れたり動かしたりで、今以上に状態が悪くなる危険もあった。

和典は大西を担ぎ、再び崖を上って枝振りのいい落葉松の下に横たえる。自分のジャケットを脱ぎ、片手と脇の下で絞って大西を包んだ。ハンカチを出し、落葉松の枝に結びつける。こうしておけば、上空や望遠鏡で見た人間が気づくかもしれなかった。

「待ってろ、救援を呼んでくるからさ」

とろんとした目でこちらを見上げる大西の頬を叩いてから、崖を降りる。水に入り、流れに沿って片手で泳いだ。水は大きな岩に向かい、その前で深緑色に淀《よど》んでいる。だが足の下の方に水流を感じた。潜《もぐ》ってみる。岩の下部にトンネルのような穴が開いており、水はそこから向こう側に流れ出しているのだった。向こうがどうなっているのかは、皆目《かいもく》わからない。危険はあったが、ここは行くか戻るかしかなかった。止《や》むをえん、男は度胸。

いったん水面に浮き上がり、大きく息を吸いこんで再び潜る。岩の下を通過し、その向こうに出たとたん、流れの音が一気に大きくなった。光が水の中まで射《さ》しこんでくる。

明るくなった水面に顔を出せば、淵からきた水は横方向から流れこんでいる川に合流、勢いを増していた。水流が向かう方向に目をやれば、川幅が狭まり、その先が途絶えている。体中が一気に凍り付く思いだった。この先って、たぶん滝だ。巻きこまれたら滝壺《たきつぼ》に叩きつけられる。そこに岩でもあれば一巻の終わりだった。

あわてて川の中心部から遠ざかろうとする。だが流れは強くなっており、立ち泳ぎをしている体が引きこまれた。片腕で何とか抗《あらが》うものの少しずつそちらに動いていくのを止められない。自分が、人生ごと岩に叩きつけられる様子を想像しながら思った、やっぱ、あいつ置いてきて正解。一人でも切り抜けられるかどうか自信ねーのに、あいつ背負ってたら完璧オシャカだろ。

6

「よし、同じ塗料だ」

思わず声が出るほど、うれしかった。急いで次の作業に移る。大きなビニールを広げ、その上にフェンス近くの芝生の中から拾ってきた物を全部置いた。まずビニール袋の内側に微細物が付いていないかどうかを確認した後、千切った芝を一枚一枚ルーペで見ていく。怪しげなものは顕微鏡にセットして細かく観察した。血痕や唾液痕《だえきこん》など上杉失踪の手がかりになりそうなものは付着していない。破れた菓子袋や割れた土産物の破片も、隅々まで丁寧《ていねい》にルーペで眺《なが》め回した。どこにも何もない。

諦《あきら》めるなと自分に言い聞かせ、見終わった破片を片側に分別しながら次に手を伸ばす。カーブした陶器の破片の内側に、釦《ボタン》が入っていた。まずそれを摘《つ》まみ上げる。四葉のクローバーを象《かたど》ったフラワーボタンで、表面に貝が嵌《はま》っていた。引き千切れたらしく根元に僅《わず》かに布が付いている。

ルーペで見ると、繊維を強く捻《ひね》った強撚糸《きょうねんし》だった。ピンセットの先で端の糸を一本解《ほぐ》し、顕微鏡にセットしてのぞいて見る。

繊維はウールだったが、絹のように細い。倍率を上げて測れば、直径十七μ《ミクロン》ほどだった。これほど細く光沢があるウールは、おそらくスーパーファインウールだろう。オーストラリア・タスマニア地方のメリノ種の羊毛に代表される高級ウールだった。そこに特殊な加工をしてあるらしく、コーティング感がある。この加工をするために生地密度を上げる必要があり、細い糸を使っただけでなく強撚糸にしたのだろう。何のための加工なのかはわからないが、こんな生地を使った服が量産品であるはずがない。

この釦を落としたのは誰だろう。それが上杉であれば、あの場所を歩いていた証明になる。引き千切ったような跡は、無理矢理連れ去られた証拠にもなりえた。何とか持ち主を確かめられないだろうか。上杉の親に連絡を取り、フラワーボタンの付いた服を持っているかどうかを聞けばすぐわかる事だったが、その道には黒木が立ち塞《ふさ》がっていた。強引に交渉すれば黒木との関係が悪くなるだろう。それを超えていく勇気を出せそうもなかった。もしそれだけが上杉を救う道ならば、何とか頑張るが、他にないだろうか。

考えこんでいて、上杉家がよく利用するデパートに電話しようと思いつく。和彦の家でもそうだったが、デパートの顧客になると、外商部の人間が担当となり、購入の一切を取り仕切るのだった。その担当者と話せば、上杉家が何を買っているかはほぼわかる。しかも服なら家族でもサイズが違うから、個人の特定も可能だった。スマートフォンを取り出し、胸をドキドキさせながらデパートにかける。外商部に繋《つな》いでもらい、上杉家の担当者を呼んだ。

「あの、僕は上杉和典君の友人で小塚といいます。和典君がフラワーボタンを落として残念がっていて、今、旅先なんで、新しい釦が手に入るかどうか至急聞いておいてほしいと言われたんですが。服は、強撚糸のスーパーファインウールで」

外商のにこやかな返事が聞こえた。

「ああクールエフェクトのアンコンジャケットですね」

そう言われてようやく、何の加工が施されているのかがわかった。クールエフェクトは特殊な溶液を染みこませて太陽光を反射させ、生地表面の温度を下げる加工である。数年前に有名ブランドによって開発され、話題になった。

「あの袖《そで》に付けたフラワーボタンは、別のブランドのものでして、購入後に付け替えられたんですよ。無くされたんですか。そりゃさぞ残念に思われているでしょう。確認しておきますが大丈夫だと思いますよ」

間違いなく上杉の釦だった。気に入っている物を落として捜さないはずはない。そのまま立ち去らねばならなかったのは、連れ去られたからだ。よし二つ目、完了。

すぐさま立ち上がり、種子の入ったビニール袋を手に塔頭《たっちゅう》を出る。雨は止んでいたがあたりには霧が立ち込め、木々も建物もぼんやりと霞《かす》んでいた。その向こうから竹箒《たけぼうき》の音が聞こえてくる。近づいていくと、寺務員が掃除中だった。牧野日本植物図鑑の在処《ありか》を尋ねる。あらゆる本は文庫に置いてあるとの返事をもらい、境内を横切って鐘楼の近くにある土蔵まで足を運んだ。

木と漆喰《しっくい》の二重扉は開かれており、内部は薄暗い。明かり取りの高窓から流れこむ霧が空中で紫色の渦を巻いていた。蛍光灯のスイッチを入れる。光が走り、いくつもの本棚に整然と並んでいる書籍を照らし出した。全部で数千冊はあるだろうか。見るからに古そうな本も交じっている。タイトルのアルファベット順に整理されているのを見て、和彦は上杉から聞いた二分探索法《バイナリーサーチ》を思い出した。

「コンピューターの検索に使われてる方法だけど、全体の数をNとし、取り出した回数をKとすると、2のK乗分のNの値が1より小さくなった時に、目的物は見つかっている。この計算でいけば、四千冊の本の中から一冊を捜し当てるには、十二回取り出してみるだけでいいんだ」

本全体の中から真ん中にある一冊を取り出す。この場合もっと絞ってMのコーナーの真ん中の一冊を取ってもよかった。そのタイトルを見て、自分の捜している本がそれよりもアルファベットで後ろにある場合は、その位置から後ろにある本の真ん中の一冊を取る。これを繰り返すだけで目的物にたどり着けるのだった。牧野日本植物図鑑を捜し当てるのに、さして時間はかからなかった。

ところが手に取ってみて、はたと気づく。種子名がわからない場合、この本から調べ出すのは至難の業だと。種子の形状から調べられる本がないだろうか。本棚の間を彷徨《さまよ》い、英語版の種子図鑑を見つけた。種子の大きさ、外形、色、表面の模様、その他の特徴などで調べてみる。しかしアプリ同様、該当するものはなかった。葉か花があれば特定しやすいのだが、この種子を植えて芽が出るまで待つ訳にもいかない。

これほど捜してもわからないのは、何かの亜種か、あるいは交配による新種だろうと見当をつける。そうだとすれば、手元の種子が持っている特徴、大きさや色などの条件を一つずつ外し、範囲を広げて調べるしかなかった。上杉なら、統計と確率の問題だというだろう、数式を使えばいいと。だが和彦には、一つずつ比較していくという愚直なやり方しかできなかった。床に座り込み、作業に入る。

時間をかけ、行きつ戻りつしながら罌粟科《けしか》にたどり着いた。同じ科の中にツノゲシ属やキケマン属、アザミゲシ属など十種類の属がある。特徴で分別していき、ケシ属ではないかと判断した。その中で、この種子にもっとも近いものを選び出す。鬼罌粟《おにげし》、あるいは袴鬼罌粟《はかまおにげし》だった。鬼罌粟の方なら一般の園芸用に販売されており、何の問題もない。問題がなければ上杉を拉致する必要もなかったのだ。つまりこれは栽培禁止の袴鬼罌粟の亜種、または新種だ。

その禍々《まがまが》しい名前が、これまで幾度も感じてきた漠然とした悍《おぞ》ましさや、反社会的な雰囲気をピタリと言い当てている気がした。袴鬼罌粟は、全草に高濃度のテバインを含んでいる。モルヒネより毒性の強い麻薬であり、国際的に法規制されていた。日本に自生している在来種ではない。どこからか持ちこまれた種が、他の植物と交配して亜種か新種を生み出したのだろう。

和彦は事典に戻り、記述を読む。袴鬼罌粟は多年草で種を播《ま》くのは秋、開花は翌年の六月前後、結実を待って実から液を採取する。収穫の多かった実は切り取り、乾燥させて種を取る、と書かれていた。桃香の言葉を思い出す。自伐屋《じばつ》は、春にやってきて秋までいると言っていた。自伐という名目に隠れ、袴鬼罌粟の栽培と収穫をしていたのではないか。霞網《かすみあみ》を使っての鳥類捕獲は、その序《つい》でといったところだろう。種を持ち運んでいたのは、どこか他の場所で新しい畑を作ろうとしていたのかもしれない。

採集した液は、精製して麻薬にする。水酸化カリウム、塩化アンモニウム、無水酢酸などを作用させながら煮たり濾《こ》したり、乾かしたりする作業を繰り返すのだが、その過程で悪臭が出る。人目に付かない登山道の入り口近くの土地を確保し、ログハウスを建てたのは、そのためだろう。あの殺風景な三和土《たたき》には、精製の装置が設置されていたのだ。何かを引きずったような跡は、慌《あわ》てて撤去した時に付いたのだろう。霞網や警報器も取り残している。上杉に種を見られ、急いで引き上げたために手が回らなかったのだ。では上杉は、彼らと一緒に連れ去られたか、あるいはどこかに置き去りにされているか、どちらかだった。すぐ警察に連絡しないと。

電話をかけながら和彦は、村営駐車場にあった自伐屋のジープを思い出す。あの中に精製の装置が積まれていたのかもしれなかった。ひょっとして上杉もいたのかもしれない。車を目の前にしていながら発見できなかったくやしさに奥歯を噛《か》む。ふと佐藤が、まだこの村に残っているのを不思議に思った。熊谷が議会で野次を飛ばさせていたという話だったが、足元に火が付いている状態で熊谷の言うなりに議会に出ていたのはなぜだろう。

「はい、駐在です」

留守番電話でなかった事にほっとしながら事情を話す。友人上杉が行方不明であり、その現場に自伐屋の車の塗料が残されており、上杉の釦が落ちていた事、罌粟《けし》の種子も見つかり、自伐屋のログハウスにも同じ物があった事、それらから上杉が自伐屋に拉致《らち》されているらしいと訴え、捜索を頼んだ。車の中も確認してほしいと付け加える。これだけ証拠を揃《そろ》えたのだから警官も同意し、動いてくれるものとばかり思っていた。ところが返ってきたのは、困ったような答だった。

「またあんたか」

え。

「霞網の事で留守電入れとったずら。まぁ野鳥の保護も大事だけんどな、本官は、これから本署の地域課と一緒に現場検証に出かけるとこでなぁ、手が回らんずら。後にしてくれんかな」

和彦は、これが犯罪であると訴える。早くしなければ、上杉の生命に関わると強調した。

「そんでもなぁ、車の塗料が付いとって釦が落ちとったってだけじゃ拉致とは限らんで。拉致現場を目撃した人間でも、おるずらか」

そこまで求められるとは思わなかった。状況証拠だけでは、警察は動いてくれないのだろうか。

「それに罌粟の種子を持っとっただけじゃ、犯罪にゃならんに。捜索も逮捕もできんずら。もちろん車の中を捜す事もできん」

確かに罌粟の種子は、麻薬成分をほとんど含まない。そのため取締りの対象になっていないのだった。だが種子は、永遠に種子のままで止まっている訳ではない。時間の問題で発芽し、成長するのだ。それがなぜ取締りの対象から外されているのか、制度自体を腹立たしく思う。

「そのログハウスで麻薬を作っとったちゅう証拠でもありゃ別だに。麻薬そのものが見つかったとか、精製装置があってそこに麻薬成分が残っとったとか」

あったのは種子だけだった。和彦は唇を引き結ぶ。どうやら自伐屋の方が一枚上手で、先手を打たれたらしかった。

「まぁ、あんたの気持ちもわかるでな。現場検証が終わったら霞網の件も、拉致の件もまとめて詳《くわ》しく話を聞くずら。霞網はな、こんあたりじゃ名古屋の警察が本腰を入れとるで。あすこにゃ、でかい暴力団があるでな。連絡してみとくに、ちょっと待っててくんな。ああ本署の車が着いたで、ほんじゃな」

電話が切れる。和彦がこれまでやってきた事はすべて、何の役にも立たなかったのだった。一気に力が抜け、その場にしゃがみこむ。上杉は怪我《けが》をしているかもしれない、違法な霞網をかけ麻薬を扱うような連中に囚《とら》われているのだから、殺されるかもしれなかった。それなのに和彦は、何ら有効な手を打てない。自分の無力さに打ちのめされ、焦燥感に煽《あお》られてどうしていいのかわからなかった。

「はれまぁ」

いきなりの声に振り返れば、戸口から桃香がのぞいている。

「そんなとこにしゃがみこんでどうしたずら」

奇異の目で見られ、恥ずかしくなり立ち上がった。

「達樹さんの事聞いてな、和様《おっさま》さぞ力落としだろうと思って来てみたずら。何か役に立てるかもしれんし。飯田市の警察行っとるって話だったけんど、どんなかな」

表で車の停《と》まる音がした。間もなく忙《せわ》しげな足音が聞こえてくる。

「あ、帰ってきたずら。様子を聞かんと。ほら小塚君もおいなんしょ」

桃香の後について外に出た。雨はすっかり止み、霧も晴れて、雲間からのぞいた太陽があたりに薄い陽射《ひざ》しを投げている。三門の方から安静が歩いてきていた。肩に力が入り、大きな歩幅で見る間に近づいてきて立ち止まる。

「納得できん」

仁王立ちになり、怒りを漲《みなぎ》らせた顔で繰《く》り返《かえ》した。

「納得できんに」

第3章　生還できるか

1

懸命に岸に向かって泳ぐものの片手が利《き》かない事もあり、いっこうに近づけなかった。強い水流が大蛇のように和典の胴や脚に巻きつき、川の中に引きずりこむ。一瞬でも手を休めればそのまま流され、滝に転落しかねなかった。全力で水を掻《か》いている今でもジリジリと押され、岸から離れていく気がする。必死になりながら、ふと考えた。今は何とか現状維持に近いが、これって先はどうなるんだ。俺、ロボットじゃねーから疲労するし。時間の問題で力尽き、流されるに決まっていた。

どうせなら、と思う。ここで力を温存し、滝に落ちてみるってのは、どうよ。落下途中や落下点に岩があったら一巻の終わり。岩がなくても滝壺《たきつぼ》の深さが三m以内だったら頭をぶつけて、やっぱ終わりだろう。だがそうでなければ生還可能だ。これは賭けだな。男は度胸だろ。

思い切って手を止める。たちまち水流に呑《の》みこまれた。轟然《ごうぜん》と流れる水音を聞いていると、もう死ぬとしか思えなくなる。フランクは九歳で死んだ。それに比べりゃ、俺は充分生きただろう。ここでピリオドを打つんなら、好きな子に告白しとけばよかったな。花のようなその笑顔を思い浮かべる。睫毛《まつげ》長くて、色が白くて、すげぇかわいいんだよな。ギモーヴみたいに柔らかそうでさ。まぁ告白したからって、どうなるもんでもないけど、やり残した感ハンパないかも。

ぐるっと体が回転し、空を仰ぐ体勢になった。霧も晴れ、青空が見え始めている。直後、頭の位置が下がったかと思うと、背中から一気に落下した。腹の底から恐怖が噴き上げ、体中に広がる。思わず声が出た。目を見開けば、滝から逸《そ》れ、半ば空中に放り出されている。おい空中はまずいぞ。周りは岩ばっかだし、助かる確率ゼロになるじゃん。水に戻せ、水に。

瞬間、水面に叩《たた》きつけられ、そのまま深く沈みこむ。首を打ち、タイミングを誤って大量に水を呑みこんだ。ほとんど溺《おぼ》れている状態で、最低だと思いながら何とか浮かび上がり、水面に顔を出す。立ち泳ぎをしながら片手で髪を掻き上げ、顔を拭《ぬぐ》った。あたりは幅の広い川で、両岸は切り立った岩である。これでは登る事もできなかった。流れに沿って泳いでいくしかない。ま、滝から生還できたんだから、幸いだったと思う事にしよう。早くどこかにたどり着いて、大西を救出しないと。

焦《あせ》りながら体のあちらこちらから伝わってくる痛みに顔を歪《ゆが》める。滝に落ちた時に痛めたらしい。くっそ大西に殺されかかった俺に、あいつを助ける義理なんかねーよ。だけど見殺しにしたら、気分悪いもんな。俺っていい奴《やつ》なんだろうか。だとしたら、いい奴ってストレス多いよな。

2

怒りを含んだ安静《あんじょう》の声が、ガランとした方丈に響き渡る。

「観測所での当時の風速は、四・七mだに。上空も、おおむね晴れ。これでどうして墜落するずら。確かに、山の斜面に沿って山岳波ちゅう乱気流が起こる事があるが、乗っていたのは達樹《たつき》一人ずら、燃料も満タンじゃなかったちゅうし機体は重くなかったはずだ。達樹に対応ができんかったとは思えん。つまり墜落要因は何もないずら」

一気に言い放ち、正座した膝の上に二つの拳《こぶし》を押し当てる。いかにも無念そうに呻《うめ》くような声で続けた。

「だが警察は、魔が差したんずら、としか言わん」

和彦は、同じ言葉を聞いて唖然《あぜん》とした事を思い出す。長閑《のどか》な土地柄だけに事件に慣れていないのだろうが、被害者の遺族にとっては居たたまれないに違いなかった。

「おかしな事は、他にもある。墜落したのは赤石の手前にある里山の中だ。何でそんな山奥を飛んどったのか、皆目《かいもく》わからん」

あの時一瞬、燃え立つようにきらめいた達樹の眼差《まなざし》を思い出す。伏せた瞼《まぶた》の下で、半眼の目に厳しい光が瞬《またた》いていた。

「達樹の平常業務にも、まったく関係ない場所だに」

達樹は、何かをしようとしていたのだ。それも航空レーザを使ってである。上空からは森林に覆《おお》われて見えない山の細部をはっきり捉《とら》えたかったのだろうが、いったい何のためだったのだろう。

「そのあたりに、森林組合が関係している森とかあるんですかね」

安静はいったん首を横に振りかけ、思いついたように動きを止めた。

「確か森林組合が造設しとる森林作業道がいくつかあるずら。まだ途中までしかできとらんのもあるでな。この間の村議会で報告があったが、来年と再来年の予算がなけりゃ全面開通はできんちゅう話だった。それがわかっとるに、高い燃料を使ってわざわざ行くまでもないずら。ましてや自分の仕事でもないもんを」

確かにその通りだった。では達樹は、何をしに行ったのだろう。撮影した画像が残っていればいいのだが。

「ボイスレコーダーやフライトレコーダーは、事故機には付いていなかったという話でしたけど、レーザ測量器が発見されれば、中に写真が残っているかもしれませんね」

安静は、いかにも苦しげに頷《うなず》く。

「それが、今んとこ発見されとらんに。飛行中に何が起こったのかを知る手掛かりは皆無だ。そんで魔が差したなんちゅう言葉が出てくるんずらが」

瞬間、桃香が思いついたように両手を口に当てた。

「私、達樹さんが、ドライブレコーダーとSDカード買ってるのを見たって話、聞いたに。自分の車に付けたのかもしれんけど、でもヘリに付けたのかも」

和彦は桃香の方に身を乗り出す。ヘリコプターにドライブレコーダーを取り付けるのは航空法違反だったが、もし達樹が付けていたとしたら二時間ほどの録画と録音ができているはずだった。

「友だちのお母さんが家電量販店でパートしとって、そこに達樹さんが来たってメール、もらったずら」

スマートフォンのＬＩＮＥアプリを開き、和彦に差し出す。母親が娘に送ったメールが桃香に転送されてきていた。

「前も言ったずらが、達樹さんは女子のアイドルだで、皆で情報を共有しとるんな」

メールの内容から時間を推定する。達樹が和彦と別れ、寺を出てから三十分ほど後だった。ヘリコプターに乗った達樹は、そのまま帰らぬ人となったのだから、店に立ち寄ったのはフライト前に違いない。

ふと思う、ヘリコプターにブラックボックスがないのを知っていて、その代わりにドライブレコーダーを買い、取り付けたのかもしれないと。つまり記録が必要になると判断したのだ。達樹のあの目が、またも脳裏に浮かぶ。何らかの危険を察知していたのかもしれなかった。和彦は、自分のスマートフォンでこの村近辺の地図を呼び出し、安静の前に置く。

「ヘリが墜落したのは、どのあたりですか」

画面をのぞきこんだ安静が指したのは、赤石岳と百間平《ひゃっけんだいら》の岩尾根の西側にある里山だった。

「はれ、ここって馬ノ背に行く途中ずら」

桃香が手を出し、画像を自分の方に向ける。

「うちの中学の山岳部は、このあたりでよく訓練しとるに」

安静は頷き、桃香の方を向いたままの画像に指を伸ばした。

「ここに衝突、大破して百m近く滑《すべ》り落ちた」

はっとする。先ほど自分がログハウス近くから見ていた赤色岩盤層《チャート》の露出は、その跡かもしれなかった。

「機体の大部分は、南側斜面の這松《はいまつ》の中で発見されたそうだ。達樹は機内に入った状態だったらしい。全身の損傷が激しく、ほぼ即死状態との事だ。まぁ苦しむよりはいいがな。警察の霊安室で対面したが、顔だけはきれいだった。死亡原因がはっきりしとるから署で検視し、死体検案書を作成するだけで解剖には回さんそうだ。明日戻ってくる」

泣き出した桃香の声が、広い畳敷きの方丈を震わせる。それは安静の気持ちでもあっただろう。夕暮れが庭で薄い闇を振り撒《ま》き、煙のように静かに流れこんできて部屋の四隅に溜《た》まり始めていた。

「ぶつかったのは尾根だから、北側にも機材が散乱しとる可能性がある。今日は南側の現場検証を中心に、北側にも人を出すっちゅう話だった。ああドライブレコーダーの件を話して、捜してもらわにゃならんな」

安静は自分の携帯を出し、警察にかける。用件を話し終わり、挨拶《あいさつ》をして切ろうとしていて急に表情を険しくした。見ている和彦の方が驚く。桃香と顔を見合わせていると、やがて携帯を下ろし、それを二つ折りにしながら呟《つぶや》いた。

「北側の沢から、人骨が出たそうだ」

3

少し泳ぐと、手が川底の砂利に触った。足を降ろせば、水深が浅くなってきている。立ち上がり、顔を拭《ぬぐ》った。全身からぼとぼと水を滴らせながら流れの方向に歩く。体が重く、手足が抜けてしまいそうに怠《だる》かった。あたりはすっかり暗くなり、仰げば空に星が光り始めている。

どこかで休まないと、俺かなりダメージ受けてる気ぃする、ヤベェぞ。そう思いながら見回すものの左右の川岸は相変わらず切り立った岩で腰を下ろすスペースもなかった。やむなく、のろのろと進む。やがて水音が高くなってきて、角を曲がると川の中央に大きな岩が現れた。水はその左右に分かれ、妙に勢いを増している。嫌な予感がして近づければ、やはり大岩の向こうは滝だった。思わず片手を水面に叩《たた》きつける。ちきしょう、またかよ。

流れ落ちる水流に巻きこまれないように、上流に引き返す。水面をかすめて大きな鳥が行き過ぎた。鳴き声からして梟《ふくろう》か鴟《みみずく》らしい。寝る前の捕食だろう。そういえば、昨日から何も食べていなかった。川の中に片手を突っこみ、何かいないかと探ってみる。小さな魚が一瞬、跳ねたが、捕まえられなかった。何度か試してみるものの、徒労に終わる。一気に疲れが出て、そばの岩に寄りかかった。もう一度滝を落ちるだけの気力が湧《わ》いてこない。今夜はこの体勢で寝るしかないな。空を仰ぐ。星はさっきより多くなってきていた。息をするように瞬《またた》く。

「フランク、おまえ、どのあたりにいんの」

太腿《ふともも》から下が水の中にあり、深々と冷たかった。風が上半身から体温を奪っていく。夜は徐々にその両腕を広げ始めていた。どこからともなく闇が流れてきてあたりを埋めていく。岩や、そこから葉を伸ばす羊歯《しだ》類や這《は》うような細い水流を溶かしこみ、呑《の》みこんで和典のすぐそばまで漂ってきた。その底から密《ひそ》やかな足音が聞こえてくる。限りなく静かで無機質、冷ややかなその音は、死の忍び寄る気配といってもいいかもしれなかった。

「俺も、もうすぐおまえんとこ行くかもな」

星を見上げながらいつの間にか寝込み、バランスを失って水中に突っこむ。溺《おぼ》れて水を飲み、目が覚めた。咳《せ》き込みながら手の甲で口を拭う。

「くっそ、こんな浅瀬で溺れ死ぬなんてマジかよ」

足に何かが触る。指先で摑《つか》んで持ち上げ、星明かりに翳《かざ》すと、金属の破片だった。アルミニウムの合金らしく、一部が黄色、他の部分は緑色をしている。事故機の部品がここまで飛んだのかと思いながらよく見れば、妙に古く、あちらこちらが腐食していた。何だろ。一瞬、眠気が遠のき、縦にしたり横にしたりして見つめる。登山客の投げた食器の欠片《かけら》か、それとも釣具の一部か。考えていると、今度は何かが足首に巻き付いた。


手に持っていた欠片をポケットに入れ、足首に絡《から》みついた物を取り上げてみる。四十cmほどの鎖の付いたステンレスの板だった。縦四cm、横二cmほどで、所々が磨耗している。読めるのは、Ａ　ＡＦという文字、次の行のＭとｔｙｐ、ＡＢ、Ｇ(－)、少し空間を開けた下にあるｐｕｒｉくらいだった。先ほどの破片と同様に、かなり古い。何だろ、これ。書かれた文字を見つめ、それを口の中で繰り返していて、やがて気づく。これドッグタグだ。

4

「頭蓋骨らしい」

和彦は息を呑《の》みながら、一瞬、上杉かと思う。だがよく考えれば、失踪からまだ二日目だった。今の季節なら、山で白骨化するには三、四ヵ月はかかる。小動物や昆虫が集《たか》ったとしても、一ヵ月以上は必要だった。胸をなで下ろす。

「きっと登山者のずら」

桃香が、他には考えられないと言わんばかりの顔で断言した。

「北側なら、表赤石沢ずら。こん村にゃ、あそこで行方知れずになった者は昔も今もおりゃせんで」

南アルプスは、北アルプスに比べて浸食が進んでおらず、大らかな山と言われている。それでも三千m峰が連なり、深い谷も多かった。年間訪れる多数の登山者の中には、不幸にして事故に見舞われる人間もいるのだろう。

「山で仏になっとったお人も気の毒にゃ違いないが、これで警察のやる事が増えて、墜落の原因が曖昧にされちゃ堪《たま》らんに。達樹がなぜ死んだのかはっきりさせん事にゃ、あの世にも送ってやれんでな」

桃香が、拳《こぶし》に握りしめた両手を座卓に押し付ける。

「和様《おっさま》の言われる通りずら。私も協力するに、きっとはっきりさせまい。小塚君も、力を貸すずらな」

強い決意の籠《こも》った目は、こちらをにらんでいるかに見えた。びくっとしながら頷《うなず》く。憧《あこが》れていた達樹の突然の死に、何かをせずにいられない気持ちなのだろう。その激しさに驚きながら、敬服する。

「もちろんです、協力します」

だが上杉の捜索も急がねばならなかった。山中のどこかにいる可能性もあり、早くしないと達樹と同じ道をたどりかねない。警察は早急に動いてくれそうもないし、自伐屋《じばつや》が絡《から》んでいるのは間違いないのだから、いっそ佐藤に直接、接触してみようか。

だが駐車場で突っかかってきたあの顔を思い出すと恐ろしかった。もうすぐ黒木が来てくれる。それを待って動けばいい。二人で当たれば手際もいいし、失敗もない。自分だけでできる事は知れている。

そう結論したものの、そこに落ち着けなかった。黒木を待っていて手遅れになりはしないのか。一人でやるのが恐ろしいだけだろう。なんて臆病なんだ。上杉は大事な友達じゃないのか。心が揺れ、気持ちが乱れて止めようもない。どうしていいのかわからなかった。

「さぁて、もう夜だ。捜索も打ち切られたずらに、二人とも帰りな。私は夕飯まで、本堂で達樹の追善《ついぜん》をするでな。また明日だ」

腰を上げかけた安静を見上げる。

「自伐屋の佐藤氏の連絡先をご存知ですか」

安静は意表を突かれたような顔で、その目を桃香に向けた。

「はて、熊谷専務なら知っとるずらがなぁ」

桃香がスマートフォンを出す。アドレス帳を見ながらしばらく迷っていたが、やがてボタンを押し、耳に当てた。

「えっと桃香ずらが、父、おるずらか」

森林組合にかけているらしい。なぜ直接、本人にかけないのだろう。

「ああ、まだ現場の立ち会いかな。じゃちょっと教えてくれんかな。自伐屋の佐藤さんの電話が知りたいんだけんど」

実に容易《たやす》くそれを手に入れ、微笑《ほほえ》んでスマートフォンを耳から離す。

「たぶん父は教えてくれんと思ってな、組合に聞いたずら。仕事相手だに、登録されとるはずだで。今送るでな」

間もなく和彦のスマートフォンに情報が送られてきた。

「ありがとう、熊谷さん」

隣で安静が眉根を寄せる。

「小塚君、駐車場の件でわかっとるずらが、佐藤は危ない男だでな。いくら友達が心配でも、一人で会ったりしちゃいかんに。まぁ警察も頼りになるとは言い切れんが、それでもまず警察ずら」

和彦は頷いた。動かない自分を、安静の言葉が正当化してくれた気がしてほっとした。

「ご心配かけるような真似《まね》はしません」

そう言ってから、開け放たれている障子の向こうの庭が暗くなっている事に気づく。いくら土地の人間でも、女子の桃香を夜に一人で歩かせるのはまずいのではないか。だが安静がまるで気にしていないようだったので、言い出しにくかった。桃香が立ち上がるに及んで、慌《あわ》てて口を開く。

「帰るんなら、送っていこうか」

桃香は、心底驚いたといったような顔で、まじまじとこちらを見た。和彦は頬から火を噴きそうになる。ただ単純に送るべきだろうと思っただけなのだが、桃香にどう受け取られたのかと考えると、心臓が喉《のど》まで迫《せ》り上がってくる気分だった。

「なんな、こびぃじゃあるまいし、私は一人で帰れるずら」

はて、こびぃとは何だろう。恋人のことか。いや雰囲気が、どうも違う気がする。

「そんじゃ和様《おっさま》、ごめんなんしょ。お力落とさんようにお願いしますに」

挨拶《あいさつ》をして帰っていく桃香をただただ見送った。安静は黙ったまま本堂の方に向かおうとする。それを呼び止めた。

「こびぃって、何ですか」

安静は、微《かす》かな笑みを浮かべる。

「女児の事だ。こびっちょ、とも言うがな。そんじゃ後で、ダイニングで会おう。飯を食わにゃ、な」

自分自身に言い聞かせるような口調だった。墜落の原因をはっきりさせるまでは、へたばる訳にはいかないと思っているのだろう。その後姿は相変わらず凜《りん》としている。親一人子一人だというのに、達樹の事故が伝えられてから今まで取り乱した事は一度もなかった。人間の品格というものを思い知らされる気分で塔頭《たっちゅう》に戻る。

暗い玄関を入り電気をつけると、瞬《また》く光の中に誰もいない空間が浮かび上がった。まったくの無音で、生きているものの気配がまるでない。急に上杉の顔が思い出された。今頃、どうしているだろう。昼間の雨に濡《ぬ》れ、何も食べずにいるのではないか。手に握ったままだったスマートフォンを見つめる。佐藤に連絡すれば、何か手掛かりが摑《つか》めるかもしれない。うまくやれば、今すぐ上杉を救えるかもしれなかった。だがあの佐藤に、自分一人で太刀打ちできるのだろうか。できっこない、きっと無理だ、安静も止《や》めろと言っていたのだし。

自問自答の渦に囚《とら》われ、抜け出せない。このまま黒木を待っていて、もし手遅れになったら後悔しないのか。上杉は不動のトップと言われた地位から転落した傷を抱えながら、気遣ってくれた。空気を読めないとかデブとか言われている和彦を、そのままでいいと肯定してくれたのだ。そんな事を言ってくれるのは上杉以外に一人もいないはずだ。それなのに上杉のために勇気を出せないのか。上杉の友情に相応《ふさわ》しい自分でありたいという気持ちになれないのか。一人で何ができるかなんて問題じゃない、ベストを尽くす気があるかどうかが問題なんだ。グズグズしていて上杉を失ったら、どうするつもりだ。

そう思い至って心が引っくり返るような気がした。それまで考えてもみなかった新しい視点が脳裏に生まれる。上杉を失う、それ以上に恐ろしい事があるだろうか。自分を認めてくれる人間を失う事に比べたら、どんな恐怖も物の数ではなかった。あの佐藤の恐ろしささえ、それ以下だと思える。

その気持ちに押され、佐藤とどう交渉すればいいのかを考えた。上杉の行方を引き出すために全力で立ち向かう決心をしながら、通話ボタンを押す。

「誰だ」

スマートフォンの向こうから、穴を這《は》い上がるような低い声が聞こえた。

「名前と用件をさっさと言いな。切るぞ」

大きく息を吸い込み、心を落ち着けながら口を開く。

「あなたが違法の袴鬼罌粟《はかまおにげし》を栽培しているのを知っています。証拠もありますから、警察に行く事もできます」

沈黙が返ってきた。こちらの言葉の真偽と、目的を測りかねているのだろう。やがてせせら笑いが響く。

「与太《よた》張ってんじゃねーよ。そんなんで俺がビビるとでも思ってんのか、カス野郎。袴鬼罌粟、そんなもん知らねーな。俺にゃ関係ねーよ」

本当に関係がないと思っているのなら、即、切るだろう。そうしないのは、取りあえず惚《とぼ》けながら様子を探っているからだった。安静の言葉を思い出す。こちらが強く出れば引き、弱いと見れば突っかかってくると言っていた。ここで見縊《みくび》られては、この先の交渉に持ちこめない。和彦は背筋を正し、声を硬く、鋭くした。

「そうですか、では写真を警察に持ちこみます。あ、名古屋の警察に送った方が早いかもしれませんね、では」

通話を切り上げそうな気配を見せる。佐藤の声が大きくなった。

「こらこら待て、待て。気の早い奴《やつ》だな。まだ若そうなのに、そんなこっちゃ出世せんぞ。まぁゆっくり話そうぜ」

交渉のテーブルに着く気になったらしい。

「写真って、何だ」

そんなものはなかった。あるのは、犯罪とは言えない種子の写真だけである。

「袴鬼罌粟の栽培畑を写したものです」

鵯《ひよどり》の糞《ふん》から出てきた双子葉植物は、おそらく袴鬼罌粟の葉だろう。多年草で、地上部分はほとんど枯れるが、まれにそのまま茂っている事もあると事典に書かれていた。どこかに畑があるのは間違いない。

「てめぇ、はったり嚙《か》ませんじゃねーよ」

佐藤の声が、いきなり凄《すご》みを帯びる。

「そんな畑なんか、どこにあんだ。おら、場所言ってみな」

心臓を摑《つか》まれる思いだった。ここを突破しなければ上杉は救えない。必死で鴨の糞の中味を考えた。確か姫天鵞絨蝸牛《ひめびろうどまいまい》の殻があった。姫天鵞絨蝸牛は、南アルプスの落葉樹林帯から亜高山帯に生息している。袴鬼罌粟の亜種か新種の種もあった。その栽培に適する土地は、南向きで水捌《みずは》けのよい四十度前後の急斜面だ。それらの条件を重ね合わせ、先ほど見た赤石岳北側の岩尾根とログハウスの位置から見当をつけた。

「表赤石沢の急斜面です」

当たっているだろうか。もし見当外れだったら、どうすればいいのだろう。考えれば考える程、頭に血が集まってきて今にも爆発しそうだった。熱い雲の中にいるような気分で、冷や汗が噴き出してくる。

もし違っていても、一度言ってしまったものを取り消す事はできなかった。角度を変えて別の方向から揺さぶるしかない。もっと確実な要素を使おう。言葉遣いも巧妙にして、向こうの想像力を刺激するんだ。

「登山口近くにあるログハウスのそばに仕掛けてあった霞網《かすみあみ》も、写真に撮りました。ログハウスの室内も、です」

耳元で、自分の心臓の音が大太鼓のように響き渡る。口を引き結び、息を呑んでその音に耐えた。呻《うめ》き声が聞こえる。

「ちっきしょう、てめぇ誰の手の内だよ。さっき名古屋って言いやがったな。北白川の舎弟《しゃてい》か。

あいつ、俺の稼ぎ狙《ねら》ってやがったもんな。ヤバいから場所を移そうと思って種の移動にかかってたとこだったのに。おい俺を陥《おとしい》れろって言われたのかよ」

名古屋には、大きな暴力団組織があると聞いている。佐藤がそういう関係の人間らしいという噂《うわさ》は、本当なのかもしれなかった。今、チラッと見えたその力関係を利用すれば、事はスムーズに運ぶかもしれない。だがバレた時には、どうなるか知れたものではなかった。上杉や黒木なら、間違いなく踏みこむだろう。二人は蛮勇といえるような力と幸運を合わせ持っている。だが和彦はそうではなかった。堅実に行こうと心を決める。

「僕は、普通の中学生です」

呆気《あっけ》にとられたような声が聞こえた。教室でもよく、はぁっという叫びが上がるが、これほど真に迫った声は滅多に聞かれない。和彦はちょっとおかしくなった。最初の時の緊張はかなり解《ほぐ》れ、余裕が出てきていた。

「あなたが松川インターで拉致《らち》したのは、僕の友人です。彼を返してほしいんです。返してくれれば、写真は破棄します。警察にも行かないと約束します。ただ返してほしいだけなんです」

電話の向こうで佐藤は黙りこむ。そのまま時間が流れ過ぎ、次第に和彦は不安になった。ストレートに言い過ぎたのだろうか。もっと駆《か》け引きをすべきだったのか。拒否されたら、どうすればいいのだろう。

「わかった。そいつは、今ここにいる。取り引きしよう」

ほっとする気持ちを、慌《あわ》てて引き締めた。

「ここというのは、どこですか」

笑い声が上がる。

「ここはここだ。まぁ落ち着けや。おまえ一人で来るなら、渡してやるぜ。こっちのほしいもん持ってきな。交換だ。察《サツ》連れてくんじゃねぇよ。妙な真似しやがったら、ぶっ殺すかんな。おまえ一人で来るんだ。いいか」

承知するしかない。

「今すぐ登山口まで来い」

5

和彦はこれまでの全情報を纏《まと》め、大雄寺の住所と連絡先も書いてメールで黒木に送っておく事にした。うまく上杉を救出できるかもしれないが、上杉と同じような運命をたどるかもしれず、その時は黒木に後を任せたい。だが今の段階で心配させたり焦《あせ》らせたりしないよう、また同時に自分の決心を邪魔されないように情報だけを送り、その最後に、俺ここアプリを起動させておくと書き加えてから送信した。直後に黒木から電話がくる。電光石火というのは、この事だろうと思いながら出た。

「俺が行くまで待て」

抜群に勘がいい。同級生の誰よりも大人なのだ。だが万能ではないらしい。待てないからメールしたのだという事に気づいていなかった。

「おい小塚、動くんじゃないぞ。おまえは察しも悪いし、運動神経もない。動いても無駄だ。俺が行くまで大人しくしてろ」

電話を切り、俺ここアプリを起動させて塔頭《たっちゅう》を出る。自分が上杉を助けられるかもしれないと思うと気持ちが高揚した。だが佐藤が要求している写真の中で和彦が持っているのは、霞網《かすみあみ》の一枚だけである。それで何とか切り抜けなければならないのだ。緊張で強張《こわば》る体を宥《なだ》めながら、昼間借りた自転車を引きずって三門から外に出る。

「やっぱ、行くんずら」

声と共に、親柱の陰から桃香が姿を見せた。

「そうじゃないかと思っとったに。和様《おっさま》と約束したくせに、しれっと騙《だま》したずらな」

安静と話していた時は、その通りにするつもりでいた。その後、考えが変わったのだ。騙したと言われるのは心外だったが、そんな事を説明していてもしかたがない。安静に言うつもりなら、そうすればいいと思いながら自転車を押し、桃香の脇を通り過ぎる。

「私も、一緒に行くで」

ぎょっとした。どう佐藤を騙そうかと考えるだけでも胃が痛くなりそうなのに、その上、桃香が一緒では心の負担が大きすぎる。

「あのねぇ、僕は真剣勝負に行くんだ。危険すぎて、とても連れていけないよ」

ところが桃香は、意に介するふうもなかった。

「私が危険ちゅうなら、小塚君にも危険ずら。えこしとらんと助け合えばいいに」

えことは何だ。苛立《いらだ》ちながら男と女は違うと心で叫ぶ。加えて、上杉を救う義務があるのは和彦だけだった。

「さ、行かまい」

桃香はさっさと自分の自転車に跨《また が》る。それを見ながら頑《がん》として立ち止まった。絶対に連れていけない。

「はれ、どうしたんな」

地面に片足を突き、こちらを振り返る桃香に、和彦は宣言する。

「君を連れていく訳にはいかない。僕を困らせないでくれ」

ポケットでスマートフォンが鳴り出す。黒木かと思いながら手に取った。

「小細工してんじゃねーぞ。一時間しか待たねぇからな。その間に来い」

昼間行った時には、一時間半かかった。あわてて自転車に飛び乗る。桃香を無視して県道に出ると、夢中で漕《こ》いだ。

深い闇の中、空には星がぎらつく。まるで宇宙のすべての星々を一度に映し出すドームスクリーンのようだった。惑星、恒星の一つ一つが渦を巻き、光を放っている。ゴッホの絵さながらに凄《すさ》まじく、発光する音が谺《こだま》を引いて聞こえてきそうだった。

息を切らしながら登山口にたどり着く。星明かりで、木々の間に立っている人影が見えた。煙草《たばこ》を吸っているらしく、蛍のような火が強くなったり弱くなったりしている。和彦を見つけ、それを地面に落として砂利の音をさせながら踏みにじった。

「持ってきたか」

自転車を停《と》めて近寄り、スマートフォンを出して見せる。

「寄越せや」

手を差し出されて、慌《あわ》てて引っこめた。写真が不足している事をどうやって誤魔化そう。そう考えながら固唾を呑《の》む。上杉と合流してしまえば、こちらが二人、佐藤は一人だった。とにかく早くそこまで持っていきたい。

「僕の友達は、どこです」

佐藤は顎《あご》でログハウスを指す。

「中だ」

歩み寄ってドアを開け、こちらを振り返った。

「入んな」

先ほどは、中には誰もいなかった。近くにジープが停めてある。上杉はやはりあれで連れ回されていたのかもしれなかった。

「早くせいや」

怒鳴られて、出入り口に近寄る。佐藤が手を伸ばし、壁にある電気のスイッチを入れながら視線で中を指した。

「ほら、あそこだ」

和彦は、出入り口から室内をのぞきこむ。とたん背中を突き飛ばされ、中に転げ込んだ。上杉の姿はない。焦《あせ》って立ち上がろうとすると、佐藤が圧《の》し掛かり、和彦を跨《また》いで上に座りこんだ。一瞬、体を持ち上げ、直後、全体重を一気に和彦に打ち下ろす。肺が押し潰《つぶ》された気がした。眩暈《めまい》がし、力が抜ける。手に持っていたスマートフォンを捩《ね》じり取られたが、呼吸が苦しく、逆らう事も取り返す事もできなかった。佐藤はいくつかの操作をした後、それを部屋の隅に投げ捨てる。

「これでオシャカだ」

その時、和彦は初めて気が付いた、この取引は自分にとってひどく不利だったのだと。どうやって写真を撮っていない事を誤魔化すか、それにばかりに気を取られていて、取引の不平等性にまで考えが回らなかった。上杉を発見し、保護しなければならない和彦に対し、佐藤は和彦のスマートフォンを奪うだけでよかったのだ。どちらが簡単かは園児でもわかる。

「俺を脅しやがって、十年早《は》ぇんだよ」

開いた両手を和彦の首にかける。首に食い込む指の熱さを感じながら何とか声を出した。

「僕の友達は、どこ」

佐藤は、顔を赤くしながら両手に力を入れる。

「おまえより一足先に行ってってからよ、あの世で会いな」

自分の死の直前に、友達の死を聞かされるとは思わなかった。心に広がる絶望の重さに引きずられ、目を閉じそうになる。その瞼《まぶた》の隙間《すきま》から桃香の姿が射《さ》し込んできた。佐藤の背後に立ち止まり、左足に重心を移しながら体を捻《ひね》って半ば横を向いている。

「おい、おっさん」

ビクッとした佐藤が振り返るのと、桃香の右足が空を切り、その甲が佐藤の首の付け根に叩《たた》き込まれるのが同時だった。吹っ飛ぶように横倒しになった佐藤に走り寄り、その体の上に片膝をつくと、何度か拳《こぶし》を叩き下ろす。ぐったりとした佐藤を確認してから立ち上がり、握り締めていた拳を下げて大きく息を吐いた。

「小塚君、大丈夫ずらか」

和彦は我に返る。凍り付いていた時間が急に動き出した気分だった。先ほど大雄寺で桃香が一人で帰ろうとした時、安静が気にもしなかった訳がよくわかったと思った。

「ん、ありがと」

喉《のど》にまだ指が貼り付いているようで圧迫感が消えない。掠《かす》れたラッセル音を伴う呼吸を繰り返しながら首を振り、普段の感覚を取り戻そうとした。桃香は、完全に失神している佐藤を見下ろしながらスマートフォンを出し、どこかに電話をかけ始める。それを見て和彦も、部屋の隅に放り出されていた自分のスマートフォンに飛びついた。

祈るような思いで、あれこれ動かす。だが完全に初期化されており、どんなデータも残っていなかった。自分自身がげっそりと削り取られた気分で、その場にしゃがみこむ。桃香の声が上がった。

「ああ熊谷の桃香だけんどな、東京から来た中学生を襲っとった自伐《じばつ》屋を成敗したずら。正気に戻らんうちに、しょっ引いとくんな。登山口のログハウスだで。私ら未成年だもんで、もう家に帰らにゃならんけんど、明日、駐在に行って事情話すに。それでいいずらな」

通話を終えた桃香は佐藤のそばにしゃがみこみ、手早く上着を脱がせると、それで両手を拘束した。

「こうしときゃ当分は大丈夫だに。パトカーずらで三十分もありゃ来るでな。はれ小塚君、どうしたに」

こちらを向く桃香に、首を横に振る。これ以上だらしないところは見せられないと思った。

「今日はもう帰りまい。和様も、うちの親も心配しとるずらでな」

二人で外に出て自転車に乗る。星明かりの下、黒い川のように続く坂道に自転車のライトがいくつもの光の輪を投げかけた。桃香の雄姿を思い浮かべながら、元気を出せと自分に言い聞かせる。

「熊谷さん、すごく強いんだね」

桃香は、何でもないといったように肩を聳《そび》やかした。

「警察がやっとる空手道場に通っとってな。糸東《しとう》流の道場にも行っとる。四段ずら。去年は全国大会までいったに。けんども面と向かってやったら、男にゃ勝てん。筋肉量が違うずら。今だって不意打ちじゃなけりゃダメだったに。私の自慢はそっちじゃなくて足ずら。秋に登山マラソンちゅうて中高校生と村の有志が標高一八三〇の白檜曾《しらびそ》峠《とうげ》までマラソンするがなぁ、こんとこのトップは私だに」

舌を巻きつつ憧《あこが》れる。そんな桃香から見れば、自分は本当にどうしようもなく冴《さ》えないんだろうなと思えた。初めて会った時からトロいと言われていたし。せめて上杉くらいカッコよかったらなぁ。そう考えた瞬間、心の底に押し込められていた絶望の口が開き、そこから佐藤の言葉が浮かび上がってきた。

「おまえより一足先に行っててっからよ、あの世で会いな」

体中の血が音を立てて引いていくのを感じながら自転車のブレーキを握りしめる。上杉は殺されたのだ。和彦がもう少し早く決断していれば助かっていたかもしれないのに。なぜもっと早く行動できなかったのか。上杉を助けられず自分だけが生き残るなんて耐えられない。あの時、佐藤に殺されてしまえばよかった。このまま塔頭に戻って朝を迎える事なんか、あそこで一人で普通に過ごす事なんか絶対にできっこない。

「小塚君、今度はどうしたずら」

坂道の下の方から車が上がってくる。

「あ、駐在さんだに」

道端に避けていると、やがてパトカーが現れ、ライトを点滅させながらゆっくりと通り過ぎていった。和彦は自転車を反転させ、その後を追う。上杉は、いつ死んだのだろう。その時、自分は何をしていたんだ。どんな最期を迎えたのだろう。何を思いながら死んでいったのか。詳しく知りたい一心で、足掻《あが》くように自転車を漕《こ》ぐ。

登山口までパトカーを追いかけ、ログハウス前で待っていると、やがて警察官二人が佐藤を支えながら出てきた。思わず走り寄る。

「僕の友達を殺したって言ったよね。いつ、どこで、どうやって殺したの」

佐藤はまだ桃香から受けたダメージが残っているらしく、のろのろと低い声を出した。

「な事、言った覚えねーな」

驚きと喜びが胸で入り混じる。それが本当ならいい。

「じゃ上杉はどこにいるの。あなたが車で拉致《らち》した事はわかってるんだ。上杉の居場所を教えてよ」

佐藤は煩《わずら》わしそうに眉根を寄せた。

「てめぇ何言ってんだ。頭おかしいんじゃねーのか。おいポリ、このガキ何とかしろ。俺の逮捕状って、出てる訳じゃねーんだろ。だったら任意じゃねぇか。同行、拒否るぞ」

警官の一人が佐藤から離れ、和彦の前にやってきて片手を肩に乗せた。

「事情は後で聞くから、駐在所で待っててくれんかなぁ。これから本署まで行ってこにゃならんでな」

6

眠りに引き込まれ、泥のように寝こんで真っ暗な川の中に何度も突っこみ、そのたびに体を立て直してまた眠り、やがて朝を迎えた。うるさいほどに鳥の声が響き渡り、水面に反射する光がきらめいて目を射る。

昇り始めた太陽の下、大気を渡る風を頬に受け、自分がまだ生きている事に驚いた。傷ついた手や体中が痛く、おまけに気怠《けだる》い気分だったが、それでもちゃんと呼吸し、なお生きている。そんな自分が何だか偉く思えた。もしかして俺、すげぇかも。

あたりは、夜とはまるで違う色合いを見せている。細々とした羊歯《しだ》の緑には露が宿り、空は抜けるように青かった。だが流れる水は相変わらず滝に向かい、周りは高い岩ばかりで手をかける場所もない。選択肢は二つだった。ここで飢え死ぬか、それとも滝を落ちて死ぬか。どうせならアクティブな方が好みだな。

重い体を引きずり、滝に向かって歩く。流れを二分している大岩のそばまで行き、巻きこまれないように注意しながらその向こうをのぞき見た。滝の高さは八mほどで水量は多く、水の落下地点である滝壺《たきつぼ》もおそらく深いものと思われた。

もし途中や下に岩がなければ、死なずにすむかも。そう思いながら見ていて、滝壺の周囲が草地である事に気づく。奥まった所に木々が生えており、建物のような壁も見えた。胸で希望が瞬《また》く。あそこまで行けば川から陸地に上れる。建物があるのだから人もいるかもしれない。連絡手段も手に入るだろう。食い物もありそ。期待が心を走り回り、そこかしこに勇気を振りまいた。

俺、ここ乗り切って生還できるかも。よし男は度胸、やってやる。

7

和彦は、駐在所の小さな椅子に座り、警官たちが戻ってくるのを待っていた。空気はまだ闇に閉ざされている。桃香が家に帰る前に、コンビニでサンドイッチと飲み物を買って置いていってくれたが、喉《のど》を通らないどころか手を伸ばす気にもなれなかった。

上杉は本当に生きているのだろうか。どこにいるのだろう。この夜が明ければ三日目の朝が来る。生きているにしても急いで救出しなければ生命に関わるかもしれなかった。その事で頭がいっぱいで、息をするのも億劫《おっくう》に思える。

苛々《いらいら》しながら警官の帰りを待つうちに、はっと思いついた、初期化されてしまったスマートフォンを元の状態に戻しておかなければ、今後の連絡に支障が出る。慌《あわ》てて取り出し、まず状態を探る。本来の設定やインストールしてあったアプリ、アドレス帳、カメラの情報等は完全に失われていた。再セットアップするしかない。バックアップを取っていなかったためデータの復元は諦《あきら》めた。本体やパスワードなどの設定を、地道に一つずつ行う。

朝方になり、表で車の停《と》まる音がした。ドアの開閉が二回、その後、警官二人の声が聞こえてくる。

「俺がここに赴任する時にゃ、この村は開闢《かいびゃく》以来、事件なんぞ起こったことがないっちゅう申し送りだったんだに。それが来たとたん事件、事件の連続で、めったら忙しいでなぁ。何から手を付けていいかわからんくらいずら」

「まぁ運が悪いと思って諦《あきら》めるに。俺もこんな忙しいのは初めてだでな」

愚痴《ぐち》りながら入ってきて、和彦に気づく。二人で顔を見合わせた。仕事がもう一つ増えたと思ったらしい。

「佐藤は、僕の友人の行方について何か言いましたか」

警官の一人が首を横に振り、机の前にある椅子に腰を下ろした。

「いいや、今んとこは完黙だ。あんたを襲った事についても、熊谷桃香に襲われた事についても何も話しとらん。本署でも困っとったわ」

和彦は警官に向かって身を乗り出す。

「僕にははっきりと、殺したって言ったんです。彼のジープを調べてください。まだ死んでいずに怪我《けが》をしてるだけかもしれない。早くしないと」

警官は困惑したような溜《た》め息をついた。

「警察は、法に則してしか動けん。車の中を捜索するにゃ佐藤の同意を取るか、もしくは家宅捜索の令状を取るか、どっちかでないと無理ずら。前の電話ん時にも言ったと思うけんど、だいたい犯罪の証拠ってもんがないんだしなぁ。行方不明者届も出とる訳じゃないし」

つまり状況は、昨日から少しも進展していないのだった。和彦は悔《くや》しさで身震いする。上杉のために何もできない自分が苛立《いらだ》たしかった。

「取りあえず今回の事について話してくんな。調書にするでな」

和彦は、佐藤に呼び出された事情を話す。警官は呆《あき》れたような顔になった。

「そんじゃ何け、ありもしない犯罪の証拠をあると言って佐藤を脅し、拉致《らち》された友人を返してもらおうとしたって事け」

まぁ客観的に言えば、そうなるかもしれない。

「そんで指定されたログハウスに行ったところ、襲われたと」

立ったままだった警官が笑い出しながら、奥の引き戸を開けた。

「そりゃそのボーズの方が恐喝だ。詐欺にも当たるな」

戸の向こうは和室で、湿った畳の臭いが流れ出してくる。

「豪《えら》い中学生だに。どっちが悪人か、わからんな」

いや正義は自分にある。和彦は拳《こぶし》を大腿《だいたい》に押し付け、揶揄《やゆ》する警官の方に身を乗り出した。

「霞網《かすみあみ》の件だけは、証拠のデータを摑《つか》んでました」

だが、それも今は失われてしまった。そう考えると、急に力が抜けた。

「もう無くしましたが」

警官は笑いながら和室に入っていく。

「こっちは今日も本署と合同で、また山狩りずら。レーザ測量器もまだ発見されとらんし、後付けのドライブレコーダーがあるっちゅう話だで、それも見つけにゃならん。空模様が怪しいで、静岡や山梨県警の応援も借りて徹底的にやるらしいに」

押し入れから布団を出し、敷《し》き始める。

「それまでちょっと寝とかんとなぁ、持たんに。まぁあんたも、いったん大雄寺に戻って少し気を休めたらどうな」

昨夜は徹夜に等しかっただろうから無理もなかった。だが寝る気になどとてもなれない和彦としては、恨《うら》めしくなる。にらんでいると前に座っていた警官が宥《なだ》めるように肩を叩《たた》いた。

「佐藤に関しては、本署の方で何か引き出してくれるずら。霞網の件は、愛知県警にも連絡を入れといたでな。今日の徹底捜索で、行方不明の友達も見つかるかもしれんし」

いく分疲れた顔で微笑《ほほえ》まれて、彼らなりに頑張ってくれているのかもしれないと思う。

「捜索中に白骨が出てきたんで、騒ぎが豪《えら》くなっちまってな。まぁ別件ずらし、大学の法医学教室に持ちこんで鑑定してもらっとるとこだで、そのうちわかってくるずら。今の法医学は進んどるでなぁ」

布団を敷いていた警官が、急に手を止めた。

「そのうちわかるっちゅやぁ、あの男はどうなっとるな。ほれ夕方、県警のヘリが見つけたっちゅう意識不明の男がおったら」

そんな事件があったのだ。ヘリコプターの墜落、白骨や意識不明の人間の発見、それに加えて和彦が主張している上杉の行方不明となれば、事件の連続だと嘆く警官の心中ももっともだった。

「ありゃぁ」

和彦のそばにいた警官が、和室の方を振り返る。

「市立病院に搬送されたまんまずら。発見されたのは茸《きのこ》採りの人間も入らん急斜面だ。たまに沢登りの登山者が行くずらが、ありゃ身形《みなり》からして登山者じゃないでなぁ。何で表赤石沢なんかにおったのか皆目《かいもく》わからん」

表赤石沢と聞き、耳が尖《とが》るような気がした。そこは佐藤たちが袴鬼罌粟《はかまおにげし》を栽培していたかもしれない場所だった。登山者でないとすれば、もしかして佐藤の仲間かもしれない。

「うちの管轄ずらに、聞き込みして身元を確かめにゃならんな。データが送られてきとるら。見てみ」

警官は机に向き直り、パソコンを開く。幾回かキーを押し、そこに顔写真を浮かび上がらせた。髭《ひげ》だらけの、三十代後半らしい男だった。名前の下に身長や体重、血液型などが書かれている。

「持ち物と着衣データも来とるずら」

平面に広げられた小物や着衣の画像が、次々と映し出された。

「藝大の学生証を持っとるなぁ。だけんど、この証明写真じゃ本人かどうかようわからんに。時間が経《た》ち過ぎとるでなぁ。拾ったり盗んだりしたのかもしれんし。着衣の方はネームも入っとらん。決め手に欠くらなぁ」

青いジャケットらしきものが映り、その細部がアップになっていく。何気なく見ていて和彦は、袖にフラワーボタンを見つけた。思わず腰を浮かす。

「今のジャケット、もう一度見せてください。その、袖《そで》の所」

確かにフラワーボタンだった。色も形も、インターチェンジで拾った物と同じである。和彦はパソコンに近寄り、警官の脇から手を伸ばしてマウスを奪い取った。

「こら、警察の内部資料だに。一般人が触っちゃいかん」

スクロールしながら左右の袖を比べ、片側の釦《ボタン》が一個少ないのを確かめる。上杉のだ、間違いない。だが、それをなぜこの男が着ていたのか。上杉から剝《は》ぎ取ったのか。ということは、もしかして殺してか。体中が冷たくなる思いで首を横に振る。いや待て、落ち着け。

「おい触っちゃいかんちゅっとるずら。聞かん奴《やつ》だなぁ」

着衣の写真をもう一度見直す。その中に、ニットのジップアップが一枚あった。おそらく上着だろう。となるとこの男は、上着を二枚着ていた事になる。まだ暑いくらいのこの季節に、なぜだ。

「まぁ見せといてやりゃぁ、いいずら」

和室の方から笑い交じりの声が聞こえる。

「何か気になる事でもあるんだに」

「そんでも内部資料ずら」

「大したもんじゃあるまいが。それにこの子がエージェントとか、テロリストって訳でもあるまいに。駐在は地域密着、一般人を守り、親睦、交流を旨とする。気を大きく持つら」

画面を戻し、男の個人データに目を通す。身長一六五cm、体重六五kgと書かれていた。身長は上杉と同じくらいだが、体重が違いすぎる。それだけの重みのある体なら、肩や背中に脂肪が付いているだろう。細身の上杉が着ていたジャケットなど着られないのではないか。

「おいおい、そろそろ気が済んだら」

画面をスクロールしていき、発見時という項目を見つける。まず時間が記され、次に場所と様子が書かれていた。

「場所、赤石岳馬ノ背の西側に当たる里山の北側、落葉松《からまつ》樹林帯の中。状況、横たわり意識不明。外傷数ヵ所あり、出血多量。手荷物なし。体の上に青いジャケットが掛けられ、落葉松の枝の先端にハンカチが結ばれていた」

和室から出てきた警官が、画面をのぞきこむ。

「こりゃ誰かがこの男に掛けたちゅう事だな。で、発見されやすいように木にハンカチを結んどいたずら。山で遭難者が出た時なんかに、よくやるでな」

上杉だ。胸の底から歓喜が突き上がり、体中を走り回った。生きてる、大丈夫だ、生きてるんだ。涙がこぼれ、あたりがぼやける。よかった、生きてる、しかもハンカチを結んで救助を求める余裕まで持っているのだ。この世の何もかもに感謝したいような気持ちだった。

「これ、僕の友達のジャケットです。前に電話でお話ししたインターチェンジに落ちていた釦というのは、ほらこの袖口から落ちたんです」

二人の警官は、食い入るように画面に見入った。

「そうけぇ。そんじゃ友達は、ここにおって、それからどっか行ったちゅう事ずらな」

たぶんそうだろう。

「ほんだら、その友達ってのは」

一人が、こちらに目を向ける。

「拉致されてた訳じゃないなぁ。拉致されとったら、この男に自分の服を掛けたりハンカチを結んだり、自由にどっかに行ったりできっこないに」

そう言われて我に返った。いや拉致されていたのは間違いない。おそらく逃げ出したのだ。

「ほら見てけつかれ」

警官の一人が、もう一人の二の腕を叩く。

「子供の言葉にかまけて、迂闊《うかつ》に動かんでよかったずら。捜索なんか掛けとったら、とんだ笑いものだに。赤石村の駐在はボケだって言われるら」

「いや面目ないずら」

笑いを浮かべる警官たちを見ながら、上杉と男の関係を考える。佐藤の仲間だとすれば、上杉を拉致した人間の一人だった。そんな相手に、ジャケットを貸している理由がわからない。やはり剝ぎ取られたのだろうか。あるいは現場に別の人物がいたとか。あれこれと考えながら、どちらにしても上杉は今、半裸に近い状態だと気づく。昼間は暑いが夜は冷え込むし、昨日は雨も降っている。早く捜さないと体力を消耗するに違いなかった。

だが、いったいどこに行ったのか。焦《あせ》りながら画面をスクロールする。それ以上の情報は、どこにも載っていなかった。

「ほらほら、いい加減にするずら」

押しのけられ、立ち上がりながら訴える。

「でも友達とは音信不通になってるんです。捜してもらえませんか」

警官は困ったように眉根を寄せた。

「だから今日の徹底捜索で見つかるかもしれんちゅうたら。それに連絡を絶っとるのは、本人の意思かもしれんに。そんでも何でかんで捜すっちゅうなら、関係者の名前で行方不明者届を出すしかないら。まず家族に連絡してみたらどうな」

当惑しながら、パソコンの画面に映る男の顔を見つめる。救助されたこの男に聞けば、何かわかるかもしれないと思った。市立病院に行ってみよう。

8

やりぃ。片手を拳《こぶし》に握りしめ、川の中に立ち上がる。後方で滝が轟々《ごうごう》と音を立てていた。生還だ、いい響きだな生還。濡《ぬ》れた顔を拭《ぬぐ》い、水をかき分けて川岸に向かって歩く。重金属でも詰《つ》まっているかのように体が重く、痛めた片手はグローブほども腫《は》れていたが、気持ちは猛《たけ》っていた。なんか俺、自分の事、尊敬《リスペクト》しそう。

水音を立てて川から岸に上がる。一気に重力が圧《の》し掛かってきて、体がさらに重くなった。片脚が痛み、歩きにくい。よく見れば、大きく破れたズボンに血が滲《にじ》んでいた。破れ目から中をのぞく。大腿部《だいたいぶ》に抉《えぐ》られたような深い傷があった。滝から落ちる時、岩にでも擦《こす》ったらしい。取りあえず出血を止めようとしてカッターシャツを脱ぎ、片手と口を使って大腿の付け根を縛り上げた。だが止まる気配がない。このまま時間が経《た》てば、動けなくなる可能性があった。早めに救助を呼ばないと、これ超ヤバいぞ。

顔を上げれば木々の向こうに階段が見え、先ほど垣間《かいま》見《み》た壁のような建物に続いている。形からして、どうも普通の家ではないらしかった。山小屋《ヒュッテ》だろうか。とにかく誰かに接触して救急車を呼んでもらわないと。で大西の事も伝えないと。ああ何か食いてぇ。

徐々に上がらなくなっていく脚を叱咤《しった》し、破れてぶら下がっているズボンの布地を引き千切って捨てながら何とか階段の上までたどり着く。そこには大きな門があり、閉じた門扉が立ち塞《ふさ》がっていた。門柱の標札に、原子力研究所東門とある。

何でこんなとこに原子力なんだ。ここ長野県だろ。原子力関係なんて、長野県にはなかったと思ったけどな。もしかして密《ひそ》かに実験やってるとか、か。ヤバいな俺、秘密を知って暗殺されるかも。だがこのまま野垂れ死ぬより暗殺を選ぶな、断然カッコいいし。

ぽつんと肩に何かが当たる。ふり向けば、西の方から暗い雲が広がり始めていた。かなりの速さで天中に向かっている。また雨かよ。舌打ちしながらドアフォンを押す。

最初は遠慮しながら、次はいく分長く、最後は鳴らしっ放しにしたものの、誰も出てこなかった。視線を落とせば、門扉の下の敷石《しきいし》の間から雑草が生えている。ちきしょう無人か。

気落ちし、その場に座り込む。そのまま後ろに引っくり返った。体が重く、手にも脚にも激痛が走り、立ち上がる力が出ない。雨粒が頻繁に顔に当たり始め、次第に強くなった。

さすがにこのままじゃマズいよな。雨の当たらないとこに避難しないと体温が保てん。目の前の門扉を仰ぐ。何とかしてここから入るか、別の所に行くか。脚の状態を考えれば、そう遠くまで行けそうもなかった。

のろのろと身を起こし、門扉に手をかける。どうやって入ろうかと考える間もなく、それがゆらっと揺れ、ゆっくりと内側に開いた。鍵が掛かっていなかったらしい。不用心だな、入るぞ。

中は庭で、いくつかの建物が立っていた。工事が終わったばかりらしく隅の方に丸めたビニールシートが置かれている。建物は端から順番に一号館、二号館と表示されていた。そのそばに先ほどより大きな門があり、こちらにはしっかり鍵が掛かっている。人の気配はまったくなかった。脚を引きずりながら近づき、一番近くのドアを開けてみる。中は椅子が並べられた教室だった。何だ、ここ。

所々に立っている案内板には図書室、情報処理室、心理臨床室、教育相談室などとある。どうも学校らしかった。規模を考えれば、小中学校でも高校でもない。大学の分室といったところだろうか。そう思い至ったとたんに、先ほどからの疑問が氷解した。たぶん教育用の原子力施設だ。

日本には、教育用の原子力研究炉が十数基ある。いずれも大学の所有だったが、二〇一一年の東京電力福島第一原発の事故で、すべてが停止しているはずだった。新規制基準が設定されており、それを満たすための工事が終了したところから再稼働と聞いている。

このビニールシートは工事の跡だ。で、それが丸まっているという事は、工事終了なんだ。よし助かった。工事が終わったなら、必ず誰かがやってくる。それまで何とか持ち堪《こた》えればいい。教育施設なら、敷地《しきち》内に必ず非常用食料の備蓄があるはずだ。毛布や水もあるだろう。動けるうちに捜し当てて食料を確保し、自分の居住場所を作っておこう。そして誰かがやってくるのを待つんだ。

9

路線バスの窓を叩《たた》く雨足は、次第に強くなってきていた。和彦は、スマートフォンで気象情報を探る。近づいている低気圧が秋雨前線《あきさめぜんせん》を刺激しており、東北から九州まで広い範囲で雨が降っているらしかった。上杉は大丈夫だろうか。森に住む動物、昆虫たちはちゃんと身を隠しているだろうか。心配しながら目を上げれば、車内の壁に、携帯各機種は電源を切れと書かれていた。慌《あわ》ててオフにする。

市立病院前で降り、正面の白い建物に駆《か》けこんで雨粒を拭《ぬぐ》った。壁の案内図と説明を読み、用紙置き場から面会申込書を取って記入、窓口に出す。断られるかもしれないと危惧していたが、意外にすんなりと面会カードを渡された。それを首にかけ、大西の病室を訪ねる。

大きな取っ手を摑《つか》んで引き戸を開けると、あの顔写真の男がベッドに寝ていた。酸素マスクをし、いくつかの管に繫《つな》がれていて意識はない。和彦は部屋の隅にあった小さな椅子を引き寄せて座り、その顔を見つめた。上杉の行方を知っているかもしれないただ一人の男だった。

強引にでも起こして、上杉がどうしたのかを聞き出したい。つい手が伸びた。だが傷ついている人間に無理な事をするのが恐ろしく、思い留まる。苛立《いらだ》ちながら、その顔を見下ろした。風が激しく窓を揺すり、叩きつける雨が涙のような筋を描いて流れ落ちる。

「あら」

ドアから入ってきた看護師が点滴台に歩み寄り、その速さを調整しながらこちらを見た。

「睡眠薬投与してるから、当分、目覚めませんけど」

思わず溜《た》め息が出る。

「いつ頃、話せますか」

看護師はカチリとボールペンの音をさせ、記録を取りながら難しい顔をした。

「取りあえず、しばらくは無理だと思う」

しかたなく立ち上がる。

「では、また明日伺います」

黒木なら素早く看護師と親しくなり、男が目覚めたら連絡をくれるよう話を付けるだろう。だが和彦には、そんな真似《まね》はとてもできなかった。病室を出ながら、自分の欠点を数え上げる。コネを付ける事もできないし、桃香のように実力を行使して相手を圧倒する事もできない。いつも怖気《おじけ》づいているし、空気を読めず、太っている。止めようもなく気持ちが萎《しぼ》んだ。

病院の出入り口まで行くと、ガラス戸越しに滝のような音を立てて屋根から流れ落ちている雨が見えた。バス停は目の前だったが、そこまでさえ行けそうもない。しかたなく売店を探し、ビニール傘を買った。待合室に並んでいる男たちの会話が耳に入ってくる。

「あーあ、えらい降りだに。三六災害の時みてぇにならんといいがな」

「あん時ぁ、うんとこさ降り続いて、おっかなかったなぁ」

「こんあたりの死者だけで百二十名を超えたずら。集団移住をせにゃならんくなって消えた村もいくつもあったでな。ことに大鹿や赤石村の被害がでかかったに」

バスがやってくるのを待つ間に、スマートフォンで三六災害を調べてみる。和彦が一九六一年の災害と認識していたものと同一で、地元では昭和三十六年に起こった事から三六災害と呼んでいるらしかった。

「赤石村ちゅやぁ、村議会が高速道路の受け入れを承認したっちゅうら」

「あすこはここよりまだ田舎だで、売れもせんような土地ばっかずら。あんなとこにしがみついとっても、いいこたぁありゃせん。買ってもらってありがたいに。現金手にして出直すつもりでおる連中も多いずら」

「建設会社の方は、土地持っとる人間を個別攻撃だでな。他の村でも、もう建設に同意した連中がおるらしいに。そういう動きが出てきちまったら、議会でもどうしようもないずら」

「俺は、今さら自分の土地離れたくねぇな。後もう三十年と生きる訳でなし、今さら出直しなんて豪《えら》い話ずら。慣れたとこでのんびり暮らすのが一番だに」

「けんど、今にここにも関連事業現地事務所が開設されて、物件調査や用地取得交渉が始まるずら。どうなる事やらなぁ」

目の前のバス停にバスが到着する。和彦は傘を手に玄関から走り出した。飛び乗って大きな息をつく。さすがに客は少なかった。早く上杉を捜さなければ。そう思いながら何ら効果的な手を打てない事が胸に圧《の》し掛かる。天井を打つ雨の音に、心まで打たれる思いだった。

赤石村の役場前に着き、相変わらず雨の降り続く車外に出る。駐在所に置いた自転車は、雨が止んでから取りにくるしかなさそうだった。歩き出しながら片手でスマートフォンの電源を入れる。とたん、ものすごい勢いで電話の着信音が鳴り出した。慌《あわ》てて耳に当てると、怒鳴り声が鼓膜を直撃する。

「おまえ、何で電源切ってんだ」

黒木だった。

「俺に会いたくない訳か」

相当怒っている。

「ごめん、今までバスの中で、その前は病院だったんだ。今、どこにいるの」

しばらくの沈黙の後、不貞腐《ふてくさ》れたような声がした。

「おまえの後ろ」

10

和彦は振り返る。そこにいたのは、黒木だけではなかった。

「よっ、ちょっと前のバスで着いたとこ」

黒木の隣で、若武が片手の親指を立てた。

「上杉の奴《やつ》が行方不明で、俺たちで捜すって聞いたからさ。ここはやっぱ、俺が出張って総指揮執るべきだろうと思って、来てやった」

面倒な事になったと思った。上杉と若武の関係は常に微妙で、時おりは派手に決裂するし、そこまでいかない時でも絶えず意識し合い、競い合っている。上杉の救出に力を貸したとなれば、若武は相当な天狗《てんぐ》になるだろう。今後も何かにつけて恩を着せるに決まっているし、上杉がリードを取ったりすれば皮肉も口にするに違いなかった。そうなったら上杉は怒髪天で、きっと和彦にこう言うだろう。若武に助けられるくらいなら、俺は死を選んでた。なんであいつに話したんだ。おまえ、空気読めないにも程があるぞ。

「あの」

和彦は、恐る恐る黒木を見た。

「何で」

そう言いながら視線を若武に向ける。黒木は手を伸ばし、和彦の肩を抱き寄せて若武の目から隠すと耳に囁《ささや》いた。

「俺たちだけで捜すとしたら、若武先生独自の発想と機動力がきっと必要になるからさ。まぁ見てな。必ず役に立つよ」

そういうものかと思いながらも、上杉に怒られる事を考えると背筋がゾクゾクした。いつも冷静な上杉が怒りを含むと、普段でも白い顔から血の気が引いて蒼白《そうはく》になる。頬が強張《こわば》り、切れ長の吊《つ》り上がった目に青い光が瞬《また》き出し、それを見ただけで和彦はもう悲鳴を上げたくなるのだった。

「この雨じゃ、外に立っててもまるで落ち着かん」

若武は、不愉快そうに雨を眺《なが》める。

「俺が好きなのは、ピッカピカの晴天だ。シーンと音がするくらいに晴れてると、気分最高。ちなみに今日は、最高×二パーくらいだ」

かなり辟易《へきえき》しているらしい。

「まずどっか屋根の下に入ろう。そこで状況を聞かせてくれよ。スタバかドトール、あるだろ」

期待に反して悪いけど、ない。

「小塚の泊まってる大雄寺に行こうぜ」

黒木に言われ、若武は露骨に嫌な顔をした。

「なにが哀《かな》しくて、寺で会議なんだ。これから上杉捜すってのに、縁起悪いだろうが」

不満を漏《も》らす若武を置き去りにし、黒木と一緒に歩き出す。しばらく歩いてから振り返ると、若武はしかたなさそうに後をついてきていた。

三人で大雄寺までたどり着き、塔頭《たっちゅう》に入る。和彦はキャリーケースからバスタオルを出し、黒木に渡した。黒木は髪と服を拭《ぬぐ》い、若武に放り投げる。若武が使い、戻ってきたタオルで和彦は自分を拭いた。

今朝まで一人だった空間に、今は三人がいる。部屋の空気を動かしているのは自分の呼吸だけではなく、自分が出す音以外の物音が響いてくる。それを感じるだけで和彦は、気持ちが穏やかになった。心強いというのは、こういう気分なのかもしれないと思う。今まで必死で動き回ったが、結局何もできなかった。だがこれからは、できるかもしれない。そう思えてきてうれしかった。

「じゃ上杉救出作戦会議を始める」

天井中央から吊り下げられた電灯の下に若武が座りこみ、胡坐《あぐら》をかいた。黒木も和彦もそばに行き、車座になる。

「まず全貌を説明しろよ」

和彦は、上杉が拉致《らち》されたと思われる理由を挙げ、犯人である佐藤たちの麻薬精製に言及し、拠点のログハウスからは既に退去しており、上杉もいなかった旨を説明した。今は佐藤だけが警察署にいるが任意同行に過ぎず、最初に口にした上杉殺害については否定しており、その仲間と思われる大西は、上杉の服と共に発見されたが意識不明で事情が聞けない状態であると。

「明日も病院に行ってみるつもりだけどね」

そう言ってから付け加えた。同じ日にヘリコプターの墜落事故があり、この寺の住職の息子達樹が死亡している事、墜落原因やその場所に行った理由は今のところ不明、原因究明に繋《つな》がるドライブレコーダーやレーザ測量器もまだ発見されていないばかりか、捜索中に正体不明の人骨が見つかり、警察は多忙を極めていると。

「おお正体不明の人骨か。すげぇ派手で、いいじゃん」

上杉の捜索を放り出しかねない様子の若武に、慌《あわ》てる。昔から若武はとにかく目立つ事が好きで、そういうものに心を奪われる自分を止められないのだ。その関心を何とか上杉に引き戻そうとして地図を出す。

「上杉のジャケットが見つかった場所は、ここだ」

警察のデータを思い出しながら赤石岳の馬ノ背の北側、落葉松《からまつ》樹林帯の中に印をつけた。ログハウス、ヘリコプターの墜落場所、袴鬼罌粟《はかまおにげし》の栽培地があると思われる表赤石沢にも丸を付ける。

「ヘリコプターは赤石岳近くの里山に激突し、南側の斜面を滑《すべ》り落ちた。ぶつかったのは尾根だから、おそらく反対側、つまり北側でも土砂崩れが派生したはずだ。そのせいで削られたと思われる山肌が、ログハウスのそばから見えたんだけど、上杉のジャケットが見つかったのは、そのあたりだ。たぶんヘリ墜落で起きた土砂崩れに巻きこまれたんだよ」

黒木が眉を上げる。

「なんで警察、上杉を発見できてねーの」

和彦は、指を三本立てた。

「一つは圧倒的に人手が足りなくって作業があまり進んでない。二つ目は行方不明者届が出てない。三つ目は、何しろ皆が緩《ゆる》い」

まるで自分自身を見ているみたいだとは、言わずにおいた。

「大西を発見したんなら、そのあたりに上杉がいれば一緒に見つかったはずだ。つまり上杉はその場にいなかったんだ。これ、どう踏むよ」

黒木の問いに、若武が発言権を求めて片手を上げる。

「自分の服を大西に掛けて、木にハンカチ揚げたんだろ。余裕だよな。だったら自力でその場を離れたんじゃないのか」

黒木が僅《わず》かに笑った。

「半分だけ正解。問題は、その場に何人がいたかだ。上杉は依然、拉致られてて、大西が倒れ、第三者が上杉から着衣を奪って大西に掛け、ハンカチを揚げてから上杉を連れ去った可能性もある。いまだに上杉から連絡ないんだろ」

和彦は頷《うなず》く。確かに正常な状態ではなかった。殺したと言った佐藤の言葉が思い出されてならない。あれはやはり本当だったのだろうか。

「どっちにしても上杉は、この場から離れたんだ」

若武が話を進めようとして纏《まと》めにかかる。

「一人だったとしても、二人以上だったとしても、その後どう動いたのか予想してみようぜ」

黒木が腕を組み、天井を仰いだ。

「そのあたりって山の斜面だろ。だとしたら上には行かないな。下に降りるよ」

下方は、表赤石沢だった。

「よし」

若武が両手で膝を打つ。

「上杉、見つけるぞ。ローラー作戦だ。上杉の上着があった場所より下の表赤石沢を全部捜す」

和彦は啞然《あぜん》とし、地図に視線を落とした。沢というのは谷の別名である。標高三一二〇mの赤石岳の北側に面する里山に、五㎞四方にわたって広がる谷が表赤石沢だった。あまりにも広過ぎる上に、あたり一帯には崖や急斜面、川、岩場が連なっている。その中からたった一人の人間を、僅《わず》か三人でどうやって捜すというのだろう。

「何か、秘策でもあるの」

きっとあるに違いない。和彦は若武を見つめた。その唇から説得力のあるアイディアが出てくるのを待つ。

「そんなの」

若武は癖のない髪をサラッと乱し、首を横に振った。

「ある訳ないだろ。男は黙って実力行使、ただやるだけだ」

反論もできないほど呆然《ぼうぜん》としていると、黒木がくっと笑い出す。

「出たね、七万分の十一人作戦」

それ、何。

「聞いてないの。サッカー部の連中で国立競技場に行った時だよ。原宿の駅で待ち合わせたんだけど、若武、寝坊したんだ。で焦《あせ》って家を飛び出したんで、スマホも忘れた。俺たち駅で待ってても来ないし、連絡もつかないんで、諦《あきら》めてサッカー場に向かったんだよ。観客席ほとんど満杯、七万人前後が入ってた。で、試合が始まって、もうすぐハーフタイムって時に、突然若武が俺たちの目の前に姿を見せたんだ。どの位置に座ってるかって知らなかったはずだからさ、皆でびっくりして、何でここがわかったって聞いたら、七万分の十一人作戦だって言ったんだ。この世に同じ顔の人間はいない。それが十一人も並んでるんだから、たとえ七万人の中からでも必ず見つけられるはずだって考えて、ピッチに背中を向けてスタンドを仰ぎ、観客一人一人の顔を見て捜し歩いて、やっとたどり着いたんだって。その間、ほぼ四十分弱」

凄《すさ》まじいエネルギーだった。これが若武の機動力なんだろうなと感嘆する。だがそれにしても五㎞四方の谷を三人で捜すのは時間がかかり過ぎるだろう。その間に上杉は、どうかなってしまうかもしれない。

「表赤石沢を三人でローラーするのは、無理があると思うよ」

若武は、その目を鋭くする。

「為《な》せば成る、成らぬは人の為さざるなりけり、だ。おまえ、やる気出せよ。ほら出せ。出せばいいだけなんだからさ、簡単じゃん」

そう言われても雲を摑《つか》むような話で、具体的にどうすればいいのかさっぱりわからない。若武のパワーは和彦にとっては想像を絶するもので、申し訳ないと思いながらも途方に暮れた。黙っていると、若武は同意を得られそうもないと見たらしく、すかさず残りの一人、キャスティングボートを握る黒木に目を向ける。黒木は何でもないといったように眉を上げげた。

「今回の場合、タイムトライアルだ。早く見つけなくちゃならないんだからさ、別の方法でいこうぜ」

若武はいく分悔《くや》しそうにしながらも、あっさり頷く。

「そりゃ俺だって、三人でやろうとは思ってねーよ」

え。

「よく聞きな。黒木を、この村の中高校生女子に接触させて親しくならせるんだ。で、その女子連中に捜索を手伝わせる。五百人も集めて横に並べれば、一人の管轄は幅十mそこそこだ。五㎞四方だって一日で終わるぜ」

奇抜な発想に虚を突かれ、ぼんやりしている内に頭に数字が流れ込んできた。思わず、幅十mならいけるかもしれないという気になる。瞬間、心で警報が鳴った。これは若武マジックだ。冷静になれ、同意する前によく考えるんだ。

小六で出会って今までの間に、こういう事は数々あった。若武は、将来は詐欺師になるに違いないと言われているほど人の心を動かすのがうまいのだ。実体がないものでも、あるように見せかける。それに乗ったら最後、若武は涼しい顔で見物を決め込み、一切の責任はこちらが持たねばならなくなるのだった。

今でも覚えているのは、これから四百㎞ほど離れた所に行く友人が、五、六時間はかかるだろうと言った時の事だった。若武が、俺なら一時間で行くと言い出した。何かすごいアイディアでもあるのかと皆が身を乗り出したとたん、若武は何でもなさそうな顔で、しかも本気で言ってのけたのだ、時速四百㎞で行けばいいだけじゃん。その時は迂闊《うかつ》にも同意してしまい、その後、小塚がこんな事を言っていたと言いふらされた。

落ち着いて考えないと、若武に乗せられる。きちんとチェックしないと。だいたい男は実力行使だと言ったばかりなのに、もう女子力の導入を考えているのは、その場限りの発言だったからだ。黒木がいくらモテるといっても、女子五百人を従える事ができるとは思えない。そもそもこの村の全人口は三百人なのだ。

だが細かなところに拘《こだわ》っていると、若武とは付き合えない。きちんとした事しか許せない上杉といつも衝突するのは、そのせいだった。この状況で、若武のエネルギーは貴重だ。その手を借りたければ、本質的な問題点だけを指摘して改善させるよりない。

「その人数の女子を確保するのは、難しいと思うよ」

和彦の言葉に、若武はムッとしたような顔になった。それを見て和彦も、先ほどから否定ばかりしている自分が嫌になってくる。どうしていいのかわからず目を伏せて黙りこんだ。沈黙が広がり、しばらくして若武の、けろりとした声が響く。

「じゃ、さ、メイキングドラマでどうよ」

切り替えが早いのは、若武の特徴の一つだった。和彦が自分の感情を持て余し、ぐずぐずしている間に軽々とそれを飛び越えていく。

「小塚、おまえが必死になって涙ながらに訴えるんだ、友達が行方不明だから一緒に捜してほしいって」

目を上げれば、若武は自分の新しいアイディアに陶然としていた。

「そしたら中高生女子だけじゃなくて、中高年女性も集まってくるぞ。男も来るかもしれん。

で、俺が登場して皆に状況を説明する」

きっと大勢の人間の注目を浴びつつ派手な言葉を飛ばして演説している自分を想像し、笑壺《えつぼ》に入っているのだろう。

「人間が多いほど捜索は楽だ。住民総出に持ちこもう」

黒木が、したり顔でこちらを見る。

「ほらね、俺とおまえだけじゃ絶対出てこないアイディアだろ。警察も、山狩りをする時にゃ同じような事をやる訳だし、それでいこうぜ」

黒木の賛同を得て、若武は勢いづいた。

「おし、すぐ取りかかるぞ」

涙ながらに訴えなければならない役回りを振り当てられた和彦としては、素直に聞けない部分もあったが、ようやく纏《まと》まりそうな話をここで壊したくなかった。上杉の事を思えば、急がなければならない。桃香に電話をして協力を仰ごう。

「ちょい待って。気になってる事があるんだけどさ」

黒木が、細い指の先で表赤石沢とログハウスを指す。長く、きれいな指だった。

「自伐屋の佐藤たちって数年前に土地を買ったわけだろ。それで種子を持ちこんだんだよな。でもこんな山奥の土地が袴鬼罌粟の栽培に適するって、何でわかったんだろ。確証がなかったら、わざわざ土地買ったりしないだろ。何かあったんだぜ。それは何だ」

和彦の脳裏に、今まで見過ごしてきた事実がくっきりと浮かび上がる。袴鬼罌粟は日本で自然に生える植物ではなかった。誰かが知らずに種を持ちこんだか、故意に植えたかどちらかだが、亜種や新種が生まれるには長い年月がかかる。佐藤たちが来たのが数年前となると、その時持ちこんだ種自体がすでに亜種か新種だったはずだが、袴鬼罌粟に亜種や新種があると図鑑には載っていなかった。おそらく今までどこからも発見された事がなく、ここにあるのが世界初なのだ。その事実に黒木の疑問を重ねて考えた瞬間、すべてが明確になった。

「表赤石沢には、きっと袴鬼罌粟の群落があったんだ。過去に誰かが持ちこんだ種が他の植物と交配して亜種か新種に進化し、この土地に馴染《なじ》んで広がっていたんだと思う。佐藤は、それを見つけたんだ。沢には沢登りをする登山客がいるって警察が言ってたから。で、登山口近くの土地を買い、春から秋に滞在して取り入れと精製、それに種の採集をしていたんだと思う。確実に収穫を上げるために、移植や開墾もしていただろうし」

黒木が笑みを含んだ目でこちらをにらむ。

「つまり小塚先生、警察に行ったたって事だよね」

焦《あせ》って潔白を主張した。

「約束破った訳じゃないよ。さっきも言ったけど行方不明者届は出してないから」

黒木は、詭弁《きべん》だろうと言いたげだったが追及はしなかった。和彦は内心ほっと息をつく。それにしても最初に種を持ちこんだのは、いったい誰だったんだろう。

「墜落したヘリって、どこ飛んでたんだ」

若武に聞かれ、和彦はスマートフォンで森林組合の事務所を探した。その近くにヘリポートがあるのを確認してから赤石岳の馬ノ背のあたりまで線を描く。

「たぶんこのルート。当日は晴れで風も弱く、達樹さんはベテランで墜落原因は見当たらない。このあたりには森林組合が開発中の森林作業道があるって話だけど、そこを目指したとも思えないんだ。まだ未開通部分もあるらしいし、達樹さんはその担当者じゃない」

若武が活気を帯びた声を出す。

「おお、一気に事件らしくなってきたじゃん。必要のない場所に、なぜ行ったのか。謎だな」

何かを確かめに行ったのだ。それはいったい何だったのか。和彦は、達樹の眼差《まなざし》を思い出す。突如として燃え立つ火のようだった。

「突き止めたい気もするが、まレーザ測量器やドライブレコーダーが出てくりゃ簡単にわかるだろうから、俺たちの出番はないよな」

黒木が不愉快そうに眉根を寄せる。

「それより佐藤の件、何とかしようぜ。任意じゃ、すぐ出てくるだろ。そのまま放置でいいのか。今後も、どこかに場所を移して違法栽培を続けるかもしれないしさ。この際、連中の犯罪を立証して正式に務所《ムショ》に送りこむってのは、どう」

それには袴鬼罌粟を栽培していた、もしくは精製していた証拠を摑《つか》まなければならなかった。

「種だけじゃダメなんだ。でも佐藤本人が吐くはずないし、精製道具なんかも礼状がないと捜せない。警察から出てきた佐藤の後をつけても、すでに引き上げた仲間同様、どっかに逃げるだけだろうからさ。有効な手が見つからないんだよ」

若武がパチンと指を鳴らす。

「袴鬼罌粟の栽培畑を見つけるってのは、どうだ」

黒木がこちらに視線を流した。

「罌粟《けし》類って、今は枯れてる時期じゃないの」

多くは枯れているだろうが、地下には根が残っている。移植や開墾をしていれば、自然の群落とは明らかな違いがあり、栽培の証拠になるだろう。表赤石沢のどこかに違いなかったが、捜そうと思えば、上杉の捜索以上に大変な作業になる。何しろほとんどが地下だし、枯れていない部分が地上に残っていたとしても、緑あふれる森の中で僅《わず》かな袴鬼罌粟を見つけるのは至難の業だ。そう考えながら、はっとした。

待てよ、鵯《ひよどり》が採食していたんだから、あの鳥が飛ぶ範囲にあるって事だよな。鵯《ひよどり》は姫天鵞絨《ひめひろうど》蝸牛《まいまい》も食ってたから、それは蝸牛の生息範囲内でもある。その他に数種の高山植物があったから、それらの分布している場所だろうし、袴鬼罌粟の栽培に最適なのは急角度を持つ斜面で、表赤石沢全体がそうとは限らない。それらの条件を細かく調べて重ね合わせれば、かなり絞れるんじゃないか。考えている内に興味をそそられ、やってみようという気になった。

「僕、栽培畑の特定をするよ。涙ながらの訴えは、誰かに任せる。人数が揃《そろ》って実行って事になったら、その時に参加するから」

黒木がちょっと笑う。

「エンジンかかったらしいな。芝居なら元々、若武先生の守備範囲だろ。お点前《てまえ》拝見といこう」

若武は止《や》むをえないといったように、だが実にうれしそうに頷いた。派手に自分の力を見せるチャンスだと思ったのだろう。

「じゃ住民総出作戦をスタートさせる。小塚、おまえ先にここ来てんだから、コネ持ってるだろ。いきなり俺が各戸を回って頼んでも、頭おかしいと思われかねんからな。おまえのコネでまず中心になる人間を集めるんだ。その後で俺が登場して趣旨を説明し、隣近所、親類縁者にも声をかけてもらってできるだけ多くを集める」

和彦は桃香に電話をかけながら窓の外を見る。雨はますます強くなってきていた。桃香は電話に出ない。しかたなくメールにし、電話をくれるように頼んだ。

「じゃ次は、昼飯だ」

当たり前のように言う若武に、ちょっと腹が立つ。上杉は何も食べられずに救助を待っているかもしれなかった。

「おい小塚、何だその顔。腹が空いては戦ができんって言葉を知らんのか。食ってる間に、今打ったメールの返事、来るかもしんないだろ」

黒木が腕を伸ばし、宥《なだ》めるように和彦の肩を抱いた。

「俺たちが腹すかしてれば、上杉が助かるって訳でもないと思うよ」

ポケットでスマートフォンが鳴り出す。取り出して画面を見れば、桃香からだった。和彦は縋《すが》り付きたい思いで耳に当てる。

「用事って、何」

声が低かった。抑揚もない。驚き、戸惑いながら説明する。協力者を集めてくれるように頼むと、ようやくいつもの声が返ってきた。

「任せとくずら。きっと皆、協力するに。ちょうど学校の授業も、雨で打ち切りになっとるしな。ほんじゃ急ぐで」

助かったと思いながら電話を切る。桃香の最初の反応が気になった。こちらから掛けた時には出なかったのも、そのせいのように思えてくる。何かあったのだろうか。

「じゃさっさと飯食って作戦開始だ。この寺って何か食えんの。それとも下のコンビニまで買いに行かないとダメなのか」

二人を方丈のダイニングに案内する。既にいく人かの寺務員が長いテーブルに着き、食事をしているところだった。安静の姿はない。寺務員に尋ねると、警察まで達樹の遺体を引き取りにいったという話だった。そういえば今日戻ってくると言っていた。気の毒に思いながら、早く事故原因がはっきりする事を願う。

「あの、安静さん、いらっしゃいますか」

振り返ると、広い三和土《たたき》の向こうのガラス戸を開けて背広姿の中年男性が半身をのぞかせていた。後ろに立つ若い男性の一人が傘を差しかけているものの角度が悪く、傘骨の先から滴《したた》る雨が肩に降り注いでいる。注意した方がいいのかどうか和彦が迷っていると、若武が立ち上がり、三和土に降りていってガラス戸を開け放った。

「濡《ぬ》れますから、中にどうぞ」

まるで自分の家のような顔で招き入れる。入ってきた男性は安静の姿がないのを見て取り、困ったような表情になった。

「すみません。私は理工学部の准教授で柴田といいます」

その後ろから大学生らしい数人が入ってくる。

「今日から柏原教授が原子力研究所に入り、起動作業をします。その前にご挨拶《あいさつ》をと思って」

寺務員の一人が安静不在の理由を説明した。柴田は項垂《うなだ》れるように頷く。

「事情は聞いています。新聞でも読みましたし、さっき村長さんや村議会議長さんのお宅に顔を出したんで、そこでも話が出ました。お労《いたわ》しい。私は今日から研究所の方に泊まりこみますんで、また伺います。何かお手伝いできる事がありましたら、学生たちもいますし、何でも言ってくださいとお伝えください」

引き上げていくのを見送っていると、黒木が皮肉な声を漏《も》らした。

「村の名士を回って、いちいちご挨拶か。原子力研究所も大変だな」

ガラス戸を閉めて戻ってきた若武が、音を立てて自分の席に腰を下ろす。

「韓国に行くよりましさ」

食卓に出ていた白菜の漬物を摘《つ》まんで口に突っこみ、白米の入った茶碗《ちゃわん》を持ち上げると、勢いよく掻《か》きこんだ。

「福島第一原発の事故で、確か日本の大学の研究用原子炉は、全部停《と》まってたんだ。その間、実習に韓国まで行ってたって話だぜ」

口から飯粒が飛び散り、黒木が嫌な顔をする。

「食べながらしゃべるな。品位を保てよ」

電話の呼び出し音が方丈に響き渡る。寺務員が出て受け答えし、終わってから全員を見回した。

「大雨洪水注意報が出たっちゅう連絡です。このまま降り続いた場合、警報に替わるとも言っとりました」

屋根を打つ雨音はますます大きくなる。上杉は大丈夫だろうか。どこかに避難できているといいのだが。何も食べていないかもしれない上杉に、心で謝《あやま》りながら昼食を取った。

11

備蓄倉庫って、やっぱ地下にあるってのが定番だよな。雨に打たれながら捜し回る。片脚が腫《は》れ上がり、丸太のように太くなってきていた。早くしねーと、マジ動けなくなりそ。

やがて敷地《しきち》内の表示板の中に、ホール、地下備蓄倉庫と書かれているのを見つける。やりぃ。腫れた片脚を引きずるようにして地下に続くコンクリートの屋外階段を降りた。

降り切った所に鉄の扉がある。鍵はかかっていなかった。非常時の使用に支障を来さないためだろう。中は真っ暗で、壁を探って電気のスイッチを捜す。点灯すると、商品倉庫のように立ち並ぶ棚と整頓されて置かれている備蓄品が目に入った。水はもちろん非常食や毛布、寝袋、簡易トイレもある。これで一ヵ月くらいは生き延びられそうだった。

和典はドアを閉め、棚から自分に必要なものを取り出してきて倉庫の片隅に積み上げる。よし、ここ俺の城ね。床に腰を下ろしながら脈を打つように痛む脚を見た。体が熱く、どうも熱が出てきたらしい。まずいな敗血症か。これじゃ大西と同じじゃん。小塚から聞いた話が思い出された。生物の生存は、最低条件に左右される。食料だけあっても、傷が悪化すればどうしようもなかった。どうすんだ俺。

頭の上で、急に足音が響く。思わず息を詰《つ》めた。

「起動は、三年ぶりだ。長かったな」

「新規制基準に適合させるのに、一億かかったって聞きましたけど」

「教授が頑張って、学校側から予算を捥《も》ぎ取ったんだ」

「今年卒業していった先輩たちは気の毒でしたね、実習の機会がなくって」

研究所の関係者が来たらしい。

「先生、雨すごいですけど大丈夫ですか。ほんとに予定通り、今日起動させるんですか」

「ん、そのつもりだけど」

和典は倉庫のドアを開け、外に出た。土砂降りの中、急いで階段を上る。ところが半ばを過ぎるあたりで、痛んでいた片脚が上がりにくくなった。やがて階段に爪先が突っかかる。バランスを失い、そのまま転げ落ちた。コンクリートの床に後頭部を打ち付け、一瞬、意識がぼんやりする。声を出して知らせようとするものの、息しか出てこなかった。

「ああ教授からメールが来てる」

「何か新しい指示ですか」

「大雨洪水注意報が出てて警報に替わる可能性があるってさ。今後、土砂災害注意報も出されるかもしれないから、大事を取って今日は再稼働を見合わせるって」

「やっぱり」

「でも、せっかく来たのになぁ」

「ここって沢のそばだし、赤石から流れ出してる急流もあるから、教授はきっと危ないと思ってるんだよ。事故があると教授名が出るしさ」

「くっそ、やっと火を入れられるって思って、すごく楽しみにしてたのに」

「そりゃ俺だってそうだよ。でもまぁ三年も待ったんだし、この秋雨《あきさめ》前線が去るのを待つくらい、どうってことないだろ」

「ほら、引き返すぞ」

おい待て、俺を連れてけよ。

「先生、僕、東門を見てきます。ここ閉鎖した時、鍵を閉めたかどうかずっと気になってたんです。どうせ誰も来やしないから次に行った時で構わないって言われてましたから、ちょっと確認してきます」

「じゃ先にキャンパスに戻ってるからな」

おい俺連れてけって、頼むからさ。

第4章　マジック

1

「皆を集めようとしたんだに。けんどな」

桃香から電話がかかってきたのは、昼食を食べ終わる頃だった。

「この雨だで、誰んちでも家ん衆が心配しとってなぁ。こんあたりは五、六十年前に大きな土砂災害に見舞われとるで、それを覚えとる年寄りも多くって、こんな時に外に行くもんじゃないって怒られて、誰も出てこれんのな」

住民総出作戦は、どうやら失敗したらしかった。ではどうする。何としても上杉を助けなければならないというのに相変わらず情報はなく、拉致《らち》されたままなのか、あるいは逃げ出したのかさえはっきりしなかった。警察に任意同行した佐藤が、何か話しているだろうか。いや安静《あんじょう》から聞いた性格を考えれば、自分に不利な事を話すとは思われない。佐藤以外に上杉について知っているのは、病院にいる大西だけだった。大西は、上杉を見た最後の人間でもある。よし、もう一度訪ねていって今度こそ聞き出そう。何が何でも上杉について話させるつもりで立ち上がった。

「小塚君、堪忍な」

謝《あやま》る桃香を励ましながら、方丈の出入り口に向かう。後から黒木と若武が追いかけてきて、和彦が電話を切るや同時に叫んだ。

「どうした、何があったんだ」

和彦はガラス戸を開け、軒下に置いてあった自転車のハンドルを摑《つか》む。

「急ぐんだ。後で話す」

漕《こ》ぎ出して雨を突っ切り、役場前のバス停に向かった。ちょうどバスが発車するところで、大声で叫んで停《と》まってもらう。いつもの自分なら絶対できるはずもない事だった。その場に自転車を捨て、乗りこもうとしてステップの手すりに摑《つか》まった時、後ろから声を掛けられる。

「おい小塚君」

振り返れば、役場の窓から駐在の警官が顔を出していた。

「あんたの友達について、わかったに」

とっさにバスから飛び降りる。運転手がこちらに身を乗り出した。

「危ねーに。乗るのか乗んねーのか、どっちずら」

両手を合わせ、拝むようにして頭を下げて謝る。バスは大きな音を立ててドアを閉め、発車した。和彦は雨の中を役場に向かう。ずぶ濡《ぬ》れの体を払って玄関を入ると、奥から警官が出てくるところだった。

「さっき飯田警察から情報が入ったずら」

そう言いながらスマートフォンを出す。

「市立病院の看護師から、大西が魘《うな》されて殺人の告白をしとるちゅう電話が来たとかで、署員が駆《か》けつけたに。だが大西が正気に戻らず、結局、調書は取れんかったらしい。譫言《うわごと》の内容は、自伐屋の佐藤の命令で少年を拉致し、殺害しようとしたっちゅう事だ」

上杉は、やはり生存の危機に晒《さら》されたのだ。どれほど恐ろしかっただろう。自分の呑気《のんき》さを責めずにいられない。

「ところが大西は少年の殺害に失敗し、逆に怪我《けが》をして、少年に助けられたようでな。ほんで二人で一緒に山を下って表赤石沢に入った」

つまり上杉は、自分を殺そうとした男と同行したのだった。和彦はちょっと笑う。いかにも上杉らしいと思った。外見がシャープで皮肉屋である上杉は、学校では冷たい利己主義者だと思われている。だが和彦は、上杉の多面性を知っていた。数学以外には不器用で、繊細でありながら時に鈍感、天然ボケ的な部分すらあり、そして何よりどんな弱者も見捨てられないのだった。

「怪我をしていた大西が途中で歩けなくなり、少年が単身で助けを求めて沢を下っていったらしいに」

　では上杉は生きているのだ。喜びで胸が震えた。佐藤たちの魔の手を脱したのだ、よかった。そう思うそばから疑問が湧《わ》き上がる。じゃ今どこにいるんだ。

「署じゃぁ、ちょうど任意で佐藤を引っ張っとったもんで、すぐ事情を聞こうとしたずら。ところが佐藤は、タッチの差で署を出ちまった後だったらしい。こっちに戻ってないかって問い合わせがあったんで、今ログハウスまで行ってきたとこずら。おらんかったけどな。車もなかったに。もう一回任意で引っ張るから見つけろって言われとるんだが、この雨じゃなぁ」

　和彦は窓の外に目を向ける。雨足が白い筋を描いて木々を打ち、道路に突き刺さっていた。上杉はまだ表赤石沢のどこかで、この雨に打たれているのかもしれない。早く救出しないと。

「では警察は、拉致があった事を認めるんですね」

　話を上杉の捜索に繋《つな》げるつもりでそう言うと、警官は場都《ばつ》の悪そうな顔になった。

「まぁ正式な調書は取れとらんが、未成年が絡《から》んどるとなると、早急かつ充分な対応をせんと上がうるさいでな。かといって戯言《たわごと》に振り回されたとなると、警察の威信に関わる。そんで内々にその少年の行方を追う方針ずら。今朝も言ったが、天候が悪化しとるで今日は隣接する静岡や山梨県警の応援も得て三百人態勢、日没までにケリをつけるらしいに。表赤石沢もその範囲に入っとるで、おそらく見つかるんじゃないかな」

　胸をなで下ろす。住民総出作戦には失敗したが、警官三百人の捜索なら遜色《そんしょく》はなかった。すぐ黒木や若武に伝えてやりたくて、礼を言うなり自転車に飛び乗る。雨の中を、大雄寺《だいおうじ》に向かって夢中で漕いだ。道路脇にある側溝から下水が溢《あふ》れそうになっている。このまま降り続けば路上に水が広がるのは時間の問題だった。

顔を上げ、赤石岳やその手前に連なる里山を見回す。赤石山脈や伊那《いな》山地の山々は風化しやすい花崗岩《かこうがん》からできており、また急峻《きゅうしゅん》で崩れやすかった。平地にも中央構造線を始めとする断層が多く走り、それを構成している圧砕岩《あっさいがん》や変成岩は硬いものの脆《もろ》く、よく崩壊を起こす。山や平地に生きる動植物、昆虫、そしてまだ見つからない上杉のために、これ以上雨が降り続かないように祈った。

全身から水を滴《したた》らせながら大雄寺に帰り着く。若武と黒木はまだ方丈にいて、自分のスマートフォンでゲームをしていた。

「いや飯は終わったんだけどさ、どこ行っていいのかわかんなくって」

和彦は謝り、警官の話を報告する。それを聞きながら若武は次第に元気を失い、青菜に塩の風情となった。

「まぁプロがやってくれるんなら、それが一番さ。よかった」

口と裏腹なその顔付きを見て、黒木が苦笑する。

「出番のなくなった役者ってとこだな」

華やかな登場や弁舌を振るう機会を失って、気落ちしているらしかった。いつものエネルギッシュさがすっかり影をひそめている。

「俺、もう帰ろうかな」

不貞腐《ふてくさ》れている感じすらした。若武は、自分の価値を他人にわかってもらいたい、もしくは知らしめたいと常に熱望している人間なのだ。

「俺いなくても、上杉見つかりそうだし、おまえらと違って月曜から学校あるしさ」

若武は、和彦や黒木、上杉と同じ中高一貫の私立学校を受験した。だが一人だけ落ち、公立に行ったのだった。それがわかった時には、どう言葉をかけたものか皆で途方に暮れた。その後ほぼ一週間で若武は立ち直り、自分にはサッカーがある、有名私立を落ちたのはサッカーの道を歩めとの神の啓示だと得意げに言いに来た。だが和彦たちの方が引きずっていて素直に対応できず、喧嘩《けんか》になったのだった。

「あ、それがいいよ」

黒木がいつになく、さっさと同意する。

「天気も怪しいしさ。電車止まるかもしれないし、今のうちに帰れよ」

若武は、なぜか一瞬、活気づいた。強い光を浮かべた目を、三和土《たたき》に立っている和彦に向ける。

「ほんとに止まりそうなのか」

先ほど見た側溝の水を思い出しつつ和彦は、これ以上降れば交通が遮断されかねない事、このあたりの山や地盤が崩壊しやすい事などを説明した。若武は納得がいった様子を見せる。

「そっか。じゃ俺、帰るからな。小塚も、それでいいよな」

念を押され、答に迷った。一緒にいてほしかったが、学校の事情があるのだから無理は言えない。それが若武の意思ならそうさせてやりたかった。

「ん、帰りたいのなら、そうするのがいいと思うよ」

直後、にらまれる。

「きさま、空気読め」

は。

「引き止めろって空気、俺が今、目いっぱい出してんの、わかんないのかよ」

和彦は、慌《あわ》てて黒木に向き直った。

「あの、若武にいてもらった方がよくないかな。やっぱ何かと頼りになるし」

黒木は、くっと笑い出す。和彦がどうしていいのかわからなくなるほど長く笑っていた。

「こいつ、笑い虫でも飼ってんのか」

吐き捨てて若武は、和彦を見る。

「じゃ俺、おまえが出てく前に言ってた栽培畑の特定、手伝うからさ」

想定外の展開に焦《あせ》った。できれば手を出してほしくない。和彦がしようと思っているのは、様々な条件を重ねてそのすべてが成り立つ土地を選び出す事だった。作業は地味で退屈なものになるだろうし、丁寧《ていねい》にしなければならない。若武がそれに耐えられるとは思えなかった。結果が出る前に、三十回くらいは投げ出すだろう。それを宥《なだ》めて先に進ませ、かつきちんとやっているかどうかを細かくチェックするのは並大抵の事ではない。一人でやった方が早かった。

「大丈夫だよ。一人でできる」

若武は苛立《いらだ》たしそうに片手を髪の中に突っこみ、クシャクシャと掻《か》き上げた。

「手伝ってやるって言ってんだぞ。ありがとうの一つも言ったらどうなんだ、無礼者め。さ行くぞ。荷物どこに置いてあんの」

三和土に降りてきて、さっさと引き戸を開ける。

「あ、そこの傘、取って」

指差されて、和彦はやむなく大きな壺《つぼ》に入っている番傘の一本を取り上げ、若武に渡した。油紙の匂いが鼻を突く。

「へぇ、これカッコいいじゃん」

若武は音を立てて傘を開き、ご機嫌で雨の中に踏み出した。黒木も手を伸ばし、壺の中の傘を取り上げる。雨を弾《はじ》き返す油紙の頼もしい音を聞きながら皆で塔頭《たっちゅう》に向かった。

「いいよな、番傘って男っぽくて」

若武は傘の柄を両手で持ち、錐《きり》でも揉《も》むようにぐるぐると回す。

「見ろ、水車みてぇ」

後ろで黒木が嫌な顔をした。

「おまえ小学生か。大人しく歩けよ」

雨に打たれて撓《しな》っている木々の間を抜け、境内を突っ切る。

「ほんとすげぇ降りだよな。電車くらい軽く止まりそう」

和彦は、黒い雲に閉ざされた空を見上げた。止む気配もなく降り続ける雨が、今後どんな被害を齎《もたら》すのかと考えると恐ろしい。早く止んでほしいと思いながら、塔頭の引き戸を開けた。

「狭っ。ここで四人で寝るのかよ」

二人の予定だったんだけどね。

「何をどうやるのか、さっさと教えろ」

和彦はバスタオルを出し、頭や服を拭きながら最後の抵抗を試みる。

「でも若武、学校はどうするの」

若武は窓を叩《たた》く激しい雨に目をやった。

「いい。俺は、ここで悲劇の英雄になる道を選ぶんだ」

意味がわからない。ぽかんとしていると、若武は鈍いなと言わんばかりだった。

「だからさぁ、今に交通が遮断されるんだろ。ここは孤立する。よって俺は学校に行かなくてもいい、つうか、行きたくても行けなくなる」

確信犯なんだ。

「それだけじゃない。テレビや週刊誌や新聞社が大雨の取材にやってくる。たまたま都市部から来ていて帰れなくなった悲劇の中学生、俺がそのインタビューを受けるんだ。あ、髪洗ってドライヤーかけとかないと」

外に出たら、一瞬で崩れると思うよ。

「そんで、滞在中にここで発生した犯罪に気づき、犯人を突き止めたって事を発表する。どうだ、いちやく時の人だろ」

悦に入る若武を見て、和彦は諦《あきら》めた。これほど思いこんでいたら、何を言っても糠《ぬか》に釘《くぎ》だろう。時間が無駄になるだけだ。

「ここにあるのは、植物の種」

鵯《ひよどり》の糞《ふん》で作ったいくつものプレパラートを出し、そこから姫天鵞絨蝸牛《ひめびろうどまいまい》と袴鬼罌粟《はかまおにげし》と思《おぼ》しき葉、それに種を除いた残りを二人の前に置く。

「それぞれ和名が書いてある。これらは垂直分布でいうと、ほとんどが亜高山針葉樹林域、で一部が高山帯域に属している。亜高山針葉樹林域は標高一六〇〇mから二五〇〇m、高山帯域はその上にあるんだ。で、このあたりに広がるそれらの域をまず地理的に特定する。次に、その中のどこにこれらの植物が分布しているかを調べる。ネットにアップされてる大学の研究室の調査報告をダウンロードしてもいいし、この先にある蔵に色んな事典類や地元の色々な資料があるから、それを使ってもいい。調べた結果を重ね合わせれば、袴鬼罌粟の栽培畑の場所が絞れると思うんだ」

若武がプレパラートを取り上げ、窓に向かって翳《かざ》した。

「これって、どっから持ってきたの」

事実を告げる。若武はギョッとしたように放り出した。

「汚ね」

落下したプレパラートが畳にぶつかり、カバーグラスと一緒に中味が飛ぶ。和彦はとっさに叫んだ。

「動かないで」

身動きで起きる僅《わず》かな空気の動きにも巻きこまれかねない微細な種だった。名前は確認してあるが、いつまた現物が必要にならないとも限らない。ピンセットを持ち出してきて畳に跪《ひざまず》き、落下点と思われる所に顔を近づけて捜し回った。やがて藺草《いぐさ》の間に落ちこんでいた種子を見つける。スライドグラスの上に拾い上げ、蒸留水を出して一滴垂《た》らすと、新しいカバーグラスを被《かぶ》せて元通りに復元した。他のプレパラートと合わせ、若武の分を渡す。

「大事にしてね」

黒木が若武の頭を小突いた。若武はされるままになりながら神妙な顔で頷《うなず》く。和彦は、黒木にもプレパラートを渡し、自分は姫天鵞絨蝸牛も含めた残りを調べる事にした。

「鳥の糞って、そんなに汚いものじゃないよ。タンパク質とカルシウム、それに尿酸だからさ。

特にこれは、鳥の体内から出たのをすぐ採取してプレパラートにしたから大丈夫」

若武は、何とも割り切れないといった表情でこちらを見た。

「今までずっと疑問だったんだけど、小塚さぁ、おまえって何でいつも怒んねーの」

いきなりの問いに、戸惑う。さぁなんでだろう。

「俺だったら、自分が作ったプレパラート壊されたらすげぇ怒って、たぶん喧嘩《けんか》してるぜ」

それは若武が強くてエネルギッシュだからだ。逆に考えれば和彦は弱く、怒るだけの活力がないという事になる。そうかもしれない。あるいは自分の気持ちを怒りという形に纏《まと》めるのが嫌なのかもしれなかった。それは相手にNOを突き付ける事であり、引き返せない道だったから。

「僕、臆病だからね」

瞬間、若武に胸元を摑《つか》み寄せられた。

「おまえ、自分の事もっと大事にしてやれよ。怒るべき時は怒るんだ。でないと心、屈折すんだろ。わかるか」

真剣な目で見つめられて、思わず言った。

「ん、どうもありがとう」

黒木が笑い出す。

「加害者の若武が被害者の小塚を説教するって、相当変だろ。しかも被害者小塚、礼まで言うってなんなんだ。おまえらのズレ方、ハンパないいな」

若武は、笑う黒木をにらんだ。

「くっそ、こいつ、やっぱ笑い虫飼ってやがんな」

和彦は目を丸くする。

「さっきも言ってたけど、笑い虫って何。全然聞いた事ないけど、何綱、何目なの。完全変態それとも不完全変態どっち」

若武はニヤニヤした。

「綱目はわかんねーけど、変態って言うなら、そうだな、完璧変態じゃないかな」

黒木に小突かれながら割り当てられたプレパラートを摑《つか》み、座卓に歩み寄る。

「俺、ここでやるから」

スマートフォンを出して机上に置き、作業に取りかかった。それを見て黒木は身をひるがえす。

「じゃ俺、蔵でやってくる」

和彦は自分の分を畳の上に並べた。片手に持ったスマートフォンで分布を検索する。窓の外で相変わらず降り続く雨の音や、若武がきちんと作業を熟《こな》せているかどうかが気になったが、そのうちに夢中になり、自分だけの世界に入り込んだ。

2

時間の経過を知ったのは、夕方の鐘によってだった。時計を見ようとし、雨音に入り交じっている人声に気づく。どうも安静が戻ってきているらしかった。和彦は立ち上がり、塔頭《たっちゅう》の出入り口から顔を出してみる。激しい雨の中、寺務員たちの迎えを受けた安静が白い担架《たんか》と共に本堂に向かっていくところだった。その後を追う。

明々と蠟燭《ろうそく》が灯《とも》された本堂には、既に飾り付けを終えた祭壇が設《しつら》えられ、線香の臭いが漂っていた。その手前に白木の棺が置かれ、布団が敷《し》かれている。担架から降ろされた達樹《たつき》の遺体は白い布に包まれ、損傷が激しいという全体は覆《おお》い隠されていた。布団に横たえられ、胸の上に白鞘《しらさや》の短刀が置かれる。寺務員たちが代わる代わる手を合わせ、和彦に気づいた安静が招き寄せて達樹の顔を覆《おお》っていた白絹を取った。

「見てやってくれんかな」

和彦は歩み寄り、その脇に跪《ひざまず》く。生きている時と同様に涼しげで品のいい達樹の顔を見つめた。今は閉じられている二つの目に、あの眼差《まなざし》を重ねる。何を決心していたのだろう。何のために、普通なら飛ばない所まで飛んでいったのか。

「これから枕経を上げるで。その後、納棺して通夜《つや》だでな。よかったら出てやっておくんな」

言いおいて安静は、着替えのために奥に入っていく。警察から帰ってきたのだから、三つの県警が合同で行った捜索について何か知っているに違いなかったが、それを尋ねられるような雰囲気ではなく、和彦は通夜や葬儀の打ち合わせをしている寺務員たちを見ながら本堂から退出した。塔頭に足を向ける。

歩きながら駐在の警官に聞こうと思いつき、電話を掛けた。もしかして上杉は発見され、保護されているかもしれない。期待しながら呼び出し音に耳を傾けるものの、誰も出なかった。留守番電話にメッセージを入れ、塔頭に戻って作業を続ける。

「俺、終わった」

意外にも最初に声を上げたのは、若武だった。和彦の予想を裏切り、ただの一度も放り出さず最後まで遂行した。自分は若武を理解していなかったのかもしれないと思いながら、作業を終える。その頃、ちょうど黒木が戻ってきた。

「よし、重ねてチャートを描こう」

持ってきたノートパソコンを開き、まず地図を入れた後、それぞれの報告を元に分布図を作る。植物の分布は日光や風などにも左右されるため、あまりきっちりと特定すると逆に真実から遠くなることもあって注意が必要だった。境界線をアバウトにしながらそれぞれの分布図を重ね合わせていく。そこから鵯《ひよどり》がそれらを採食できる区域が浮かび上がってきた。

「どうやら亜高山針葉樹林域の上部あたりだね。地理的には、表赤石沢だ」

さらに絞《しぼ》ろうとして和彦はプレパラートを並べ、植物の特徴を詳しく調べてみる。湿った岩場にしか生えない黄花《きばなの》駒爪《こまのつめ》のような、範囲を限定できる特殊な植物があるとありがたいと思ったのだが、どれも亜高山針葉樹林域に植生するという以外にこれといった特徴を持たないものばかりだった。それ以上絞《しぼ》るのを諦《あきら》め、でき上がったチャートに袴鬼罌粟《はかまおにげし》の栽培条件を付け加える。

「袴鬼罌粟の栽培畑は、水捌《みずは》けと日当たりがいい斜面、角度四十度前後」

それを黒木が書きこんだ。

「標高は、八百m以上であればどこでもオッケイ。典型的な栽培畑の広さは、一ha以上」

パソコンの画面を見つめていた若武が声を上げる。

「表赤石沢の南側斜面一帯だ」

和彦が以前に見当をつけていた場所と同じだった。あの時は確証がなかったが、今ははっきりとしたデータを摑《つか》んでいる。固い地盤の土地にようやくたどり着いたような気持ちだった。バス停の立て看板に描かれていた高速道路の予定図を思い出す。道路は小天川の北側、つまり表赤石沢の南側斜面を通る事になっていた。そこには袴鬼罌粟の栽培畑が広がっているのだ。工事が始まれば、必ず発覚するだろう。

「それで佐藤は、道路建設に反対してたんだ」

仲間が引き上げてからも一人だけ残り、議会を傍聴して道路推進派を野次《やじ》っていたのは、何とか止めようと必死だったからに違いない。

「小塚先生、ご説明を」

黒木に求められ、一連の事情を解説する。若武が眉根を寄せた。

「だけどさぁ、一概《いちがい》に表赤石沢一帯って言っても広すぎないか。しかも袴鬼罌粟って今、枯れてんだろ」

黒木が頷《うなず》きながら視線だけをこちらに流す。

「枯れてるにしても、その部分は畑なんだから他の樹木は植わってないはずだ。航空写真があれば、場所の見当がつけやすい。写真で確認して現地に行って調査すれば、証拠を挙げられるだろ。写真、誰か持ってないかな」

森林組合にあるかもしれない、何しろ航空レーザ測量のできるヘリコプターを所有しているくらいだ。

「当たってみるよ、森林組合」

立ち上がる和彦を見て、黒木が腰を浮かす。

「一緒に行こうか」

和彦は断り、本堂に行って通夜の準備を手伝ってくれるように頼んだ。それが始まる前に戻ってくるつもりで塔頭を出る。風が強まり、激しい吹き降りになっていた。地面を抉《えぐ》っては跳ね返る雨足が、あたりを真っ茶色に染めている。見上げれば山の木々は、白い放水でも受けているかのように揺れ、撓《しな》っていた。

以前に調べた森林組合の場所をスマートフォンで確認する。猛然と降る雨の中では傘などあっても役に立ちそうもなかった。むしろない方が両手が自由で安全だと判断し、痛いほど叩《たた》きつける雨の中に自転車を漕《こ》ぎ出す。

県道に出ると、濁った水が坂道の表面を勢いよく流れ、それが集まる坂下では下水から溢《あふ》れる水も加わって道路は冠水していた。行くに行けない。あたりを見回していて、一段高くなっている歩道が辛《かろ》うじて水の上に出ているのを見つけた。自転車を降り、持ち上げて道路を横断する。水は足首あたりまで浸《つ》いてきていた。帰る時にはもっと上まできているだろう。急いで自転車を走らせ、役場前を通り過ぎる。人の姿はどこにも見当たらなかった。

スマートフォンが鳴っているのに気づいたのは、森林組合の門の前まで来た時である。若武か黒木からの連絡かと思い、停《と》めた自転車に跨《また》がったままでスマートフォンを摑《つか》み出す。

「ああ留守電聞いたに」

駐在の警官だった。雨音と地面を流れる川のような水音で掻《か》き消される声に、必死で耳を傾ける。

「二県警の応援で、三百人態勢で尾根の北側と南側、表赤石沢と裏赤石沢も含めて全部捜索したがなぁ、ドライブレコーダーもレーザ測量器もなかったに」

意外だった。

「これでヘリの事故に関しての捜索は、打ち切りずら。ほんで、あんたの友達だがな」

息を詰め、スマートフォンを耳に押し付ける。

「どこにもおらんかったでなぁ」

思ってもみない事だった。愕然《がくぜん》としながら首を横に振る。そんなはずはない。

「もしあの山におるんなら、今日の捜索で絶対見つかっとるはずだ。何しろ三百人も出して隈《くま》なく捜したずらに。たぶんあそこにゃおらんのだわ」

混乱する頭の中を、一つの疑問が駆《か》け巡《めぐ》る。あそこにいないとすれば、いったいどこにいるんだ。

「かといって村に下りてきたって情報もないに。姿を晦《くら》ましとる佐藤に、どっかで拉致《らち》されたのかもしれんなぁ。市立病院の大西の事情聴取が早くできりゃいいんだが、今んとこ見通しは立っとらん」

雨音に溜《た》め息が入り交じる。

「さっき入った情報じゃ一時間の雨量が六十㎜を超えたんで注意報が警報になったちゅうこった。暴風警報や土砂災害警戒情報も出とるに。この勢いじゃ特別警報までいくかもしれんなぁ。警察も村の災害対策本部に合流しにゃならん。山が汲《く》むかもしれんで国交省に緊急災害対策派遣隊の要請も出さにゃならんし、色々忙《せわ》しくなるずら。ほんじゃ」

通話の切れたスマートフォンを握りしめ、濁《にご》った水が渦を巻く道路を見つめる。上杉は、どこだ。いったいどこに行ったんだ。

3

地下備蓄倉庫の屋外階段の下に倒れたまま、和典は雑草のように雨に打たれていた。動けない。意識も途切れがちだった。さっきまで聞こえていた関係者たちの声も遠ざかっていき、あたりには屋根や木々に降りかかる雨の音が立ち籠めている。体の下のコンクリートにも水が溜《た》まり始め、水位は耳のあたりまで上がってきていた。

俺もうだめかもな。状況、絶望的な気ぃするし。ここ乗り越えられたら、自分の事マジ大尊敬するけどさ、無理だろ、やっぱ。

動く片手で両目を覆《おお》う。数学好きだったな、奥が深くて。何度も壁にぶつかって、どうしてもわからなくて途方に暮れた事もあったけど、それでも何とか乗り越えると、目の前に突然、新しい世界が開けてくるんだ。奥に進めば進むほどそれが鮮やかになっていって、そんな経験をするたびに惹《ひ》かれてますますのめり込んだ。おもしろくてたまらなくて夢中になっていた。

ふと思う、最近それを忘れていたのではないかと。数学の学年首位に立って、それを自分の存在意義のように感じていた。それは結果であって目的ではなかったはずなのに。

自分の本当の存在意義は、数学が好きで、誰よりも集中できるし、何を犠牲にしてもいいと言えるだけの熱を持っている事だ。人生をかけて数学の畑を耕し、数学に貢献し、数学のために必要とされる存在になる。それこそが目的で、自分が存在する意味だ。

そう思ったその時初めて、それまで心を覆《おお》っていた挫折《ざせつ》感の中にくっきりと道が一本見えたような気がした。一瞬、微笑《ほほえ》みながら、すぐその馬鹿らしさに気づく。って俺、今ここで悟ってどうすんだ。間に合わねーじゃんよ。もう一度やり直せたらな。無理っぽいけど。

4

スマートフォンを手に立ちつくしている和彦の目の前の道路を、噴水のように水を跳《は》ね上げながら一台の車が通り過ぎ、森林組合の門を入っていく。正面玄関前で停《と》まり、降りしきる雨の中に一人の男が降りてきた。傘も差さずに玄関に向かう。街灯に照らされたその顔は、村営駐車場で熊谷《くまがい》と一緒にいた土木建築業者の谷原だった。安静の話によれば、高速道路反対派の急先鋒《きゅうせんぽう》である。正面玄関のドアを内側から開けて熊谷が顔を出し、招き入れた。

和彦はその場に自転車を横倒しにし、そっと玄関に近づく。ブラインドの間から室内の明かりが漏《も》れていたが、声までは聞こえなかった。議会で決議された高速道路建設に対して、今後の対策を練っているのだろうか。この雨の中で強行するとは、相当切羽詰《つ》まっているらしい。

程なく出てくる気配がした。和彦は慌《あわ》てて玄関ポーチに置かれた背の高い観葉植物の陰に身を潜《ひそ》める。ドアが開き、先ほど入っていった谷原と熊谷が姿を見せた。その後ろから出てきたもう一人の人物に、和彦は声を上げそうになる。自伐《じばつ》屋の佐藤だった。

警察が佐藤を見つけられなかったのは、ここに潜んでいたからなのだ。熊谷が庇《かば》ったのだろう。熊谷と佐藤はただの仕事相手というより、もっと深い繋《つな》がりを持っているのかもしれない。では谷原もそうなのか。自分の会社の利益を無視してまで高速道路の建設に反対しているところを見れば、その可能性は否定できない。この三人を繋いでいるものは、いったい何なのだろう。

あれこれと考えながら駐在の言葉を思い出す。上杉は佐藤に拉致《らち》されたのかもしれないと言っていた。そうだとすれば上杉の居場所は、佐藤が知っているのだ。急に鼓動が高くなった。走り寄って問い詰《つ》めたい。だが相手は大人で、しかも三人だった。力ずくで何かができるはずもない。ここは慎重に振る舞うしかないと自分を押《お》し止《とど》める。

「じゃ当面」

熊谷が、雨音に掻《か》き消されまいとして怒鳴り声を上げた。

「谷原の飯場《はんば》に潜《もぐ》りこませてもらいな。車はどこやったに」

佐藤が怒鳴り返す。

「隠してある。察《サツ》が諦《あきら》めるまで、このままにしとくさ。今んとこ任意だからな。証拠さえ摑《つか》ませなきゃ逃げ切れる」

熊谷は、忌々《いまいま》しげに舌打ちした。

「市立病院の大西ちゅう男が意識を回復すりゃ、殺人教唆《きょうさ》で即、お縄ずらが。で、本当に、そのガキを殺しちまってるのか」

佐藤は肩を竦《すく》める。

「さぁな俺にもわからん。大西とはログハウスで別れたっきりだ」

一瞬、胸で希望がきらめいた。

「大西は馬鹿で変わり者だが、日頃から脅《おど》し付けてあるから俺の言う事には逆らわん。おそらく殺してるだろうぜ」

その大西は倒れ、上杉はその場を離れている。だがこの村には降りてきていなかった。もし途中で行き倒れにでもなっていれば、警察の捜索で見つかっているはずだ。それが見つからず、この村にも帰っていないとなれば、上杉はまだ山中のどこかにいるのだ。警察の目の届かない所、例えば空家《あきや》とか、誰かの家の納屋とか道具置き場とかに。この雨を避けようとして屋内に入っている。そして警察はそれを見逃した。そう考えついた瞬間、体中に力が溢《あふ》れるような気がした。きっとそうだ、上杉は雨を避けてどこかの建物の中にいるんだ。

「まったく馬鹿な事をやったもんだに」

苦々しげな熊谷に、佐藤は嚙《か》みつくような笑みを向ける。

「まぁ俺たちは、同じ穴の貉《むじな》だ。俺が捕まりゃ、あんたらも道連れだって事、忘れんなよ」

吐き捨てるなり、谷原の車に走り寄りドアを開けて中に飛び込んだ。その後を追って谷原が運転席に入り、エンジンをかける。タイヤが空回りし、水車のように水を跳ね上げた。夕闇を照らすライトの中に虹が浮かび出る。四苦八苦して何とか車を動かし、谷原は佐藤を乗せて走り去った。それを見届けて熊谷は事務所に入る。

閉まるそのドアを見ながら、和彦は思いついた。ここに来たのは航空写真から袴鬼罌粟《はかまおにげし》の畑を見つけるためだったが、同じ写真で上杉を捜す事もできるのではないかと。少し時間を空け、思い切って玄関をノックする。

「すみません、僕は、桃香さんの友人で小塚と言います」

桃香の名前を出せば、必ずドアを開けてもらえるだろうと思った。

「この村や南アルプスの航空写真があったら、見せていただきたいんですが」

ドアが開き、隙間から熊谷がのぞく。顔は暗く、険《けん》があった。

「これから災害対策本部に詰めにゃならんずら。うちは全職員が災害対策要員だでな」

閉めようとするドアの間に、和彦は慌《あわ》てて片足を突っこむ。

「すみません、僕、このあたりから南アルプスにかけて生息する絶滅危惧種の調査をしているんです。高速道路が通るって話を聞いたので、その前にしておきたくって学校の休みを利用してここまで来ました。こんな天気になってしまいましたが、出直す事もなかなかできないし、高速道路の工事が始まってからではもう遅いので、今できるだけやっておきたいんです。雨が止んだらすぐ取りかかれるように、事前に航空写真を見て植生や川の位置を把握し、準備しておきたくて伺いました」

熊谷は、しかたなさそうな溜《た》め息をついた。ドアから離れ、室内に入っていく。中は事務室でスティールの机が並んでいた。壁を背にして大きな両袖机《そでづくえ》があり、その前に置かれたソファを指して座るよう合図をする。和彦は会釈をして歩み寄り、腰を下ろした。

「調査地域は、赤石岳馬ノ背の北側および西側にある山々と、そこから流れ出る小天川、その流域の表赤石沢あたりです」

熊谷は、壁に貼られた地図の前に立ち止まる。図面に指を這《は》わせ、赤石岳や小赤石岳の手前の山々と、表赤石沢と書かれた一帯を流れるいくつかの川をなぞった。

「山登りや沢下りの装備は持っとるのかな。それがなきゃ、どだい無理だに」

和彦はしっかりと頷《うなず》き、立ち上がる。

「もちろんです。ご迷惑はかけませんので見せてください」

深く頭を下げていると、目の前に立っていた熊谷の靴が移動し、視界から出ていった。しばらくして奥の部屋から姿を現し、ＵＳＢメモリーを差し出す。

「あんたは運がいいに」

そう言いながら不器用な感じのする笑みを浮かべた。

「この森林組合は、今年の九月に三十周年でな、記念事業として村を取り巻く山や沢の航空写真を撮ったに。それがデータにまとまって先週できてきたばっかずら。あと一週間でも早かったら、これはなかったでな」

感謝して受け取りながら和彦は、桃香の言葉を思い出す。父はやたら嫌われるが、本当は優しい。確かにそうかもしれなかった。だが、あの佐藤から同じ穴の貉と言われているのには、それ相応の理由があるに違いない。桃香の気持ちを思うと、気が重くなった。

5

帰りの道は、濁《にご》った水に覆《おお》われてほとんど川のようだった。来る時には水面から出ていた歩道も完全に水没し、角材や板、ビニールシートなどが速い速度で押し流されていく。和彦は自転車を諦《あきら》め、ズボンの裾を捲《めく》り上げた。豪雨の向こうに煙っている里山を見上げる。上杉はあの山のどこかにいるのに違いない。早く帰って助け出さないと、土砂崩れが起これば巻きこまれる危険がある。焦《あせ》りながら道に一歩を出したとたん、脹脛《ふくらはぎ》の下あたりまで水に埋もれた。

濁流に押し流されないように注意しながら道路の中央を歩く。脇に寄れば側溝に落ちる危険があった。水の力に逆らって歩いているうちに、底に堆積していた何かに躓《つまず》く。流れの中に沈みこみ、慌《あわ》てて立とうとすると再び何かに足を取られた。流されてきた物が沈んで底に積み重なり、岩場のようになっているらしい。溺《おぼ》れそうになり、何度か水を飲みながら夢中で身を起こす。立ち上がり、ほっとした瞬間、気が付いた。もしかして道路に蓋《ふた》の流されたマンホールがあるかもしれない。そこに嵌《はま》ったら、間違いなく溺死《できし》だった。和彦が今、ここで死んだら上杉も助からない。

流れてくる木の枝を見つけて拾い、適当な長さに折って杖《つえ》にする。それで地面を探り、穴がない事を確かめながら進んだ。もどかしく思いながらもしかたなく、時間をかけてようやく大雄寺に通じる坂道までたどり着く。

路上に溢《あふ》れた水が急勾配の道路を勢いよく流れ落ちてくる様子は、まるで滝のようだった。その飛沫《ひまつ》と、空から叩《たた》きつける雨が一緒になり、顔に噴きかかる。和彦は自分を滝登りする鯉《こい》だと思い、歯を食いしばって進んだ。何とか大雄寺にたどり着き、重い脚を動かして塔頭《たっちゅう》まで走る。

街灯と提灯《ちょうちん》で飾られた本堂は、昼間のように明るかった。この雨をついて通夜《つや》にやってきた人々が出入りしている。雨に打ち拉《ひし》がれている受付のテントのそばに、傘を差して佇《たたず》んでいる桃香の姿があった。入るでもなく帰るでもない中途半端な態度でテントの方を見たり、本堂の方に視線を走らせたりしている。思わず足を止め、声を掛けた。桃香はビクッとしてこちらを見る。顔面は蒼白《そうはく》、二つの目に怯《おび》えたような影があった。和彦は驚き、言葉を見つけられずにただ見つめ返す。

「あんまり豪《えら》い雨だもんで」

桃香は、言い訳《わけ》でもするかのように口を開いた。

「馬上御所《まのぼりごしょ》ヶ石《いわ》の注連縄《しめなわ》が心配で」

その気持ちを安らげたくて、微笑《ほほえ》みかける。

「あせっかく飾ったのにね。でも、もしダメになったらまたやり直せばいいよ。僕も手伝うから」

桃香は取ってつけたように笑った。

「そらそうだなぁ」

目の中の影は、依然として消えない。先の電話での浮かない声が思い出され、和彦は心配になった。普段なら自分から女子の気持ちに踏みこむ事などしないのだが、意を決して尋ねる。

「何か、あったの」

桃香は竦《すく》み上がり、後退《あとずさ》りして逃げ出した。差している傘が境内の松の木にぶつかるのも構わず走り抜け、門から飛び出していく。和彦は呆然《ぼうぜん》としてその後ろ姿を見送った。あれほど強い桃香がいったい何に怯えているのだろう。しばし佇《たたず》み、考えていてやがて我に返り、再び塔頭に足を向けた。

「おお、すげぇ体中ぐしゃぐしゃだな。ゲットしたのか航空写真」

三和土《たたき》に降りてきた若武に、スリングバッグから出したUSBを差し出す。若武は満足げに頷《うなず》き、それを握りしめて部屋に引き返した。その背中に訴える。

「早く上杉を見つけないと」

部屋への階段を上りかけていた若武が、肩越しに振り返った。

「今、なんて言った。まだ見つかってなかったのか、上杉」

身をひるがえして歩み寄ってきて、和彦の胸元を摑《つか》み上げる。手が震えるほど力が籠《こも》っていた。

「警察が見つけたんじゃなかったのか」

大きな目に切れるような光が瞬《また》き、怒りが迸《ほとばし》る。

「何でもっと早く言わないんだ。知らないから俺たち、呑気《のんき》にゲームしてたんだぜ。手遅れになったらどうすんだよ」

和彦は事情を話そうとした。その目の前で若武は、やってられないといったように手を放す。

「おまえさぁ、トロいんだよ、いつもいつもさ」

眼差《まなざし》が胸に突き刺さり、喉《のど》が熱くなった。その熱が、口まで出かけた言葉を溶かしていく。何も言えなくなり、目を伏せた。涙が出てきそうになるのを堪《こら》える。

「若武先生、言い過ぎだろ」

黒木の声がし、和彦の頭にバサッとバスタオルが被《かぶ》さった。

「上杉が見つかってない事を知っていながら小塚がモタついてたなんて、俺は思わないぜ。超高速で動いてたはずだ。だから連絡してる隙《すき》がなかったんだよ」

バスタオル越しに黒木の大きな手が頭を拭《ふ》き、背中を擦《さす》る。和彦は両手でタオルの端を摑《つか》み、顔を覆《おお》って零《こぼ》れた涙を拭いた。泣かせたのは若武の非難ではなく、黒木の理解だった。

「ここで揉《も》めてないで、早く行動に移そう。それ貸せ」

若武の手からＵＳＢを奪い、黒木が部屋に入っていく。和彦もそれを追った。パソコンを起動させ、手早くＵＳＢを差しこむ黒木を見ながら咳払《せきばら》いし、声に涙が滲《にじ》んでいない事を確かめてから話す。

「上杉の姿が最後に確認されたのは、赤石岳馬ノ背の西側に当たる里山の北側、落葉松《からまつ》樹林帯の中だ。そこから下って表赤石沢に入ったって駐在は言ってる。装備なしだから怪我《けが》をしてる可能性が高い。だけど倒れてれば捜索で発見されてるよ。おそらく警察が見逃すような場所にいるんだ。例えば家の中とか」

黒木は表赤石沢を呼び出し、スクロールしながら画面に視線を走らせた。

「この点線、何だろ」

見れば写真の所々に、後から描き加えられたと思われる点線が付いている。途中までしか描かれていないものもあった。和彦は黒木の手からマウスを取り、画面を最初に戻す。そこに但書《ただしがき》があり、点線は森林作業道および鹿防止柵《さく》、茸《きのこ》小屋と書かれていた。途中までしか描かれていない線は、現在造設中なのだろう。空中から撮った写真のため写っているのは木々ばかりで、その下にある道や柵などは見えない。これが森林組合三十周年の記念事業として作られた事を考えれば、その業績を描き込んであるのは当然のことだった。

「無視して大丈夫」

黒木は、画面を表赤石沢に戻す。

「このあたりって谷だぜ。川と木と岩ばっか。人家なんか見当たらないけどね」

二人で目を据《す》え、画面に見入った。確かに、家などどこにもない。

「でも、ここにいるはずなんだ。もう一度初めから見せて」

そう言った瞬間、画面の端を白い色が流れ過ぎた。自然に存在する色ではない。

「そこ。今、左側に何か見えた。戻って」

黒木が猛然と画面を戻す。緑の木々の中に、僅《わず》かに白いものが見えていた。和彦は位置と方向を考え、スマートフォンを出して検索する。

「原子力研究所だ」

ここに来た時、北東方向に見えていた白い煙突のある建物が思い出された。黒木が画面のスクロールを繰り返しながら頷く。

「これ以外に、この一帯に建物らしきものはない。おそらくここで決まりだ」

目で和彦の同意を求めながら体を傾け、ズボンの後ろポケットからスマートフォンを抜き出した。

「さっき准教授が、起動の挨拶《あいさつ》に来てただろ。電話してみよう」

研究所の番号を検索し、電話を掛ける。それを見ながら和彦は、これでやっと上杉を見つけられると思った。安堵《あんど》の息をつく。既に研究員たちに発見され、保護されているかもしれない。そうであってほしいと願いながら電話をする黒木を見つめた。ところが黒木の表情は次第に曇り、やがて耳からスマートフォンを離す。

「誰も出ない」

和彦は慌《あわ》てて自分のスマートフォンを出した。安静から聞いていた国立大学を検索する。先ほどの准教授の所属する理工学部を見つけ、黒木にも聞こえるようにスピーカーフォンに設定してから電話をした。

「すみません、先ほど研究所に電話したんですが、誰も出なかったのでこちらにかけました」

軽い笑いが聞こえる。

「ああ原子炉の起動が延期されて、全員引き上げています。今あそこには誰もいませんよ」

急に不安になった。では上杉はどうしたのだろう。

「僕は小塚和彦と言います。東京の開生《かいせい》中学二年生です。南アルプスの生態系を調べたくてここに来ているんですが、友達が山から戻らないんです。そちらの研究所で雨宿りしているのではないかと思うんですが、どなたか見かけた人はいらっしゃいませんか」

電話の向こうの声は、怪訝《けげん》そうになった。

「雨宿りって、あそこじゃできないと思うよ。第一、門に鍵が掛かってるし」

息を吞《の》む。研究所にいないとしたら、上杉はどこにいるのだろう。

「あ、ちょっと待って」

保留メロディが流れ、しばらくして別の声が聞こえた。

「実は、東門には鍵が掛かってなかったんだ」

とっさに黒木がスマートフォンで住宅地図を呼び出す。こちらに差し出された画面に視線を落とせば、研究所の東門は表赤石沢に面していた。沢を降りてきた上杉が入る可能性は大いにある。和彦は、黒木と頷き合った。直後、耳に声が飛びこむ。

「でも敷地《しきち》内に入ってきた人間はいないよ。誰も見かけなかった。鍵は、さっき引き上げる時に閉めてきたしね」

黒木が、絶望したように首を横に振る。

「お手上げだ」

和彦は諦めきれず、スマートフォンを握りしめた。

「手掛かりがほしいんです。研究所の敷地内で何か変わった事や、気が付いた事などありませんでしたか。どんな事でもいいんですが」

しばしの沈黙の後、おずおずとした声が返ってきた。

「これといって特にないんだけど、くだんない事でもよければ、東門の外の階段に千切れた布が落ちてたんだ。閉鎖する時にきちんと掃除しておいたのに、誰だよって思ったけど、しかたないから片付けたよ」

脇から黒木の手が伸び、和彦のスマートフォンを取り上げる。

「その布の色と素材、わかりますか」

素早く返事があった。

「色はねぇ、濡《ぬ》れてたから焦げ茶だったけど、乾いたら違うんじゃないかな。素材はチノクロスだ。僕も持ってるからすぐわかった」

素早く礼を言い、電話を切る。

「上杉がチノパン穿《は》いてたかどうか、わかるか。色も」

和彦は上杉からの電話を思い出した。

「チノパンびっしょり。ベージュだから焦げ茶の染みになっちまって超カッコ悪」

記憶の中にあった上杉の言葉と、スマートフォンから洩《も》れてきた声がぶつかり、一瞬で溶け合った。

「上杉は研究所にいるよ、絶対にいる」

黒木が立ち上がり、窓の外に目をやる。もう夜が来ていた。降りしきる雨の向こうから地を揺るがすような重い音が聞こえてくる。山の木々を押し倒し、土地を削り、岩を呑みこみながら流れる川の響きだった。部屋の空気を揺するその音が心臓の鼓動と重なり、沈黙を重くする。

黒木の考えている事は、和彦にもよくわかった。和彦も同じ気持ちでいる。上杉を助けに行かなければならない。だが、この土砂降りの中、しかも夜だった。果たして発見できるのか。見つける前に自滅という事になるのではないか。危機に瀕《ひん》している上杉が自分たちを差し招き、同じ運命へと引きずりこもうとしているかのようだった。

だが行かない訳にはいかない。たとえ何が起ころうと、何が何でも行くしかないのだ。なぜなら友達だから。上杉を救おうと努力しなかったら、ここで上杉を見捨てたら、一生自分を責める事になる。そんな思いを抱えて生きていくより、すべきことをした自分を誇りながら死ぬ方がましだ。行くしかない。悲愴《ひそう》な面持ちの黒木を見ながら和彦は、自分もきっと同じような顔をしているのだろうと思った。

「二人で、なに固まってんだ」

若武の声が上がる。振り返ると、三和土に立ったままの若武が焦《じ》れったそうに片目を細めていた。

「やっと場所がわかったんじゃないか。さっさと救出に行こうぜ」

意気揚々とした顔で親指を立て、外を指している。

「雨がひでぇからって、ビビんなよ。ピッと行って即行で見つけて、ピッと帰ってくれば大丈夫だ」

自分の出番がきたと言わんばかりの顔は、活気に溢《あふ》れていた。

「俺たちにならできる」

威勢のいい明るさが、和彦と黒木を閉じ込めていた深刻な空気を吹き散らす。

「やってやろうぜ」

確信に満ちた言葉に、胸を揺さぶられた。それが荒唐無稽であり、若武独特のマジックである事はよくわかっていた。できると言い切っているものの根拠はなく、保証も裏付けもないのだ。だが、それでも和彦は気持ちが浮き立った。若武の言葉の中には、ただ一つだけ真実があり、それが眩《まぶ》しいほど輝いていたからだった。

それは、猛烈なやる気だった。七万人の中から十一人を見つけ出したその夥《おびただ》しいエネルギーが空気を染め変え、ひょっとして本当にできるかもしれないと思わせるほどの力で和彦に迫っていた。若武のマジックにはいつも用心している和彦だったが、今この状況で希望を持つには、それにかかるのがベストなのかもしれないという気になる。それより他に方法がないと思いながら力を抜き、警戒を解いて自分の中に若武の意志が入りこんでくるのを許した。

「小塚、懐中電灯あんだろ」

キャリーバッグに歩み寄り、用意してきた二本を取り出す。自分と上杉のためのものだったが、一本を若武に、もう一本を黒木に渡した。

「よし」

若武がスイッチを入れる。

「出かけるぞ。上杉を必ず助け出す。俺たちならできる、きっとできる。さぁ行こう」

さぁ行こう、が、最高、と聞こえるくらい若武のやる気に汚染され、前向きになっていた。

6

暗さを増し、凄味《すごみ》を孕《はら》む夜の中に踏み出す。体を打つ雨は痛いほどだった。歩きながら黒木がスマートフォンで原子力研究所の位置を確認する。

「いったん役場前まで戻って、そこから荒川岳登山口に向かう林道を上るんだ。その途中に原子力研究所の正門がある」

画面を拭《ぬぐ》ってポケットに収め、先に立った。その後に続く。路上を流れる水は、既に膝すれすれまできていた。体の小さな若武は、ともすればふらつき、押し流されそうになる。

「摑《つか》まっていいよ」

腕を伸ばすと、若武は小さな溜《た》め息をついた。

「俺、生涯で二度目だ、体重があるのは素晴らしい事だって思ったの」

坂道を役場前まで降りると、そのあたりは既に海のようだった。そこを越え、林道入り口まで行かねばならない。

「泳ぐぞ」

黒木がジャケットを脱いでウエストに巻き付け、スマートフォンを口に銜《くわ》えた。

「小塚、泳げんの」

若武に聞かれ、首を横に振る。

「じゃ俺が曳航《えいこう》するからさ、スマホ持ってて。黒木のも持ってやれよ。絶対、濡《ぬ》らすなよ」

それで三つのスマートフォンを束ね、頭の上に載せた。

「おまえの場合、横になったら額より腹の方が上に出るんじゃね」

横たわり、ラッコのように水に浮きながら顎《あご》を引っ張られて濁《にご》った海を渡る。先を泳ぐ黒木が片手に持った懐中電灯で進む方向を示した。何とか足の届く所までたどりつき、林道入り口の立看を見つける。少し歩いて林道に入った。こちらはまだ路上に水が浸《つ》いておらず歩きやすかったが、強くなる風に乗って激しさを増すばかりの雨の中で呼吸ができず、口を開けて息をするしかなかった。

「口呼吸してると、顔のラインが崩れるんだぜ。イケメンが台無しだ」

若武は忌々《いまいま》しそうに雨に向かってパンチを繰り出す。

「ちきしょう、どんだけ降りゃ気が済むんだ」

黒木が形のいい顎から滴《したた》る雨を手の甲で拭い、頬に貼り付く髪を両手で掻《か》き上げた。

「若武先生、無駄にエネルギーを使うのはガキだけだぜ」

和彦は道の両側に広がる山の木々を見回す。そこを住処《すみか》にしている安曇尖鼠《あずみとがりねずみ》や瑠璃星天牛《るりぼしかみきり》を心配した。ちゃんと避難しているだろうか。道の脇を走り下る急流にも目をやり、大和岩魚《いわな》や赤石山椒魚《さんしょううお》の身を案じる。奇妙な事に気付いたのは、その時だった。これだけ雨が降っているというのに、流れている水の量が少なすぎる。元々、水量の多くない川なのだろうか。

「懐中電灯、貸して」

足を止め、川の両岸を照らしてみる。苔《こけ》の付き具合から考えれば、普段はもっと水量があるはずだった。それが減っているのは、その水がどこかに溜《た》まっているからだ。背筋が一気に冷たくなる。上流のどこかで崩れた土砂が川に流れ込み、水を塞《せ》き止めているのだ。

このまま雨が降り続ければ、それが決壊し、土石流になって流れ下ってくる。周りの木々を倒し、土や岩を巻きこみ、瞬《また》く間に巨大化するだろう。この地域では過去に幅五百m、東京ドーム二倍半もの規模の土砂災害が発生していた。

土石流の速度は、一般的に時速二十kmから四十kmと言われている。人間の足で逃げ切るのは難しかった。ましてやその中に大きな岩でも交じっていれば。そこまで考えて、はっとした。この川はどこから流れてきているのだろう。

急いでスマートフォンで検索する。雨に打たれる画面を拭いながら、浮かび上がった地図に見入った。目の前の川は、赤石から流れ出る小天川の支流だった。その途中には、あの馬上御所ヶ石《まのぼりごしょがいわ》がある。あれを支えている地盤が緩《ゆる》み、あの岩が動き出したら、あたりの土地を広範囲に、しかも深く削るだろう。山ごと大崩壊する恐れがあった。思わず声を上げる。

「土砂災害が起こるかもしれない。このあたりの地盤は脆《もろ》くて土石流が発生しやすいんだ。早く上杉を見つけないと」

若武が懐中電灯を奪い取り、それで和彦の頭を小突いた。

「足止めてんの、おまえだろ。さっさと歩け」

先に行った黒木が、雨の向こうから叫んだ。

「ここが正門だ。入るぞ」

駆《か》け寄っていくと、助走をつけた黒木が塀の上に飛び乗り、その向こうに姿を消すところだった。若武が、手にしていた懐中電灯を和彦に押し付ける。

「俺も行く」

道の反対側まで下がり、全力で走ってきて打《ぶ》つかる直前で踏み切った。軽々と空に舞い上がり、塀の上に片手をついて一気に飛び越えていく。背が低くて体重が軽い分、身軽なのだろうと思っていると、重い音がし、呻《うめ》き声が響いた。どうやら着地に失敗したらしい。黒木の笑い声が上がり、若武の無念そうな呟《つぶや》きが漏《も》れてきた。

「濡れてたから滑《すべ》っただけじゃん。うれしそうにすんな」

黒木が内側から門扉を少し開け、親指で中に入るように合図をする。和彦はその隙間から滑りこんだ。若武が腰をさすりながらスマートフォンで検索し、原子力研究所の内部図を引き出す。

「上杉は東門から入ってるはずだ。そのあたりから捜そう」

敷地《しきち》内を横切り、東門に向かう。

「大声で名前呼んだら、返事あるかも」

若武が声を上げ、雨の音でほとんど掻き消されながら叫び続けた。東門の前で、黒木が立ち止まる。

「ここで分かれよう。若武そっち、小塚こっちね。俺は真っ直《ます》ぐ行く。建物の中も、見られる所は全部見ろ。何かあったらＬＩＮＥで連絡を」

二人と別れ、懐中電灯の代わりにスマートフォンのライトをつけて敷地内の建物を見て歩いた。ドアが開くところは、中に踏みこむ。よく照らし、誰もいない事を確かめてから外に出た。

上杉は、助けを求めてここに入りこんだのだろう。だが誰にも出会えなかった。ではその次に求めるのは何か。怪我《けが》をしている可能性があるから薬剤が必要だったとか、あるいは空腹で食べ物がほしかったとか。もしそうなら、まず備蓄倉庫を捜すはずだ。

先ほどの若武と同じようにして原子力研究所の内部図を手に入れる。現状と比較し、方向を見定めて歩き出した。庭の隅で雨に打たれているビニールシートの前を通りながら、雨音の間に妙な音が入り交じっているのに気づく。地面の底から湧《わ》き上がってくるような、深さを伴った唸《うな》りのような音だった。地面が微妙に揺れている気がする。不気味に思いながら、立っていた表示板の前で足を止めた。ホール、地下備蓄倉庫と書かれている。

その脇に回り、地下に下りる階段をのぞきこんだ。スマートフォンの明かりが届かず、暗くて何も見えない。しかたなく階段を降りた。コンクリートの表面を雨が流れ落ちており、手摺《てす》りはなく、今にも滑りそうだった。恐々《こわごわ》進んだのだが、やはり途中で踏み外す。いく段か転げ落ち、下のコンクリートに叩《たた》きつけられた。瞬間、すぐそばで声が上がる。

「重《おめ》ぇ。誰だよ。瀕死《ひんし》なんだぞ、乗っかるな」

思わず突っ立った。

「もしかして上杉なの」

暗闇の中で、僅《わず》かに笑う気配がする。

「おまえさぁ、もしかしなくても、そうだろ」

夢中でスマートフォンを出し、怒鳴るように言った。

「上杉、発見。備蓄倉庫の地下階段」

7

若武と黒木が駆《か》けつけてくる。懐中電灯で照らされた上杉の顔は土色で、片脚に巻き付けたシャツは赤黒く染まっていた。ぐったりと首を垂れ、もう意識がない。和彦は急に恐ろしくなった。上杉がこのまま永久に目を開けないかに思える。

「おい、相当ヤバくないか、これ」

立ち竦《すく》む若武を押しのけて黒木がそばに跪《ひざまず》き、上杉の首に手を当てた。

「熱が高い。脈も九十以上あるよ。若武、救急車呼べ」

和彦は眉根を寄せる。この雨の中で来てくれるのだろうか。もし来なかったら、どうすればいいのだろう。

「すぐ来るって」

ほっと息をつく和彦の隣で、黒木が革のジャケットを脱ぎ、雨を払って上杉に被《かぶ》せた。

「門まで運んどこうぜ。小塚、若武と手組めよ。俺が乗せる」

腕を交差させて作った担架《たんか》に、黒木が上杉を抱き上げて横たえ、脚を持つ。三人で慎重に階段を上った。

「できるだけ動かすな。水平に」

門まで運び、雨風のかからない庇《ひさし》の下に入れる。暗闇を見つめて救急車の到着を待った。

「遅いな」

「まだ五分も経《た》ってないって」

一秒ごとに上杉の命の火が陰っていくようで、気が気ではない。

「俺、下まで行って見てくる」

若武が飛び出していった。やがて雨を白く照らしてライトが近づいてくる。時間にして三十分ほど経っていた。慌《あわ》ただしく降りてきた救急隊員が上杉を運びこむ。

「誰か状況の説明ができる人、同乗して」

黒木が片手を上げ、持っていた懐中電灯を和彦に渡して乗りこんでいった。豪雨を突っ切って走り去るのを見送りながら、若武が顔を拭《ぬぐ》う。

「助かるよな、上杉」

和彦が頷《うなず》くと、若武は笑みを浮かべた。

「俺たち、やったじゃん。すげぇな。もう何でもできる気がする。俺さぁ、U－18のレギュラーに戻れるかも」

それは気のせいだよと言っていいものかどうか考えていると、変な臭いが鼻腔に忍びこんだ。若武も眉根を寄せる。

「なんか臭くね」

今まで嗅いだ事のない臭いだった。和彦は目を閉じ、神経を集中させてそれを判別しようとする。土の臭いに似ていた。だが、かなり灰汁《あく》っぽい。石が擦《す》れるような臭いも混じっていた。なんだ、これ。先ほど聞いた唸りのような音が思い出される。何かが起きようとしている気配があたりに満ちてきていた。

和彦は目を開け、懐中電灯を上に向ける。研究所の煙突の後方にある山の斜面から、水が噴き出しているのが見えた。水量は見る間に増えていき、その数も増え、石や岩が落下し始めている。木々が水飛沫《みずしぶき》を上げながら次々と薙《な》ぎ倒され、斜面を滑ってくる土砂の下に埋もれていった。

「土石流だ」

呟《つぶや》いた瞬間、脇にいた若武が走り出そうとしながらこちらを見た。

「逃げるぞ。こういう時はてんでに頑張るんだ。でないと共倒れになるからな。おまえもさっさと逃げろ」

慌《あわ》ててその腕に飛びつく。

「あの山が崩れるんだ。崩れる方向と直角に逃げなきゃ。こっち」

若武を引っ張って敷地内《しきち》を横切る。途中から若武が先行し、ぐいぐいと引っ張られた。

「おまえ、遅《おせ》ぇ」

若武の速さについていけず、脚が空を掻《か》く。すぐに躓《つまず》き、その場につんのめった。

「あ、馬鹿」

行き過ぎた若武が戻ってこようとする。慌《あわ》てて手を振った。

「僕の事はいい。自分でできるから先に行ってて」

若武を追いやり、身を起こしながら目を上げれば、山は水を吐き出しつつゆっくりと形を変え、柔らかい粘土のように一瞬、歪《ゆが》んだ。直後、地鳴りと共に一気にこちらに崩れ落ちてくる。

突風が起こり、先を走っていた若武の絶叫が聞こえた。

「小塚、死ぬぞ、走れ」

第5章　時限爆弾

1

あっという間の出来事だった。山の崩落が巻き起こした突風に煽《あお》られ、和彦は道を隔《へだ》てた駐車場の屋根まで吹き飛ばされた。それで、凄《すさ》まじい速さで走り下ってきた大量の土砂の下敷《したじ》きにならずにすんだのだった。

研究所の敷地内にあった数々の建物はどれも一瞬で破壊され、庭に植わっていた松や銀杏《いちょう》とともに呑《の》みこまれて下方に運ばれていった。馬上御所《まのぼりごしょ》ヶ石《いわ》の巨岩も、あたりを震わせるような轟《とどろ》きを上げて転がってくる。他の岩々とぶつかり、闇の中で激しい火花を散らしながら流れに沈み、消えていった。捏《こ》ね返すように逆巻く土砂を見下ろしていると、自分まで引きずりこまれそうな気がして思わず目を瞑《つぶ》る。

流れはやがて緩《ゆる》やかになり、少しずつ止まった。降りしきっていた雨も止む。頭上を覆《おお》っていた雲が恐ろしいほどの速さで遠ざかっていき、しだいに明るくなってきた。見回せば、急な坂だったはずのあたり一帯は、雪崩《なだれ》落ちてきた土砂に埋め尽くされ、まったくの平地になっていた。二階ほどの高さがあった駐車場の屋根も、迫《せ》り上がった地面と二、三十㎝ほどの差しかない。

「いつの間に、そこ上ったんだ」

若武が樋《とい》を跨《また》いでやってきて、隣に腰を下ろした。顔は擦《す》り傷だらけ、服もあちらこちらが切れている。

「おまえ、最後は結構速かったよ。その気になればできるんじゃん」

朝の太陽が山の稜線《りょうせん》から顔を出す。少しずつ大きくなっていくその輝きが、溜《た》まった土砂や横倒しになった木々の上に光を投げかけた。ついさっきまで荒々しい音と気配に満ちていた空間は、静まり返っている。あらゆる生き物が死に絶えたかのように無音だった。若武は曲げた両脚を胸に抱えこむ。膝の上に顎《あご》を乗せ、力のない犬のような目付きで周囲を見回した。

「俺たち、生きてるだけで充分だよな」

和彦は頷《うなず》く。この突然の土石流にしろ、上杉の受難にしろ、生きていくのは本当に大変な事だと思わない訳にはいかなかった。

足元の折板《せっぱん》屋根の間で何かが動く。よく見ると小さな雨蛙《あまがえる》だった。波状の屋根の窪《くぼ》んだ部分に前足を揃《そろ》えて静止し、あどけない大きな目でこちらを仰いでいる。

「よく生きてたね、おまえ」

一㎜ほどしかないその手の吸盤の前に指を差し出すと、ゆっくりと乗ってきた。日本雨蛙は人《ひと》懐《なつ》っこく、人間の手にも上るし、腕を歩いたりもする。和彦は落とさないようにもう一方の手を添えて持ち上げた。全長は二㎝ほど、全身が柔らかく、まるで緑色のゼリーのようだった。和彦がここまで飛ばされてきたように、押し倒される樹《き》から振り飛ばされたのだろう。

「おまえは驚異の蛙《かえる》だ。偉大な生命力を持つスーパー雨蛙だよ。長く生きて子孫をたくさん残すんだよ。おまえの血を受けた蛙は皆、スーパーになるんだから。そしたら雨蛙は最強だ。小さくたって大丈夫。どんな蛙にも負けやしない」

よく言いきかせながら屋根を降り、近くに立っている木まで歩いてその枝の葉に乗せた。

「頑張れ、僕も頑張るからさ」

屋根の上から若武が怠《だる》そうな顔でこちらを見ていたが、やがて和彦のスリングバッグを指差す。

「おまえのスマホ、鳴ってんぞ」

急いでジッパーを開けた。病院に行っている黒木がかけてきたのかと思いきや、駐在の警察官からだった。

「いやぁようやく止んだなぁ。幸い赤石村じゃ、研究所近くの山が汲《く》んだだけで今んとこ人的被害は出とらんずら。まぁよかったが、他んとこじゃ豪《えら》い騒ぎらしいに。汲んだ山の土砂が隣村のダムに雪崩《なだ》れ込んでなぁ、水が溢《あふ》れ、下流の堤防が決壊、その先にある天竜川まで氾濫《はんらん》しちまって橋や家が流され、あっちこっちで土石流が発生、幹線道路は寸断、村は孤立だに。今、自衛隊や緊急災害対策派遣隊の出動を要請中ずら。これから応援に出にゃならんで、その前に話しとこうと思ってな。昨日の通夜《つや》の席で捜したずらに、おまえさん、おらんかったずら」

気にかけてくれていたらしい。

「霞網《かすみあみ》の件で、愛知県警から電話があってな、あっちで㊡がやっとった大規模な霞網事件を捜査した時、容疑者の一人として佐藤が挙がっとって、既に逮捕状も出とるそうだ。すぐにも逮捕できるで、そうなったらあんたの言っとった友達や麻薬の件も調べられるでなぁ。安心してくんな。それを言っとこうと思ったんだに」

佐藤は、谷原の飯場《はんば》に隠れている。だが、ここで話していいものだろうか。警察の手が伸びれば、熊谷や谷原は佐藤を庇《かば》うに決まっている。何しろ道連れだと脅されているのだから。二人のサポートを受けた佐藤が袴鬼罌粟《はかまおにげし》の種子を持ったままここから脱出すれば、またどこかで栽培を始めるだろう。それよりは三人の関係、おそらく何らかの犯罪で繋《つな》がっているのだろうが、それを明白にし、熊谷や谷原の動きを先に封じた方がいいのではないか。そうすれば佐藤も孤立し、捕まえやすくなる。あのジープの中には、袴鬼罌粟を精製するための装置や薬剤が積んであるに決まっているのだから、霞網の件で捕まえて家宅捜索を掛ければ芋蔓《いもづる》式に発見できるはずだった。だが今、三人について警察に話しても犯罪の証拠はないのだし、どうせ捜査はしてくれないだろう。若武や黒木と一緒に動いた方が確実に結果を上げることができそうだった。

「あ実は、友人は見つかったんです。ご心配かけました」

気の抜けたような声がした。

「なんだ、そうけ。ほらぁ何よりずらが、もっと早く言っとくれんかな」

ひと言そう言っただけで、怒りも咎《とが》めもしない。緩《ゆる》いというより、人がいいのだろう。和彦は礼を言い、電話を切った。自伐《じばつ》屋の佐藤、森林組合の熊谷、土木建築業者の谷原、高速道路反対で一致しているこの三人は、いったい何に手を染めているのか。考えながら若武に事情を話した。

「おお、面白くなってきたじゃん。自伐屋と森林組合と土建業者の共通点なら、木だな」

まぁ反対はしないけど、木は犯罪じゃないよ。

「材木に関して、なんかの不正をやってんじゃないのか。抜け荷とかさ」

あのねぇ、今は江戸時代じゃないし。

「自伐屋の評判は、聞いてんだろ。熊谷と谷原についてはどうだ」

熊谷については、強引な性格で高速道路反対を訴えている事しかわかっていない。谷原はこれまでまったくのノーマークで、熊谷と同じく高速道路反対派であるという情報しかなかった。気になるのは、自社の利益に反してまで道路反対を訴えている事である。

「今後どう進めばいいのか、社会と人間関係のプロ黒木先生に意見を聞いてみよう。上杉の様子も気になるし」

若武がスマートフォンを出し、スピーカーフォンにして黒木に掛けた。病院にいて電源を切っているかもしれないと思ったのだが、すぐに返事があった。

「今、掛けようと思ってオンしたばっか。上杉は集中治療室だ。感染症で多臓器不全状態。でも全力で闘ってるよ。俺たちもやろう。すべては袴鬼罌粟の栽培から起こったんだ。このまま放っておけば、また誰かが同じ目に遭うかもしれない。ここで決着をつけて連鎖を断つ」

怒りの籠《こも》った声で口早に話す。いつも余裕綽々《よゆうしゃくしゃく》、客観的な立場を崩さない黒木が珍しく本気のようで、余計な事は何一つ言わなかった。上杉の様子をそばで見ていて感じるところがあったのだろう。親に話さなくていいと言い出した責任を感じているのかもしれなかった。若武が用件を告げる。黒木は考えるまでもないといった様子で即答した。

「その三人は、仕事で繋がってたんだろ。元になってる仕事を供給しているのが誰なのか、わかるか」

和彦が熊谷らしいと答える。

「だったら自伐屋の佐藤や土建業の谷原が、森林組合から請け負ってた仕事を具体的に調べてみろよ。あと組合なら決算報告書が公開されてるはずだから、それを見て金の流れに不審なとこがないかをチェックするんだ。それらの過程できっと三人の繋がりの手がかりが見えてくる。二つの会社については俺が調べとくから」

和彦は、昨夜の熊谷の言葉を思い返す。全職員が災害対策要員だと言っていた。対策本部は、おそらくまだ解散してないだろう。つまり事務所は今、空《から》なのだ。

「森林組合に忍びこんで探ろう」

若武が尻上がりの口笛を吹いた。

「おお小塚、珍しく積極的じゃん」

やんちゃで勝ち気な感じのする笑みを浮かべ、黒木にこちらの動きを報告してから電話を切る。

「よし、行こ」

2

「いいか小塚、こいつはタイムトライアルだぜ」

若武に言われるまでもなく、災害対策本部が解散すれば職員たちが事務所に戻ってくる事はわかっていた。それまでに手がかりを捜し出さねばならない。

「モタモタすんなよ」

森林組合に向かいながら、スマートフォンで昨年の決算報告書を開いてみる。これといって不審な点はなく、利益も出ていた。だがよく見ると、事業利益は少ない。全体としてプラスになっているのは、三億に近い雑収入があるからだった。雑収入というのは主な収入以外をまとめたものだから、その額は主な収入より少ないか、あるいは多くても同額くらいが普通のはずだった。その前の年も調べてみる。やはり三億近くが計上されており、それが五年間にわたっていた。この森林組合は雑収入で支えられているといっても過言ではない。高額なこの収入を齎《もたら》しているのは、具体的に何なのだろう。

若武に聞くと、首を傾《かし》げていたが、やがて黒木に電話をした。すぐ答を手に入れ、まるで自分で考えついたかのような顔でこちらを見る。

「おそらく国や県が交付してる補助金だ。勘定科目を助成金収入として特別利益の扱いにするのが本来なんだろうけど、雑収入扱いでも法的にはオッケイらしい。決算報告書は誰が見るかわからないから、なるべくアバウトにして情報を出さないのが最近の傾向なんだって」

納得しながら決算報告の次のページにあった総会の報告に目を通す。議案の中に、理事の報酬を引き上げる案件があった。国や県の補助金に頼るような形で運営しているというのに、役員の報酬を上げるのは正当なのかと疑問になったが、総会で既に議決されていた。この村は警察だけでなく、森林組合も緩《ゆる》いのかもしれない。

「この森林組合、あまり健全な運営してないかも」

若武に説明しながら、まだ水の引いていない駐車場を歩き、組合事務所の正面玄関前に立つ。

若武がポケットからアーミーナイフを出し、錐《きり》を握って鍵穴に入れた。その先で内部を探ると、フックを引っかけて鍵を外す。素早く二人で飛び込んだ。事務室に入り、近くの机の上にあったパソコンの電源を入れる。ロックがかかっていた。

「どけ」

和彦を押しのけ、若武がパソコンの前の椅子に腰を下ろす。

「ほんとなら、こういう無機質な作業は上杉先生の得意技なんだけどな、いねーし」

癖のない髪を掻《か》き毟《むし》りつつ、何とかロックを解除した。トップページに並んでいるアイコンから事務ファイルを見つけ、今年の分を開く。

ずらっと出てきた勘定科目の中から経費を選び、迷ったり戻ったりしながら販売管理費、外注費、伝票へと進んだ。日付と内容、外注先、金額の書かれた帳票が現れる。その後ろに見積《みつもり》書《しょ》、履行確認書、請求書、領収書などが付いていた。

外注業者の数は多かったが、森林関係補助事業に関しては二社しか出ていない。佐藤の経営する「じばつ屋」に発注しての間伐と森林整備、それに谷原の経営する「谷原建設」に発注しての森林作業道の設営だった。

「これ、二社に集中しすぎじゃね」

森林組合というのは公共団体であり、外部に発注する事業の受注先は入札で決めなければならない。つまりその時々の入札次第で受注業者が変わるのが普通だった。それにも拘《かか》わらず二つの会社の独占状態になっているのは不自然といえる。

「談合かもな」

入札前の話し合いにより落札者と価格を決める談合は、独占禁止法違反だった。様々な書類の決裁欄の最後には、すべて専務理事熊谷のサインがある。熊谷が佐藤と谷原に落札させるために、他の業者に手を引かせたのかもしれなかった。ではなぜ熊谷は、この二つの会社に仕事を流しているのか。その動機と証拠を見つけなければ立証できないし、三者の関係もはっきりしない。

「他の帳簿を開けてみよう。何か出てくるかもしれん」

そう言った若武のポケットでスマートフォンが鳴り出す。一瞬、耳に当て、すぐ切って立ち上がった。

「黒木が今、役場前を通過したら、大勢がいっせいに出てくるとこだったって。森林組合の腕章をしてる連中もいたみたいだ。きっと災害対策本部が解散したか、一時休憩に入ったかだ。小塚、電源落とせ」

慌《あわ》ててパソコンを閉じ、出入り口に向かう。そのドアを開けたとたん、道の向こうからやってくる職員たちの姿が見えた。若武が素早く身をひるがえす。

「裏へ回る、急げ」

机の間を縫《ぬ》って廊下に出、裏口を捜す。正面のドアが開く音とともに、背後から話し声が流れ込んできた。

「やっぱり、あの山ぁ汲《く》んだに。前から危ないちゅう話だったでな」

「今んとこ人的被害は出てねぇが、あっちこっちが豪《えら》い有様《ありさま》だ。今後、国から借金をせにゃ村は再建できんずらなぁ」

「ほんでも意外に早く止んでくれて助かったに。これがもっと降り続いとったら、それこそひでぇ事になったずら」

背中から追い立てられる思いで、必死に裏口を捜す。ところがどうしても見つからなかった。

若武が突然、立ち止まり、絶望したように天井を仰ぐ。

「見ろ」

指差していたのは、壁際に置かれた樽《たる》だった。直径が一mを超えそうなほど大きく、高さも和彦たちの胸より上まであった。木の蓋《ふた》が被《かぶ》さり、大きな石が二個載っている。

「裏口は、その向こうだ」

樽の向こうの壁に、サッシの上部が見えた。和彦は樽の上の石を除《の》け、木の蓋を取ってみる。中には白菜と柿の皮、鷹《たか》の爪《つめ》が入っていた。どうやらここで漬物を作っているらしい。いかにもこの地方らしかった。

「きっと職員のお昼の御数《おかず》だね」

若武が刺し殺さんばかりの目付きで、顔を突き付けてくる。

「こんな急場でうれしそうにしてるおまえなんか、この樽の中で一緒に漬物になっちまえ」

廊下に通じるドアの開く音が響く。息を呑《の》んでいると、足音がこちらに近づいてきた。立ちすくむ和彦を、若武が摑《つか》み寄せる。

「そこ、入れ」

押されて目の前にあったトイレに入る。中は和式で、壁についている貯水タンクの上部に窓があった。後から入ってきた若武が、それを開け放つ。

「ついて来い」

素早く駆《か》け上がり、転がり落ちるように向こう側に姿を消した。和彦がモタモタしていると、両手が伸びてくる。

「引っ張ってやる、早く」

窓枠に胸を押し当て、その手を握った瞬間、向こう側から強引に引きずり出された。ほとんど真っ逆様に地面に落下する。下敷きになった若武の体のおかげで傷も負わず、水浸しの地面にも接触せずにすんだが、にらまれた。

「くっそ、おまえの体重ってほとんど凶器だな」

水の浸《つ》いたコンクリートに嫌というほど後頭部をぶつけた若武は、怒りが収まらない。

「その腹、いっぺん削《そ》ぎ落としてやろうか」

肩身の狭い思いで身を縮めながら、小声の罵倒に耐《た》える。

「あれ、ここの窓開いてるに」

トイレの中から職員の声がした。

「閉めんかったんかなぁ」

窓から顔が突き出される。焦《あせ》って身を潜《ひそ》め、固唾を呑んだ。やがて顔が引っこみ、窓が閉まる。

「長居無用だ。行くぞ」

植え込みのある建物の裏手から脇に回り、正面の駐車場の隅を通って道路に出た。道を挟んだ向かい側のバス停の標識柱に黒木が寄りかかっている。

「え、もうバス、通ってんの」

波を蹴立てるようにして道路を横断する若武についていくと、黒木がスマートフォンから顔を上げ、ゆっくりと体を起こした。

「今日いっぱいは動かないって言われたから、タクシー使ってきた。来る途中で、佐藤と谷原の会社、検索してたんだけどさ、佐藤の方はホームページを作ってなくて実態を摑《つか》みようがなかった」

和彦はログハウスで会った佐藤や、乱暴な運転をしていたジープを思い出す。逮捕状の出ている人間でもあり、真面《まとも》に商売をしようという気はなかったのだろう。

「谷原の方は、結構面白いぜ」

笑みを含んだ黒木がスマートフォンを差し出す。出ていた画面は谷原の会社のホームページだった。

「会長が谷原で、社長が息子、副社長が娘婿《むこ》。つまり親族で成り立ってるんだ。資本金から見ても、それほど大きな会社じゃない。なのに五年前から顧問が二人もいる。顧問ってのは会社運営の相談に乗る人間だけど、この規模の会社で二人は多すぎるよ。だが報酬を払って契約してるとこを見ると、会社にとって必要なんだ。いったいどう必要なのか」

細い指を伸ばし、顧問たちの名前を指す。

「経歴見てみろよ」

一人は県庁を定年で退職しており、もう一人は地方事務所をやはり定年退職していた。

「つまり二人とも、公務員ＯＢなんだ。これって天下りじゃないかと思ってさ、確かめてみた。天下りだとすれば、在職中は谷原の会社、つまり土木建築と関係のある部署にいたはずだから、まず県庁の土木部に電話を掛けたんだ。本人の名前を言って、帰国したばかりの甥《おい》なんですけど、伯父と連絡が取れなくって、ここに勤めていると聞いたので掛けてみたんですって。もし五年前にそこにいたのなら、もう退職しましたとか言うだろうと思ってさ。そしたら見事に大外れ、ここにはいませんしわかりませんから人事に聞いてくださいって言われた。建築部でも同じ。それで谷原、熊谷、佐藤が繋《つな》がってる事を思い出して、土建業、森林組合、自伐《じばつ》屋の三つに関連するとなったら林務部かもしれないと考えて掛けてみたんだ。で、ドンピシャ。そこを五年前に退職してる。もう一人の顧問も、退職前は地方事務所の林務課だった。で、面白いのはこの先なんだけど」

笑みを大きくしながら、その目に皮肉な光を浮かべる。

「この二人のいた部署は、国や県の補助金の予算を握ってるとこなんだ。審査をして交付する窓口さ。ここから天下りを受け入れていれば、補助金の申請をした時にOBから現場に口をきいてもらえて、申請が通りやすくなるってのが暗黙の了解」

和彦は、森林組合が多額の交付金で運営されていた事を思い出した。年間三億もの交付金を受給できた裏には、そういう絡繰《からく》りがあったのだ。

「だがOBを顧問にし報酬を払っているのは谷原で、交付金を受けるのは熊谷だ。表面上は谷原が損をし、熊谷が得をするって図式になる。で、こういう線が見えてくると思わないか。つまり熊谷は谷原にOBとの契約をさせ、森林組合で補助金を受け取りやすくする。その代わりに入札を不正操作して、谷原に森林組合の仕事を発注する」

そう考えれば、先ほど抱いた疑問もすっきりと解ける。二人を結ぶ黒い糸がはっきり見えた気がした。

「ただ今のところは証拠がないし、熊谷と佐藤の関係の方はまったくわからない。三人の間に、何かがある事は確かなんだろうけどさ」

和彦は、三人が揃《そろ》って高速道路の開設に反対していた事を思い出す。道路は袴《はかま》鬼《おに》罌粟《げし》の畑を通過する予定で、佐藤が反対するのは当たり前だが、熊谷と谷原はどうしてだろう。ひょっとして道路建設予定地には、熊谷、もしくは谷原の所有する土地でもあるのだろうか。道路買収交渉の折に、少しでも土地の値を吊《つ》り上げるための反対かもしれなかった。

スマートフォンを出し、村議会の議事録を検索する。その中で高速道路関係の記録を捲《めく》り、道路建設予定図を見つけ出した。東に当たる山梨県側から赤石山脈を貫通して赤石村に入り、中央部の役場前あたりで北に曲がり、村を縦断して表赤石沢を通り、北隣りの大鹿村に抜けるようになっている。

「黒木、住宅地図出して」

黒木が出した画面と比較しながら、道路建設が予定されている土地の所有者を調べた。村の土地が多く、その中に交じっている個人の所有地も熊谷や谷原のものではない。

「違うなぁ。三人を繋ぐ何かって高速道路に関する事かもしれないって思ったんだけど」

若武が、馬鹿にしたように頭を小突く。

「短絡的過ぎだろ」

黒木が一瞬、その艶《あで》やかな目を空《くう》に彷徨《さまよ》わせた。

「この高速道路建設予定図って、どっかで見た気がする」

和彦は若武と顔を見合わせる。

「初めてだよね」

「ん、気のせいだろ」

だが黒木は考えこんだままで、なかなか現実に戻ってこなかった。やがてほっと息をつく。

「思い出した、昨日、航空写真見た時に、森林作業道が点線で描き込まれてたろ。あれの印象が残ってたんだ」

確かに写真と図面の違いはあるものの、現状の村の上に道路の点線が描き込まれており、感じがよく似ていた。

「さてと、ここでくっちゃべっててもしかたがない。いったん寺に戻ろうぜ。作戦会議だ」

若武の指示で、大雄寺《だいおうじ》に引き返す。大きく陥没した道路や崩れた石垣、倒れている道祖神など、そこかしこに豪雨の爪跡が残っていた。まだ水没している道路もある。だが顔を上げれば空は晴天、陽射《ひざ》しは痛いほど強かった。これまでの汚れをすっかり落とした木々の葉は、若葉のように輝いている。

「もう止まないのかと思うほどめっちゃ降っててさ、あっという間にこの秋晴れだ。俺の好きな歌にＲａｉｎ　ｏｆ　Ｐａｉｎってのがあって、そのラストの言葉は、止まない雨はないから、なんだけど」

若武は考え深げな顔を上げ、遠くを見ていた。

「どんなにひどい事でもいつか終わりが来るんだな。そんで新しい時間が始まる」

黒木がクスッと笑った。

「若武先生にしちゃ、珍しく真面《まとも》だね」

若武は溜《た》め息をつく。

「俺だってさぁ、時には考える事もあるよ。まぁ滅多にないけど」

三門まで来た時だった。黒木が声を上げる。

「あ、これ、上杉が持ってたんだ」

ポケットから取り出したのは、鎖の付いた金属板と僅《わず》かにカーブしたアルミニウムの破片だった。若武が先に手を出して鎖を掴《つか》み、和彦は残ったアルミを手にする。

「どっかで拾ったんじゃないかな。看護師の話じゃ本人が気にしてるって事だったたから、調べようと思って許可を取って借りてきたんだけど」

アルミは一部が黄色、他の部分は緑色で、あちらこちらが腐食している。これだけでは何なのか判断しようもないと思いながら若武の方を見た。その手にある金属板もかなり古い。だが英文字が刻印されており、所々が消えているものの手がかりになりそうだった。

若武が、それを光に翳《かざ》す。

「これ、ドッグタグじゃね」

ドッグタグというのはスラングで、正式には認識票と呼ばれるものだった。どこの軍隊の兵も持っている。

「ドッグタグにはパターンがあるんだ。消えてる部分も想像がつく。このＡ　ＡＦは、今のアメリカ空軍だ。Ｍなんとかは、たぶん名前。ｔｙｐの次が消えててＡＢ、また消えててＧ(−)とあるのは血液型で、ＲｈマイナスＡＢってこと」

黒木が信じられないといったような目を向ける。

「もしかして、おまえって軍隊《ミリタリー》オタクか」

若武は一瞬、口を噤《つぐ》み、しばらくしてしかたなさそうな小声で囁《ささや》いた。

「誰にも言うなよ」

和彦は自分の手元のアルミを見る。これも、その空軍関係の何かなのだろうか。それともまったく別のものか。指で弾《はじ》いてみて感触を確かめる。おそらくアルミ合金だろう。黄色と緑、しかもはっきりと塗り分けられているのは、内部に使われるものではなく外部の部品の可能性が高い。だがこれだけでは何とも言い難《がた》かった。

「上杉って、これ、どこで拾ったんだろ」

時間的に考えれば、バス停で降りてから研究所の備蓄倉庫前で発見されるまでの間だった。場所的には赤石岳手前の里山か、表赤石沢だろう。訪日したアメリカ軍人が山登りをしていて、落としたのかもしれなかった。

「ま、いいや。上杉が話せるようになったら様子を聞いてみようぜ。もしくれるって言ったら、俺がもらう」

三人で三門を潜《くぐ》る。その向こうに大学生くらいの若い男性が立っていた。胸に白木の箱を抱えている。納骨に来た檀家《だんか》なのだろう。本堂の方からは絶え間なく物音が聞こえてきており、時おり境内を走り過ぎる寺務員も忙《せわ》しなさそうで、誰も気に留《と》めなかった。和彦たちが前を通り過ぎると、声を掛けられる。

「君たち、和尚《おしょう》さんが今日いるかどうか、わかるかな」

やはり納骨に来たようだった。

「いるとは思いますが、昨日、息子さんの通夜だったので、たぶん今日が葬儀で、お忙しいと思います。納骨ですか」

男性は、困ったような笑みを浮かべる。

「ん、そうなんだけど、普通の納骨じゃないんだ。これは昨日、表赤石沢で発見されてうちの大学の法医学研究室に持ちこまれた人骨」

思わずその骨箱に目をやった。話は警官から聞いている。

「鑑定も終わり、警察の判断も事件性がないって事だったから無縁仏として納めてもらえって教授が言ってるんだ。で研究生の僕が預かってきたんだけど」

黒木が声を上げた。

「鑑定の結果は、どうだったんですか」

今の法医学では、白骨から多くの事がわかる。生前の姿の再現も可能だった。和彦も大いに興味を持ち、その答を待つ。

「欧米人の男性の骨だったよ」

登山家だろうか。

「年齢は、十八、九歳」

自分の年に近く、胸を突かれた。まだ若いのに、異国の沢で死んでしまうとは気の毒だった。

「だけど死後七、八十年くらい経《た》ってるんだ」

つまり生きていれば、今は八十八歳から九十九歳の老人である。それほど長い間、発見されなかった事に驚いた。

「死因は、おそらく頭蓋骨陥没による脳挫傷《のうざしょう》。あの表赤石沢に転落したんだと思う。見つかったのは頭蓋骨だけだから、はっきりした事はわからないけど」

落ちたとなれば、やはり登山家だったのかもしれない。

「警察で当時の登山記録を調べたみたいだけど、欧米人の届け出はなかったって。まぁ登山届は義務じゃないから、出さずに登る人間もいるからさ。あ、血液型はＲｈマイナスＡＢだった」

和彦は、若武の手にあるドッグタグを見る。欧米人でＲｈマイナスＡＢ、発見された場所は表赤石沢近辺、これは偶然の一致だろうか。

「ひょっとして」

若武がタグを目の前まで持ち上げた。

「その頭蓋骨って、このドッグタグの持ち主とか、か」

そうだとすれば乗っていた飛行機が表赤石沢に墜落したのかもしれない。だがアメリカ軍の飛行機がこのあたりを飛ぶのだろうか。そもそも墜落すればすぐニュースになり、捜索もされるはずで、七、八十年もそのままだったという事は考えにくい。やはり偶然の一致か。

そう思った直後、はっとした。今から七、八十年ほど前といえば、太平洋戦争の時期を含んでいる。ひょっとしてその最中だったのかもしれない。太平洋戦争は一九四一年から一九四五年までで、終戦前年あたりから日本は激しい空爆を受けるようになった。アメリカ軍の大型爆撃機B－29が、日本の上空を飛び回っていたのだ。

サイパン島やグァム島あたりの飛行場から飛び立ち、編隊を組んで日本を襲って多くの大都市を爆撃、壊滅状態に追い込んだ。首都東京では、一晩に十万人の死者が出たと言われている。

和彦はスマートフォンで日本地図を出してみる。南方の島を飛び立ったB－29が東京の爆撃に向かうとしたら、日本に近づくまでは海上を飛び、その後はレーダーや迎撃する日本の戦闘機を避けるために軍隊の配置されていない田舎、しかも目印になるような高い山のある山脈の上を飛ぶだろう。南アルプスの上空は、そのルートになっていたのかもしれなかった。編隊の内の一機が何らかの原因で墜落しても、帰らない機が出るのは当たり前の戦時中では、捜索もされなかったに違いない。

「俺、思い出した、これって」

若武が腕を伸ばし、和彦の手にあるアルミの破片を引ったくった。

「B－29のブレードだ。確か緑色で、先の方が黄色だった」

興奮した口調でスマートフォンを出し、「愛蔵フォト」と名前を付けたアイコンの中から画像を呼び出す。その画面に、高度一万mを飛ぶというB－29の堂々たる威容が浮かび上がった。作業員と思われるアメリカ人男性三人が一緒に写っていたが、組み立てられた四枚のブレードは、彼らの背丈の三倍ほどもある。確かに本体は緑色、その先は黄色だった。

「きっと東京か仙台あたりを空爆に行く時に、誤って墜落したんだ」

若武の言葉に、研究生が苦笑する。

「まぁこのパイロットの場合、自業自得かもしれないけどね」

意味を測り兼ねていると、困ったような顔で説明してくれた。

「十代の男性にしては、骨密度が異常だった。おそらく麻薬の常用者、それもヘビーユーザーだったんじゃないかな。飛行中にも吸ってたかもしれない」

胸に突然、光が射《さ》し込むような気がした。それまでの疑問についに答が出たと感じ、両手を握りしめる。アメリカ兵が使っていた麻薬は袴鬼罌粟だったに違いない。精製した大麻を買えば高いし、自分の分くらいなら植木鉢一個あれば栽培できる。種も一緒に購入したのだろう。宿舎に置いて見つかる危険を避けるため、飛行機に乗る時は機内に持ちこんだ。それが墜落時にばら撒《ま》かれ、七、八十年の歳月の間にこの土地に適応、亜種もしくは新種となったのだ。その群生地を、沢に入った佐藤が見つけたのだろう。

「欧米人なのに、寺でいいんですか」

若武が拘《こだわ》る。

「もしこのタグの人物だとしたら清教徒ですよ。ピューリタニズムって結構、厳格だから、寺で弔われたら嫌がるんじゃないかな。この村にはピューリタン対応の教会なんてないだろうから、せめて同じキリスト教の教会でどうでしょう」

黒木が長い髪をサラッと揺すり、首を横に振った。

「いや逆にまずい。宗派が近いと、ほんのちょっとした解釈の違いも許せないものなんだ。そのくらいなら、全然関係のない仏教の方がましだ」

和彦は、骨箱の中の人骨が自分の眠る墓について心配している様子を思い描く。本人に聞けるものなら、その希望に添ってやりたかった。

「納骨に来とるちゅうのは、おまいさんかぇ」

飛んできた声に振り向くと、安静《あんじょう》がやってきていた。寺務員の誰かが報告したのだろう。

「悪いが、今日は葬儀で取り込んどってな。明日以降にしとくれんかな」

疲れた表情を見せる安静に、研究生はしかたなさそうに頷《うなず》く。

「では持ち帰って、教授にそう伝えます」

安静は怪訝《けげん》な表情で、そばにいる和彦たちを見回した。

「誰か事情を知っとるらかな」

和彦は、七、八十年前に墜落したアメリカ人の遺骨らしいと説明する。耳を傾けていた安静は、放っておけなくなったようだった。

「達樹《たつき》と同じ墜落事故じゃ、そらぁ他人のような気がせんなぁ。一緒に荼毘《だび》に付してもいいずらが、宗教が違うとあってはどうしょうもない。これから出棺《しゅっかん》して飯田市の焼き場に行くでな、そん時に飯田カソリック教会の司祭様と相談してみるずら。お預かりしとくに」

　助かったと言わんばかりの研究生から骨箱を受け取り、本堂の方に戻っていく。和彦は急いで追いかけた。Ｂ－29が本当に赤石山脈上空を飛んでいたのかどうかをはっきりさせたかった。

「戦時中、赤石の上空がＢ－29の飛行ルートだったという話を聞いた事がありますか」

　安静は足を止める。

「そりゃこんあたりじゃ有名な話ずら。ここで戦時中を過ごした人間は皆、編隊を組んで飛んでいくＢ－29を見とるし、それぞれに思い出を持っとる。高校の時に校長から聞いた話ずらが、父親がチェロ好きでよく弾《ひ》いていたらしいに、戦後はいっさい弾かなくなったちゅう事だ。チェロの音域が上空を飛んでいくＢ－29の爆音に似とるちゅうってな。私の祖父なんかは、実際、表赤石沢に墜落したＢ－29を目にしとるし」

　思わず身を乗り出した。

「昭和二十六年ちゅう話だがな、山仲間と赤石に登り、その帰りに表赤石沢を見下ろした時、墜落しとるＢ－29を見つけたらしいに。下山予定の日だったが、沢を降りてそばまで行ってみようという事になって降り始めた。ところが仲間が足を挫《くじ》いちまって果たせなかったそうだ。しかも下山予定から一日遅れ、捜索隊が出るところだったらしいに。騒ぎが豪《えら》くなっちまったでな、誰にも話せなかったと孫の私にだけ打ち明けてくれたずら」

時間と場所から考えて、今回見つかったのは、おそらくその機体を操縦していたパイロットの遺骨だろう。本人の品行と宗派はともかく、今からでも弔ってやるのがいいに違いなかった。歩き出した安静と肩を並べながら、その胸中を想像しつつ声を掛ける。

「達樹さんの墜落の原因、何かわかりましたか」

安静は目を伏せた。心の底に溜まった息を吐き出すように呟《つぶや》く。

「わからんなぁ。原因どころか、達樹が何を考えて平常業務に関係のない場所を飛んでいたのかも、何をしようとしていたのかもわからん」

航空レーザを使って何かをしようとしていた事は間違いなかった。上空からは森林に覆《おお》われて見えない山の細部をはっきり捉《とら》えようとしていたのだ。それは、いったい何のためだったのだろう。

「つまり私には、達樹ちゅう人間がわかっとらんかったんずらな。親子なのになぁ。こうなってみて初めて、達樹はどんな人間だったのかと考えたんだがな、その答が出せん。もう永久に出せんのだろうな。今日の昼、出棺し、葬儀が終わったら、遺品の整理をしながら本人の心持ちに思いを馳《は》せようと思っとるが、私が見当をつけて、こうだったのか、ああ考えとったのかと聞いてみても、返事は返らん。どうやっても真実にはたどり着けんちゅう事だに。もどかしいずらなぁ」

切なげに細められた眼差《まなざし》が、胸に痛かった。

3

「まず、わかってない事を整理しよう」

若武が塔頭《たっちゅう》の畳の上に胡坐《あぐら》を掻《か》く。黒木と和彦で、車座を作った。

「最初にヘリコプターの墜落の謎があるよな。天気も良く、風もほとんどなく、操縦者もベテランだったというのに、なぜ落ちたのか。付帯《ふたい》事項として、赤石岳近くの里山付近でいったい何をしようとしていたのか」

黒木がタブレットを開き、スタイラスペンで書き留める。

「お、それ、先細いな。どこの。俺も欲しい」

若武が横から取り上げ、メーカー名を見た。

「へぇ軽いじゃん。充電式ね。いいな、欲しいな、後で貸せ」

黒木が無言で取り返し、話を進める。

「謎の一、ヘリコプターの墜落。安静達樹は何をしようとしていたのか。謎の二、熊谷と谷原と佐藤の関係。熊谷と谷原の間については、予想は付いているものの確たる証拠なし。三人が同じ穴の貉《むじな》という説については、まったく不明」

和彦は、先ほど自分が挙げた三人に共通する事項をもう一度持ち出した。

「共通項は、高速道路建設反対派だって事だよ。佐藤に関しては栽培畑を横切られるせいで事実が発覚する恐れがあるからだけれど、他の二人の反対理由はわからない。特に谷原は、自社の利益が見込めるはずなのに反対してるんだ。反対する事によって利益を得られるんじゃないかとも思ったけど、建設予定地に二人の土地はないから、これは却下」

黒木が、その目に濡《ぬ》れたような光を瞬《また》かせる。

「じゃ逆に考えたら、どう」

え。

「つまり反対する事によって不利益を避けられる。平たく言えば、二人は何らかの爆弾を抱えていて、高速道路が通ったらそれが爆発しかねないんだ」

そう考えれば、確かに筋道が立つ。だがその爆弾とは、具体的に何なのだろう。

「じゃ一、二の謎は取りあえず保留しといて、先に動こうぜ」

若武が片手を畳について立ち上がり、素早く膝を屈伸《くっしん》させた。

「袴鬼罌粟《はかまおにげし》の栽培の証拠を挙げに行くんだ。場所は絞れてるんだしさ。航空写真で見当つけて、出かけよう。うろうろしてたら緊急災害対策派遣隊が到着するだろ。そいつらに偶然、発見されるかもしれないじゃん。そんな事になったら超悔《くや》しいからな」

袴鬼罌粟の畑と目されている表赤石沢の南側斜面も、昨日までの雨で崩れている可能性がある。状態を確認しておいた方がいいかもしれなかった。急いでパソコンを起動させ、これまで絞《しぼ》り込んだデータと航空写真を重ねる。だいたいの場所を摑《つか》み、そこまでたどり着けるように目印を記憶した。

「よし、行くぞ」

若武が先に立って三和土《たたき》に降り、戸口を出る。とたんに声を上げた。

「おい、何か置いてある」

近づいてみると、玄関の外に紙袋が置かれていた。

「こんなの、さっきあったか」

中をのぞき込んだ若武の声が、急に半音上がる。

「これ、ドライブレコーダーだぜ」

黒木が手を突っこみ、中味を摑《つか》み出した。

「レーザ測量器もある」

擦《す》り傷が付き、焦《こ》げて歪《ゆが》んでいるそれらを見て、三人で息を吞《の》む。

「もしかして達樹さんのヘリの、か」

若武が言い、すぐ自分で否定した。

「いや、そんなはずないな。だってどうしてここにあんだよ。三つの県警が総出で山捜しても見つからなかったんだぜ」

黒木が皮肉な笑みを浮かべる。

「理由はともかく、この中見てみよう。ここに置いたのは、俺たちに見てほしいって事だろうからな」

若武の表情が俄然《がぜん》、生彩を帯びた。

「よし黒木、おまえ残って、その再生な。俺は小塚連れて、褲鬼罌粟の栽培畑を見に行ってくる」

そう言いながら拳に握った片手を、もう一方の掌《てのひら》に叩《たた》きつけた。

「さて何が出てくるか、楽しみだな。小塚、俺たちも頑張ろう。さ行くぞ」

手首を引っ張られ、慌《あわ》てて付いていく。

「黒木、一人で大丈夫かなぁ」

若武はこちらを向き、唇の前に人差し指を立てた。

「声落とせ。あいつはここに置いとくんだ。なぜって俺らは、これから違法栽培の写真を撮って、テレビ局に売り込まなくちゃならないんだからな」

和彦は唖然《あぜん》としながら若武の念願を思い出す。目立つ事が大好きな若武は、前からテレビに出て脚光を浴びたがっていた。

「黒木は絶対、先に警察に行けってうるさく言うに決まってる。ここで出し抜くんだ」

まじまじと若武の顔を見つめる。

「若武さぁ、良心あるの」

若武は真面目な顔で答えた。

「いちお、ある。時々どっかいくけど」

今、留守みたいだよ。

「いいから、四の五の言わずに一緒に来い」

強引に引っ張られ、やむなく自転車置き場に向かう。

「雨も止んだし、災害の様子を中継しにテレビが来るはずだ。あの崩れた山のあたりがすげぇ画《え》になるから、各社あそこに集まるだろう。そこにだ、豪雨のために自宅に戻れなかった少年Wが現れる」

はて、なぜ頭文字なのだろう。

「俺は、最初は名前を伏せる。で、あの山が崩れた時の様子を話し、ちらっと袴鬼罌粟の栽培畑がある事に触れて、即、姿を消すんだ。するとテレビのニュース番組だけでなく、ワイドショーも飛び付く。それに続くのが週刊誌だ。犯罪性があるとなると新聞も黙ってない。取材合戦になってさ、誰も俺の名前を知らない事でいっそう盛り上がるんだ。謎のイケメン少年に皆が夢中になる。俺は超モテモテだ」

うっとりした表情で自転車に跨《またが》り、一気に漕《こ》ぎ出そうとして片足だけペダルを踏み外す。嫌というほど顎《あご》をハンドルにぶつけた。

「くっそ、この自転車、俺を妬《ねた》んでるな。わかった、インタビューの時はおまえも一緒だ」

若武は、思いこんだら一直線に進む。他人の意見には耳を貸さないし、絶対に譲らなかった。しかたなく和彦は付いていく事にする。途中で黒木と連絡を取り合い、あまりにも脱線がひどくなったらその時に止めるしかないと思った。

「いよいよ煮詰《につ》まってきたな」

先を走る自転車から、若武がこちらを振り返る。風に靡《なび》いて顔を覆《おお》う髪の間で、二つの目が闇の中の獣のようにきらめいた。

「ぞくぞくすらぁ」

4

和典は目を開ける。あたりは異様に明るかった。誰もいない。LED蛍光灯が光を振り撒《ま》く天井を仰いだまま、ぼんやりとした頭で考える。俺、生きてるらしい。そのまま再び眠りこみ、どのくらい経《た》ってか、また目を開けた。いったい何日過ぎているのか、自分がどうなっているのかわからないまま、眠ったり目覚めたりを繰り返す。

水の底を漂っているような感覚の中で考えた。首位から転げ落ちても、挫折《ざせつ》ではないと。挫折というのは、そのまま沈んで立ち上がれない事だ、俺は数学の楽しさを知ってる。メッチャ計算したいって今も思っている。だから、きっと立ち上がれるだろう。落ちたのは挫折じゃなくて、ただの経験だ。たぶん教訓でもある。いっそう上に行くための、いっそう遠くまで飛ぶためのジャンプ台なんだ。大椿《おおつばき》が天才というんなら、俺だってそうだ。俺は天才、ｂｙ俺の主観。

5

「何だ、これ」

若武が愕然《がくぜん》とした声を上げる。和彦もいささか呆気《あっけ》にとられ、眼下を見下ろした。小天川の両岸は押し流されてきた土石流に抉《えぐ》り取られ、川幅が五十ｍほどに広がっていた。土砂は川底に溜《た》まり、急流だった流れは広い浅瀬に変わっている。当然、表赤石沢の急な斜面も削られ、袴鬼《はかまおに》罌粟《げし》の栽培地と思《おぼ》しき部分はすっかり姿を消していた。和彦は、これが大自然の采配というものなのかと驚嘆《きょうたん》する。その巨大な力に畏怖《いふ》の念を抱いた。

「何もなくなってる」

若武は情けなさそうな声を漏《も》らし、その場にしゃがみこむ。苛立《いらだ》たしげに両手を何度も両腿《りょうもも》に叩《たた》きつけた。

「これじゃ麻薬で逮捕はできねぇよ。佐藤の罪状は霞網《かすみあみ》の鳥獣保護法違反だけで、しかもそいつじゃもう逮捕状が出てんだろ。だったら俺の手柄にゃならないじゃん。ここで一気に超有名人になるはずだったのに、くっそ、俺の未来はどーなるんだ」

利《き》かん気な子供のように言い張ったかと思うと、膝に手を当てたままガックリと項垂《うなだ》れ、そのまま動かない。何だかかわいそうで、同時に妙におかしかった。

「若武さぁ、今朝言ったばっかじゃないか、僕たちは生きてるだけで充分だって」

圧倒的な自然の前で、人間はいかにも小さく非力だった。昔から多くの人々が自然のうねりに夢を踏みにじられ、嘆いてきたのだろう。

「元気出しなよ」

見回せば河原には、押し流されてきたたくさんの木々や岩、生活用品などが半ば土砂に埋もれ、半ば露出している。歩きかけの幼児の履くような白いレースのついた靴が片方、転がっていた。この持ち主や親はどうなったのだろう。心を痛めながら、そのそばに根のようなものが出ているのに気づく。

歩み寄り、土砂の中から引き出してみた。強張《こわば》り、半ば渇いた根茎からわずかに髭根《ひげね》が出ている。ルーペを出して観察してから、若武を呼んだ。

「袴鬼罌粟の根があったよ、一部だけど」

若武はすっ飛んできたが、それが自分の未来を構築してくれそうもない事に気づき、派手なテイクバックを取って蹴っ飛ばした。

「地球の裏側まで飛んでけ、ちきしょうめ」

若武の呪いと裏腹に、根は少し離れた所に積み上がっていた角材の上に落ちる。和彦はこの殺伐とした河原が、まだ沢であった時期を想像した。

飛行機の中から零《こぼ》れ落ちた種が芽を出す。たまにやってくる登山客以外は人の出入りのないこの沢で育ち、変化し、群生していった袴鬼罌粟の春夏秋冬を心に思い描いた。沢を埋め尽くすように咲き、風に揺れる深紅色の花は、きっと鮮《あざ》やかだっただろう。その茎は枯れても、地下の根は人間の血管のように広がって翌年の開花の準備をしていたに違いない。麻薬成分を取り出すなどという事を人間がしなければ、きっと普通の植物と同じように生きられただろうに。

「おい小塚、おまえ、目がイッてるぞ。何か妙な夢見てねぇか」

見ているかもしれない。

「まぁいい。俺たち中坊は、いつだって孟宗竹《もうそうだけ》だからな。モウソウダケ、妄想だけ」

スリングバッグの中でスマートフォンが鳴り出す。取り出してみると、黒木だった。

「いいお知らせだ」

低い声が笑みを含んでいる。

「爆弾の正体がわかったぜ」

思わず背筋に力が入った。

「何だったの」

緊張した声になり、それを聞きつけた若武が近寄ってくる。もどかしげに片手を動かし、スピーカーフォンにしろと急《せ》き立てた。

「まぁ順番に話すよ」

余裕の返事に、若武は舌打ちする。何に関しても自分で先頭を切るのが好きで、他人の後塵《こうじん》を拝するのは悔《くや》しくてならないのだった。

「まずレーザ測量器の画像、何だったと思う」

和彦は、達樹のあの目を思い出す。何か大きな目的を持って出かけたのだ。普通の写真であるはずがない。そう考えていると、黒木の声がした。

「撮ってあったのは、表赤石沢一帯だ」

肩透かしを食らった気分になる。もっと意外なものだろうと予想し、また期待もしていた。派手好きな若武も相当気落ちしたらしく、頭を抱えこんでいる。

「それ普通じゃんよ。つまんねぇ」

表赤石沢の写真なら三十周年の航空写真にもあった。達樹があんな顔をして撮りに行く程のものだろうか。

「おお、わかった」

若武が急に顔を上げる。

「それ、俺たちを引っかけるための偽装工作だ。誰かが、レーザ測量器とドライブレコーダーの偽物をあの袋に入れて置いといたんだ。くっそ、誰だよ」

若武が考える事はいつも、どことなく現実から浮いている。小学校六年の春のキャンプで枕元に竹刀を置き、悪の侵略から地球を守るためだと言って皆を唖然《あぜん》とさせたくらいだった。時々、御玉杓子《おたまじゃくし》の尻尾を付けたままの蛙《かえる》を見かける事があるが、若武もまだ子供の尻尾を付けているのかもしれない。

「若武先生に一つ質問。誰が何のために俺たちを引っかけるんだ」

黒木の声に、若武は黙りこむ。中二ともなれば、さすがに悪の地球侵略とは言いにくいらしかった。完全にやる気を失い、不貞腐《ふてくさ》れてその場にしゃがみこむ。黒木は無言で若武を無視、さっさと話を進めた。

「写っていたのは、当然ながら森林と沢だけだ。だがこれが、とんでもない爆弾さ。高速道路の建設が決定されたら、こいつが爆発するんだ。つまり時限爆弾」

和彦は意味がわからず、ぼんやりとしながら黒木の言葉を胸で反芻《はんすう》する。勘の鋭い若武は波乱の予兆を感じ取ったらしく、不意にその目に生気を漲《みなぎ》らせた。

「ここで思い出してほしいのは高速道路建設予定図、それにもう一つ、航空写真に点線で描き込まれていた森林作業道の位置」

その二つは、黒木がイメージ的に混同していたものだった。

「建設予定図によれば、高速道路は表赤石沢を横断する。だがこのあたりには既に造られている森林作業道が数本あって、高速道路はそれと交差したり、並走したりするんだ。で、そこに今回のレーザ測量器の画像を重ねてみると、爆弾が浮かび上がる」

若武にはもう、黒木の言わんとしている事がすっかりわかったようだった。

「おもしろくなってきたじゃん」

スマートフォンがその声を伝え、黒木は手応えを得てうれしそうに話を進める。

「航空写真は上空から撮るから、写るのはほぼ森林と川だけだ」

和彦だけが、まだぼんやりとしていた。

「レーザ測量器を使えば、森林に覆《おお》われて見えない山の細部も画像化できる。で、とんでもない事がわかった。あのレーザ測量器のＳＤカードに残されていた表赤石沢の写真には、道路が一本も写っていない。あのあたり一帯が無道なんだ」

和彦は聞き返したくなる。そんな事はありえないと思えた。安静は、議会でも報告されたと言っていたのだ。

「そりゃ中には、完成してない道もあるみたいだよ。でもそれも途中まではできてるって」

黒木の、押し付けるような声が響く。

「あの航空写真に点線で描き込まれていた森林作業道は、まったく、一本も存在していない」

言葉がなかった。

「表赤石沢だけでなく、他の地域でもその可能性がある。そしてこれは高速道路建設が決定され、現場の測量が始まったらすぐ露見するものなんだ。だから時限爆弾。熊谷と谷原は、それ以前から交付金と不正入札で利益を得ていた。これはその延長線上にあるものなんだろう。熊谷が指示を出し、谷原が道を造らないまま工事完了届を出す。工事が終われば普通、県や地方事務所が工事監査に入るんだが、おそらく谷原の会社にいるOBがそれを抑えこんだんだ。元々、監査をする委員の多くがOBだし、公務員の世界では、あそこの監査はしなくていいよとOBが言えば、現場には逆らえない空気がある。それで実体のない道がいくつも存在する事になった訳さ」

若武が勢い込んで口を開く。

「じゃ、その分の金は。森林組合の多くの事業は交付金で賄《まかな》われてただろ。工事をせず、したことにすれば金が浮いてるはずじゃん」

黒木の低い笑いが聞こえた。

「当然、熊谷と谷原の二人で山分けだろ。OBにも回しただろうけどね。あるはずの森林作業道がない事を初めに知ったのは、おそらく佐藤だ。霞網を掛けるために、道があるかどうかを調べなきゃならなかったんだ。役場で図面を調べ、現地を見た結果、図面にあるものが実際にはないと知って熊谷を脅す材料にした。その件を黙っている代わりに、栽培畑を黙認しろと迫ったってところかな」

ようやく三人の繋《つな》がりがわかり、和彦は息を吞《の》む。幾重にも秘密を共有し合う関係が、三人を密着させていったのだ。このまま隠し通せると思っていたところに突如、高速道路建設計画が持ち上がったとあっては、三人とも必死に反対せざるを得なかっただろう。

「そして森林組合に勤務していた安静達樹も、それに気がついた。証拠を撮影しようとしてヘリにレーザ測量器を積んで出かけたんだ」

和彦は忘れていた事を思い出す。達樹のあの眼差《まなざし》があまりにも鮮烈で、その陰に隠れてしまっていたのだが、安静が、熊谷には熊谷の正義があると言った時、達樹は確かに顔を曇らせたのだった。あの時、達樹は熊谷に疑惑を抱いていたのだ。それで機内にドライブレコーダーを設置したのだろう。

「じゃレーザ測量器の画像が、犯罪の証拠になるな」

若武は嬉々《きき》とし、熊谷たちの罪状と自分の得意な法律分野の知識を重ね合わせる。

「補助金適正化法違反、および業務上横領だ。役員報酬の増額を提案して決議させてるから、特別背任罪《はいにんざい》も問えるかもしんない。横領と背任罪は両立しないから、どっちでいくかは検察しだいだな」

和彦が考えていたのは、もっと別の事だった。そんな大事な証拠がどうして塔頭《たっちゅう》の出入り口に置かれたのか。いやそれ以前に、なぜ墜落現場から見つからなかったのか。

「罪は、もう一つあるよ」

黒木の冴《さ》えた声がする。

「これはドライブレコーダーが証明しているんだが、墜落前、パイロットは相当苦しんだようなんだ。つまり何かを飲んでいたか、あるいは飲まされていた可能性がある」

思わず若武と顔を見合わせた。

「飲まされていたとしたら、当然この撮影を阻止したかった人間によってだ」

熊谷が、達樹のしようとしていた事に気づいたのかもしれなかった。

「そいつは殺人罪だ」

若武が叫んだ。

「さっき和尚《おしょう》、これから出棺《しゅっかん》だって言ってたよな」

和彦が頷《うなず》くのを横目で見ながら自転車に飛び乗る。

「すぐ止めて、遺体を司法解剖に回すように伝えろって黒木に言っとけ。火葬されちまったら証拠が無くなるぞ。俺もこれからそっち向かうから」

6

自転車の上に立ち上がり猛然と走らせる若武の後を、何とか追いかけながら和彦は考える。ヘリコプターが落ちた時、レーザ測量器とドライブレコーダーは機内にあったはずだ。それが大雄寺の塔頭《たっちゅう》まで移動したのは、誰かの手によるものだ。その人物は墜落現場にいて、そこから二つを持ち去り、三日後の今日、塔頭の出入り口に置いたのだった。誰が、何のために。

若武の自転車は、本堂の表に乗り捨てられていた。慌《あわ》てて飛びこんでいったらしく、沓脱石《くつぬぎいし》の左側で靴が片方裏返り、もう一方ははるか遠くで横倒しになっている。自転車を止めていると、本堂から出てきた黒木が入側《いりがわ》に姿を見せた。

「今、警察待ちだ。本署から遺体を運ぶ車が来るって」

どうやら間に合ったらしい。

「レーザ測量器とドライブレコーダーも警察に渡すから、もう二人とも絶対逃げられないだろうぜ」

熊谷と谷原が捕まれば、佐藤を庇《かば》う人間はもういなかった。飯場《はんば》に潜《ひそ》んでいる事を警察に通報するだけで、逮捕できるだろう。袴鬼罌粟《はかまおにげし》の畑もあの有様《ありさま》では二度と収穫できないだろうし、まぁうまく収まったのかもしれない。和彦は本堂の奥の様子を窺《うかが》いながら、向拝《ごはい》階段の上の黒木を見上げる。

「レーザ測量器とドライブレコーダーは、達樹さんの遺書みたいなものだよね」

安静は、達樹の心がわからないと嘆《なげ》いていた。もう永久に真実にはたどり着けなくなったのだと。だが発見されたレーザ測量器とドライブレコーダーは、何よりも雄弁に達樹の意思を伝えるものだった。達樹は不正を知り、見逃さず、自分の力でそれを明らかにしようとしていたのだ。それは森林組合のためであり、同時にこの村のためでもあっただろう。そんな息子を持ったことを、安静は誇ってもいいはずだった。

「それらの中に達樹さんの真実が残っているよ。今は傷ついている安静さんも、いつかきっとそれに向かい合えるようになるだろうし、受け入れて、自分の息子の本当の姿を知ることができると思う。この二つが出てきたのは奇跡のようなものだよね」

黒木は片手を登勾欄《のぼりこうらん》の擬宝珠《ぎぼうし》の上に置き、どことなく哀《かな》しげな感じのする笑みを含んだ目を横に流した。

「誰のおかげかな」

その視線を追って和彦は、北門の方からやってくる桃香の姿を見つける。その瞬間に、何もかもがわかった気がした。レーザ測量器とドライブレコーダーを移動させた手は、一つではなかったのだ。

当日、墜落現場に向かった車の中には森林組合の車両があった。専務理事である熊谷がそれに乗っていたとしても不思議はない。現場で熊谷は、こっそりレーザ測量器を回収した。その時にドライブレコーダーも見つけ、一緒に隠匿《いんとく》したのだ。それを桃香が発見した。あれほど怯《おび》えていたのは、自分の父親の不正を知ったからだ。それをどうするか悩んだ結果、ここまで持ってきて塔頭の出入り口に置いたのだろう。

和彦は近寄り、桃香の前に立つ。桃香にも和彦の言いたい事がわかったようだった。大きな黒い目を伏せる。

「たまには父の部屋を掃除してやろうと思って、中に入って見つけたずら。どうしていいのかわからんかったに。このまま知らん振りをしとりゃ、そのままになる、何も起こらんって考えた事もあったし、父が隠しとる物を私が暴いたらいかんって思った事もあった。だけど和様《おっさま》に約束したずら、達樹さんがなぜ死んだのか、はっきりさせるって。それに、あるものを永遠に隠し続ける事なんか、できんに」

和彦は、福音書の言葉を思い出した。ルカやマルコなど複数の使徒が述べている、隠れているもので露《あらわ》にならぬものはなく、隠されているもので現れないものもないと。教会的な解釈によれば字面通りの意味ではないらしかったが、和彦はストレートにそう受け取っていた。

「いつかは必ず見つかるし、その時にはもっと悪い状態になっとるに決まっとる。父の罪も今よりずっと重くなるずら。けんど誰にも相談できんくって、警察にも行けんくって、一人であれこれ考えてて、ふっと思ったんだに、小塚君に任せればきっとうまくやってくれるんじゃないかって」

桃香にすれば、父を告発する事は家庭を壊す事だった。そうわかっていながら踏み切ったその勇気に、和彦は心を打たれる。逃げるだけでは失われるものがあると考えたのだ。踏《ふ》み止《とど》まって闘わなければ失われるものが大きすぎると。

今の痛みを受け入れても健全な未来を築こうとする、それは理性の力だろう。そういう力こそが、この世や人間をいい方向に導くのに違いない。

「熊谷さんの決断がなかったら、本当の事は誰にもわからなかったよ。すべては隠されたままで、きっとお父さんはそのまま罪を重ね、どんどん堕《お》ちていったと思う。安静さんも達樹さんの心を知らないまま、一生悩み続けなければならなかったはずだ。熊谷さんの決断は、素晴らしかったんだよ」

桃香は泣き出し、両手を伸ばして和彦に抱きついた。

「小塚君に頼んでよかった」

どうしていいのかわからず、頬を熱くしながら黒木の方を向く。黒木はちょっと笑い、腕を丸めて桃香の背中に回すよう指示した。和彦はそっと手を伸ばし、壊れ物にでも触れるように桃香を抱く。胸の中いっぱいに、香りのよい桃の花でも抱えているような気分だった。自分には桃香のような勇気はとてもない。だが桃香と出会い、それを目の当たりにしたのだから、これからは今までとは違うかもしれないと思った。

終章

　和彦たち三人は、その後いったん家に戻り、親王祭に合わせた土曜日、再び赤石村を訪れた。

入院していた上杉は、随分《ずいぶん》回復し、一般病室に移っていた。

　医療費の請求を主張する病院側と暫《しば》しの攻防を繰り広げたものの、結局、自宅を教えざるを得ず、母親に激怒されて、子供である身の屈辱を嚙《か》みしめたらしい。同じ病院に入っていた大西は退院と同時に警察に送られ、その前に上杉に会いにきたようだった。

「墜落したヘリの絵を描いて日展に出品するってよ。入選したら展覧会に呼んでくれるらしい。あいつは能天気だ」

　和彦は駐在所にも顔を出し、その後の動きを聞いてみた。警官の話によれば、達樹《たつき》の遺体からは農薬の成分が検出されたという事だった。もう市販されていないパラコート製剤で、体内に入ると肺に蓄積され肺線維症《はいせんいしょう》を起こす。意識ははっきりしたまま呼吸ができなくなり死に至るのだが、今回の場合、達樹の直接の死因は呼吸困難による操縦ミスでの墜落死となったらしい。

　その後の捜索により同じ農薬の瓶が森林組合の倉庫から見つかり、最近ついたものと思われる熊谷《くまがい》の指紋が採取されて、それが決め手となった。レーザ測量器とドライブレコーダーも重要な証拠となり、警察は熊谷と谷原を逮捕する。これと並行して谷原の飯場《はんば》に潜《もぐ》りこんでいた佐藤も検挙された。隠してあったジープの中からは塩化アンモニウム、無水酢酸などの溶剤と袴鬼《はかまおに》罌粟《げし》の種子、精製した麻薬のこびり付いた鍋釜類が見つかり、霞網《かすみあみ》事件の別件として取り調べが始まったようだった。

高速道路反対派の熊谷と谷原、それに力を貸していた佐藤の逮捕は、反対派にとって大きな打撃となった。意気消沈し、後退する反対派を尻目に、推進派が一気に勢いづく。明らかに劣勢となった反対派を纏《まと》め、新しくその先頭に立ったのは安静《あんじょう》だった。

「今回の事件が原因で、高速道路反対派全体が非難され、追いやられるのは納得できんな。我々はもっと議論し、もっと多面的に考える必要があるに」

既に村議会の結論は出ているものの、引き続き皆で考える運動を繰り広げ、全村民投票に持ち込むつもりのようだった。

「大きな会社や工場が多い近隣の市には、その経営者もたくさんおる。そういう人々は、どうしても経済優先だ。おそらく市長を通じ、さっさと道路を通せと圧力をかけてくるずら。この赤石村が反対しとったら、その西側に当たる市は動きが取れんからな。だが今は伊那谷《いなだに》全体の百年後を見すえ、経済優先でない新しい価値観の構築と、地方再生に取り組んでいかにゃならん時だに。バブル期とその崩壊期を共に経験した我々は、金さえあれば幸せだとはもう思わんずら。人間個人の寿命は短い。生きやすい環境を次の世代に渡す努力をせんと、伊那谷の進歩はないでな」

その姿勢は村民の共感を集め、村長に押し上げられそうな雰囲気すらあった。

「少数派の味方になるって、すげぇ勇気だよな」

若武は、たいそう感激したらしい。

「安静和尚は、亡くなった達樹さんと同様、この村と人々のために人生を捧《ささ》げるつもりなんだ、きっと」

そういう生き方は、最強かもしれないと和彦は思う。人間は、自分のためにはそれほど頑張れない生物だから。なぜなら知らず知らずに自分自身と妥協してしまう。自分より大きな価値を持つと感じる誰かのためとか、何かのために頑張る事で初めて自分の持っている力以上を発揮できるのだ。それは動植物や昆虫ではありえない人間独特の力であり、美しさだった。

「さ、親王祭、行こうぜ」

馬上御所《まのぼりごしょ》ヶ石《いわ》の巨岩は、土石流と共に小天川を流れ下り、途中の白木川との合流点に腰を据《す》えた。大型クレーンを持ってきても動かせず、処分するには爆破し粉砕するしかないという報告を受けた村議会は、審議した結果、取りあえず日時の迫っている親王祭をその場所で行い、今後はあたりに堆積した土石流も含めて公園として整備するという結論を出した。祭りは今日の夕方から始まる。すでに臨時の神棚と社《やしろ》が設置され、桟敷《さじき》も作られているらしかった。

「屋台とか出んのかな。俺、チョコバナナ食いてぇ」

真っ先に自転車を走らせる若武の後ろに、黒木と和彦が続く。かなり遅れた和彦が現場に着いた時には、若武は驚嘆《きょうたん》しながら大岩を仰いでいた。

「こうやって真面《まとも》に見ると、やっぱでけぇな」

岩の上で注連縄《しめなわ》を張っていた作業員が、自慢げにこちらを見下ろす。

「どうだ立派ずら。宗良《むねなが》親王様の魂が宿っとるに。岩となった年月の向こうから、親王様がこちらを見てらっしゃるずら」

年月が岩となるとか、小さな石が年月を吸収して岩になるというのは、昔の短歌や、そこから生まれた日本国歌にも謳《うた》われている大和的発想だった。和彦個人としては、これまで岩というものに時の流れを感じた事はない。だが時は、この世のあらゆるものに宿っており、人は意志さえあれば、どこからでもそれを汲《く》み取る事ができるのだと教えられた気がした。

「しかしよかったよな、これが人家に転がりこむとかしたら大変だったぜ。どんだけの家屋が破壊されたと思うよ」

若武はひたすら物理的な関心に終始している。そのそばにトラックが停《と》まり、助手席から作業員たちが降りてきた。後ろに続いた乗用車から狩衣《かりぎぬ》、烏帽子《えぼし》姿の神主が現れ、トラックの荷台に歩み寄る。

「じゃやっとくんな」

荷台から注連縄《しめなわ》を張った石塔が降ろされた。

「何だ、あれ」

若武の声に耳を留《と》めた作業員が、日に焼けた顔を綻《ほころ》ばせる。

「ありゃぁ九輪ノ塔と呼ばれとるもんでなぁ、こん祭りのために隣の大鹿村から借りてきたずら。宗良親王様の供養《くよう》塔だに」

台座石の上に方形の石が乗り、その上に隅が反り返った三重の石の屋根、さらに石の円輪が積み重なっている。桃香の言っていた宝篋印塔《ほうきょういんとう》らしかった。

「墓とも言われとるが、残念な事にはっきりせんずら。墓は他にもあるし、薨去《こうきょ》の話が伝わっとる場所も数ヵ所あってなぁ。儂《わし》らは、親王様が三十年をお過ごしになった大鹿村で亡くなったと信じとるが、なんせ一三八〇年代、古い事だかんなぁ」

いかにも重そうなその石塔を神主の指示にしたがって作業員が二人で移動させ、社に安置する。

「二人でよく動かせますね」

和彦が感心すると、作業員は位置の微調整をしながら答えた。

「宗良親王様は、ご自分が行きたいところだと軽くなってくださるでな。ちょっと持ってみ」

和彦は手を出し、隅の方を持ち上げる。石の塊という外見に反し、それほど重くはなかった。

驚きながら不審に思う。これ全部が見た目通りの石だとしたら、この軽さは不自然だった。

ひょっとして内部に空洞があるのかもしれない。

平安時代後半から作られ始めた五輪塔と呼ばれる供養塔がこれに似ているが、その中には方形部分を刳《く》り抜いて遺物や遺骨、経典を納めたものがある。この宝篋印塔にも空洞部分があり、何かが入っているのかもしれなかった。

それが宗良親王の遺骨であったとしたら、これが供養塔であると同時に墓である事、大鹿村が薨去《こうきょ》の地である事が証明される。安静やこの地方の人々の残念な思いも、いく分かは晴れるに違いなかった。

「あの、この内部には空洞があると思います」

皆が驚いたようにこちらを見る。

「CTスキャンで解析すれば、はっきりします。中に何が入っているかもわかりますし。大学に持ちこんでみたらいかがですか」

神主が慌《あわ》てて袴《はかま》のポケットからスマートフォンを出した。若武が目を丸くする。

「神主、スマホ持ってんだ。高天原《たかまがはら》のアドレスとか入ってるかも。素戔嗚尊《すさのおのみこと》の電話番号とか」

笑いながら和彦は、遺骨が出てくることを祈る。先ほどから熱心にスマートフォンの画面に見入っていた黒木が、ようやくこちらに目を向けた。

「小塚、アメリカの科学雑誌に日本の宮崎大の研究論文が載ってたの、見たか」

首を横に振ると、すぐ転送してくれた。絶滅危惧種の奄美棘鼠《あまみとげねずみ》のiPS細胞をマウスの胚《はい》に注入し、卵子と精子を作製する事に成功したと書かれている。

「すげぇ」

この研究が進めば、顕微授精で受精卵を作る事ができるだろう。つまり絶滅危惧種も、既に絶滅してしまった種も、復活させられるのだ。この地方に高速道路が通る事になり、もし生態系が影響を受けたとしても、これで補える部分があるかもしれない。そう考えると、少し気持ちが楽になった。

「僕、将来は生物学じゃなくて、iPS細胞の研究に進もうかなぁ」

若武が眉を上げる。

「で、何を復活させたいんだ」

よくぞ聞いてくれたと思いながら、張り切って答えた。

「もちろんこの世から既に姿を消してしまった動植物、昆虫類のすべてだよ。特に恐竜」

後方で華やかな声が上がる。振り向けば、桃香が友人たちと一緒にこちらにやってくるところだった。父親の逮捕の影を感じさせない明るい顔に、ほっとする。

「はれ、小塚君」

立ち止まった桃香たちを見て、若武が肘《ひじ》で和彦を突いた。

「ほら改めて紹介、さっさとする」

暗くなり始めていた。祭りの準備が整っていき、大雨で洗い流されたような空に星が光り出す。巨岩の背後から、白木川と合流した小天川の川瀬の音が響き上がってきた。それに耳を傾けているとあたりの空気が次第に張り詰めていき、清々《すがすが》しい凜《りん》としたものに変わっていくように思えた。

星々は増え、空を埋め尽くしていく。この星明かりの下で親王はどんな夢を見たのだろう。自分の手にこの国を取り戻す事か、それとも失われてしまった都で家族と再会を果たす事か。

「小塚君」

振り向くと、桃香がこちらに駆《か》け寄ってくる。その後ろで、悔《くや》しそうな顔をしている若武を、黒木が抱き寄せ、他の少女たちの方に連れていくのが見えた。

「あれから私、ずっと伯父さんとこにおったんだけど、昨日、家に戻ったんな。あの時はすごく混乱してた母が、ようやく何とか落ち着いてな、自分で働くとこ見つけてきて、一緒に暮らそうって迎えにきたんだに」

それはよかったと思いながら微笑《ほほえ》む。人は何かを失い、傷ついても、また立ち直り、歩き始めることができるのだ、意志さえあれば。

「小塚君は、親王祭が終わったら帰っちゃうずら」

そう言いながら桃香は、僅《わず》かに頰を染める。

「あの、ＬＩＮＥしたいんだけどなぁ」

女子からそんな事を言われるのは生まれて初めてで、戸惑った。どんなメッセージを交換すればいいのかまるでわからない。そもそも話す事がそんなにあるとも思えなかった。それなのに、何でＬＩＮＥなのだろう。

「だめずらか」

大きな黒い目ですぐ近くから顔をのぞきこまれ、息も止まる思いで心を決める。きっと何とかなるはずだ、意志さえあれば。

「いいよ」

＊

刻一刻と暗さを増し群青色に染まっていく夜を、和典は病室の窓から眺《なが》め下ろす。市街地は、看護師が風越《ふうえつ》と呼ぶ標高一五〇〇を超える山の南側に広がっていた。スーパーのネオンや家々の明かりを除けば、どこまでも続く森が地上を覆《おお》い、それが切れる所に川と段丘があり、ライトアップされた断層が浮き上がって見える。

夜が深まるにつれて星数が増え、昼間より明るく感じられた。星々のきらめきはあくまで冷ややかで、太陽の温かみを持たない。星空の下は、それがあまりにも美しくつい忘れがちなのだが、夢想したり夢を羽ばたかせたりする場所ではなく、自分自身を突き付けられ、逃げようもなく過去と未来について考えさせられる空間だと、和典は思う。

幾光年もの時の流れを含んだ光の飛沫《ひまつ》が空中を飛び散り、清め、静謐《せいひつ》を広げていく。満天の星を仰いでフランクは、どんな事を考えたのだろう。

「俺さぁ」

声に出してみる。

「おまえを見つけようとしてここまで来て、死にそうになったんだぜ」

星々の中から、かわいげのない返事が聞こえた。

「じゃ俺の方が上だよな。だってほんとに死んでるもん」

苦笑しながら考える。俺って、意外とやれるんじゃないか。数学の首位でなくても、いいじゃん俺、すげぇイケそう。

「おい上杉」

乱暴にドアが叩《たた》かれる。

「見舞いに来てやったぞ」

慌《あわ》てて頭まで布団を持ち上げ、寝たふりをした。俺は今、高尚《こうしょう》な気持ちで自己を見つめ直してるとこなんだ、来るな低俗。

「寝てるみたいだよ」

「じゃ退散だ。寝かしといてやろう」

「ちょっと待て。せっかく来たんだから証拠を残しとこう。マジック持ってるし、顔に髭《ひげ》でも描いてやる。ついでにバカとか入れてやろう」

きっさま。

「あ、起きた」

《完》

藤本ひとみの単行本リスト

ミステリー・歴史ミステリー小説

『青い真珠は知っている　KZ　'Deep　File』講談社
『桜坂は罪をかかえる　KZ　'Deep　File』講談社
『いつの日か伝説になる　KZ　'Deep　File』講談社
『モンスター・シークレット』文藝春秋
『見知らぬ遊戯——鑑定医シャルル』集英社
『歓びの娘——鑑定医シャルル』集英社
『快楽の伏流——鑑定医シャルル』集英社
『令嬢たちの世にも恐ろしい物語』集英社
『大修院長ジュスティーヌ』文藝春秋
『貴腐　みだらな迷宮』文藝春秋
『聖ヨゼフの惨劇』講談社
『聖アントニウスの殺人』講談社

日本歴史小説

『火桜が根　幕末女志士　多勢子』中央公論新社
『会津孤剣　幕末京都守護職始末』中央公論新社
『壬生烈風　幕末京都守護職始末』中央公論新社
『士道残照　幕末京都守護職始末』中央公論新社
『幕末銃姫伝　京の風　会津の花』中央公論新社
『維新銃姫伝　会津の桜　京都の紅葉』中央公論新社

西洋歴史小説

『侯爵サド』文藝春秋
『侯爵サド夫人』文藝春秋
『バスティーユの陰謀』文藝春秋
『ハプスブルクの宝剣』〔上・下〕文藝春秋
『令嬢テレジアと華麗なる愛人たち』集英社
『マリー・アントワネットの恋人』集英社
『皇后ジョゼフィーヌの恋』集英社
『ブルボンの封印』〔上・下〕集英社
『ダ・ヴィンチの愛人』集英社
『ノストラダムスと王妃』〔上・下〕集英社
『暗殺者ロレンザッチョ』新潮社
『コキュ伯爵夫人の艶事』新潮社
『エルメス伯爵夫人の恋』新潮社
『聖女ジャンヌと娼婦ジャンヌ』新潮社
『マリー・アントワネットの遺言』朝日新聞出版
『ナポレオン千一夜物語』潮出版社

『ナポレオンの宝剣　愛と戦い』潮出版社
『聖戦ヴァンデ』〔上・下〕角川書店
『皇帝ナポレオン』〔上・下〕角川書店
『王妃マリー・アントワネット　青春の光と影』角川書店
『王妃マリー・アントワネット　華やかな悲劇』角川書店
『三銃士』講談社
『新・三銃士　ダルタニャンとミラディ』講談社
『皇妃エリザベート』講談社
『アンジェリク　緋色の旗』講談社

恋愛小説

『いい女』中央公論社
『離婚美人』中央公論社
『華麗なるオデパン』文藝春秋
『恋愛王国オデパン』文藝春秋
『快楽革命オデパン』文藝春秋
『鎌倉の秘めごと』文藝春秋
『恋する力』文藝春秋
『シャネル　ＣＨＡＮＥＬ』講談社
『離婚まで』集英社
『綺羅星』角川書店

『マリリン・モンローという女』角川書店

ユーモア小説

『隣りの若草さん』白泉社

エッセイ

『マリー・アントワネットの生涯』中央公論新社
『マリー・アントワネットの娘』中央公論新社
『天使と呼ばれた悪女』中央公論新社
『ジャンヌ・ダルクの生涯』中央公論新社
『華麗なる古都と古城を訪ねて』中央公論新社
『パンドラの娘』講談社
『時にはロマンティク』講談社
『ナポレオンに選ばれた男たち』新潮社
『皇帝を惑わせた女たち』角川書店
『ナポレオンに学ぶ成功のための20の仕事力』日経ＢＰ社

新書

『人はなぜ裏切るのか　ナポレオン帝国の組織心理学』朝日新聞出版

藤本ひとみ　（ふじもと　ひとみ）

長野県生まれ。

西洋史への深い造詣と綿密な取材に基づく歴史小説で脚光を浴びる。

フランス政府観光局親善大使を務め、現在ＡＦ（フランス観光開発機構）名誉委員。パリに本部を置くフランス・ナポレオン史研究学会の日本人初会員。

著書に、『皇妃エリザベート』『シャネル』『アンジェリク　緋色の旗』『ハプスブルクの宝剣』『皇帝ナポレオン』『幕末銃姫伝』など多数。

KZ《カッズ》' Deep《ディープ》 File《ファイル》
断層《だんそう》の森《もり》で見《み》る夢《ゆめ》は

二〇一七年十一月二十一日　第一刷発行

著　者　藤本《ふじもと》ひとみ
発行者　鈴木 哲
発行所　株式会社講談社　（〒一一二―八〇〇一）
東京都文京区音羽二―一二―二一
電話　編集　〇三（五三九五）三五三五
販売　〇三（五三九五）三六二五
業務　〇三（五三九五）三六一五
印刷所　慶昌堂印刷株式会社
製本所　黒柳製本株式会社
本文データ制作　講談社デジタル製作
N.D.C.913　297p　22cm　ISBN978-4-06-220823-9

本書は書きおろしです。

藤本ひとみの「KZ' Deep File」シリーズ

『青い真珠は知っている』

過去に何かをやっている!!

伊勢志摩、緑の海で起こった怪事件。
忽然と消失した青い真珠と1人の海女。
成功を手に故郷に降り立つ男の目的は?
証拠なし証人なし、
30年の時に埋もれた謎に挑む
少年たちの友情と憧憬!
書き下ろし長編。

ISBN978-4-06-219852-3　定価1400円(税別)　講談社